मन का शोर

मन का शोर

विचारों के कोलाहल से मुक्ति कैसे पाएँ

ईथन क्रॉस

अनुवाद : अजय तिवारी

MANJUL
मंजुल पब्लिशिंग हाउस

MANJUL

मंजुल पब्लिशिंग हाउस

कॉरपोरेट एवं संपादकीय कार्यालय

• द्वितीय तल, उषा प्रीत कॉम्प्लेक्स, 42 मालवीय नगर, भोपाल-462 003

विक्रय एवं विपणन कार्यालय

• सी-16, सेक्टर 3, नोएडा, उत्तर प्रदेश, 201301

वेबसाइट : www.manjulindia.com

वितरण केन्द्र

अहमदाबाद, बेंगलुरू, भोपाल, कोलकाता, चेन्नई,
हैदराबाद, मुम्बई, नई दिल्ली, पुणे

ईथन क्रॉस द्वारा लिखित मूल अंग्रेजी पुस्तक *Chatter* का हिन्दी अनुवाद

Chatter by Ethan Kross – Hindi Edition

ग्रेट ब्रिटेन में सर्वप्रथम वरमिलियन द्वारा 2021 में प्रकाशित।
यूएसए में सर्वप्रथम 2021 में क्राउन (रैन्डम हाउस का प्रकाशन, जो पेंगुइन रैन्डम हाउस एल एल सी, न्यूयॉर्क का प्रभाग है) द्वारा प्रकाशित।

यह हिन्दी संस्करण 2023 में पहली बार प्रकाशित
द्वितीय आवृत्ति 2024

ISBN 978-93-5543-278-0

अनुवाद : अजय तिवारी

मुद्रण व जिल्दसाज़ी : थॉमसन प्रेस (इंडिया) लिमिटेड

पिता के लिए, मुझे गहराई में उतरना सिखाने के लिए,
और
लारा, माया और दानी, मेरे परम चैटर एंटीडोट

मुझे लगता है, सबसे बड़ी चुनौती, हमेशा अपने नैतिक कम्पास को बनाए रखना है। ये वे बातें हैं, जो मैं आंतरिक रूप से कर रहा हूँ। मैं उस आंतरिक आवाज़ के विरुद्ध अपने कार्यों को माप रहा हूँ, जो कम से कम मेरे लिए सुनाई देने योग्य है, सक्रिय है, यह मुझे बताती है कि कहाँ मुझे सोचना है कि मैं सही राह पर हूँ और कहाँ मुझे सोचना है कि मैं राह से भटक गया हूँ।

— बराक ओबामा

मेरे दिमाग़ की आवाज़ बकवास है।

— डैन हैरिस

अनुक्रम

प्रस्तावना 11

1. हम ख़ुद से बातें क्यों करते हैं 25
2. जब ख़ुद के साथ बातचीत करने का विपरीत असर होता है 43
3. ज़ूमिंग आउट 67
4. जब मैं – तुम बन गया 90
5. दूसरे लोगों की शक्ति और संकट 111
6. आउटसाइड इन 132
7. दिमाग़ का जादू 153

निष्कर्ष 175

साधन 185

आभार 197

लेखक के बारे में 201

प्रस्तावना

मैं अपने बैठक के कमरे में अंधेरे में खड़ा हुआ था, मेरी अँगुलियों के पोर सफ़ेद हो रहे थे, मेरी अँगुलियाँ मेरे लिटिल लीग बेसबॉल बैट के चिपचिपे रबर के हैंडल पर कसी हुई थीं, मैं खिड़की के बाहर रात के अंधेरे में घूर रहा था, मैं पूरी शिद्दत से अपनी पत्नी और नवजात बेटी को एक अनजान पागल व्यक्ति से बचाने की कोशिश में था। यह कैसा दिख रहा था, या अगर वह पागल आ गया तो मैं वास्तव में क्या कर सकता हूँ, इस तरह की बातों पर उस समय अनुभव होने वाला डर ज़्यादा हावी था। मेरे दिमाग़ में दौड़ रहे विचार एक ही बात को बार-बार दोहरा रहे थे।

यह सब मेरी ग़लती थी, मैंने ख़ुद से कहा। *ऊपर कमरे में मेरी स्वस्थ, प्यारी बच्ची और मुझे प्यार करने वाली पत्नी मौजूद थे। मैंने उन दोनों को संकट में डाल दिया था। मैंने यह क्या किया था?* मैं इसे कैसे ठीक कर सकूँगा? ये विचार मेरे दिमाग़ में एक भयावह रोलरकोस्टर की सवारी की तरह थे, जिससे मैं उतर नहीं सकता था।

तो मेरी ऐसी स्थिति थी, फँसा हुआ - ना केवल अपने अंधेरे बैठक के कमरे में, बल्कि अपने ख़ुद के दिमाग़ के डरावने सपने में भी। मैं, एक वैज्ञानिक जो *आत्म-नियंत्रण* में विशेषज्ञता रखने वाली एक प्रयोगशाला का निदेशक था, इस बात का विशेषज्ञ कि निर्दयी नकारात्मक विचारों के चक्र को कैसे नियंत्रित किया जाए, रात के तीन बजे अपने हाथों में एक छोटा-सा बेसबॉल बैट लिए खिड़की के बाहर अंधेरे में घूर रहा था, प्रताड़ित, उस बूगीमैन द्वारा नहीं, जिसने मुझे पागलपन भरा ख़त लिखा था, बल्कि उस बूगीमैन द्वारा जो मेरे दिमाग़ के भीतर था।

मैं वहाँ तक कैसे पहुँचा?

लैटर और चैटर (ख़त और बकबक)

वह दिन भी किसी अन्य दिन की तरह शुरू हुआ था।

मैं जल्दी उठ गया, कपड़े पहने, बच्ची को दूध पिलाने में मदद की, उसका डायपर बदला, और जल्दी से नाश्ते के लिए नीचे पहुँच गया। फिर मैंने अपनी पत्नी को किस किया और मिशिगन यूनिवर्सिटी के कैंपस के अपने दफ़्तर जाने के लिए दरवाज़े से बाहर निकल गया। यह 2011 की सर्दियों का एक ठंडा, लेकिन शांत दिन था, गुनगुनी धूप खिली थी।

एक ऐसा दिन जो आपको वैसे ही शांत, गुनगुने ख़याल का वादा करता प्रतीत होता है। जब मैं ईंटों से घिरी विशाल इमारत जिसमें मिशीगन यूनिवर्सिटी का मनोविज्ञान विभाग स्थित है यानी पूर्वी हॉल में पहुँचा, तो मुझे अपने मेलबॉक्स में कुछ अजीब चीज़ मिली। साइंस जर्नल के ढेर के ऊपर एक लिफ़ाफ़ा था, जिस पर हाथ से मेरा पता लिखा हुआ था। ये एक दुर्लभ मामला था कि मुझे हाथ से लिखा हुआ पत्र मेरे दफ़्तर में मिला था – उत्सुकता से भरा हुआ कि आख़िर अंदर क्या था – मैंने लिफ़ाफ़ा खोला और अपने दफ़्तर की ओर बढ़ते हुए उसे पढ़ने लगा। यही वह समय था, जब इससे पहले कि मैं महसूस कर पाता कि आख़िर मैं कितना गर्म था, मैंने अपनी गर्दन पर पसीने की बूँदें बहती हुईं महसूस कीं।

यह एक धमकी भरा ख़त था। मुझे इससे पहले ऐसा कोई ख़त नहीं मिला था।

पिछले हफ़्ते मैं सीबीएस ईवनिंग न्यूज़ पर एक न्यूरोसाइंस अध्ययन के बारे में चर्चा के लिए गया था, जिसे मैंने और मेरे सहकर्मियों ने हाल ही में प्रकाशित किया था, जिसमें यह बताया गया था कि शारीरिक और भावनात्मक दर्द के बीच पहले के अनुसंधान की तुलना में अधिक समानता थी। बल्कि दिमाग़ भावनात्मक और शारीरिक दर्द को उल्लेखानीय रूप से एक समान तरीक़े से दर्ज़ करता है। नतीजतन, दिल का टूटना, एक शारीरिक वास्तविकता थी।

मेरे सहकर्मी और मैं परिणामों के बारे में काफ़ी उत्साहित थे, हालाँकि फिर भी ये उम्मीद नहीं थी कि इससे छोटी-मोटी कहानी की तलाश करने वाले विज्ञान पत्रकारों की थोड़ी बहुत फ़ोन कॉल के अलावा कुछ और होगा। लेकिन हमारे आश्चर्य का ठिकाना नहीं रहा जब हमारी खोज का

परिणाम वायरल हो गया। एक पल मैं अंडरग्रैजुएट्स को सायकोलॉजी ऑफ़ लव (प्यार के मनोविज्ञान) पर लेक्चर दे रहा था तो अगले मिनट में कैंपस के टेलिविज़न स्टूडियो में मीडिया ट्रेनिंग पर क्रैश कोर्स प्राप्त कर रहा था। मैं बार-बार अपने शब्दों पर अटके बिना इंटरव्यू पूरा करने में कामयाब रहा, और कुछ ही घंटों बाद हमारे किए गए काम पर टेलिविज़न पर कार्यक्रम प्रसारित हुआ-एक वैज्ञानिक की प्रसिद्धि के पंद्रह मिनट जो वास्तव में लगभग नब्बे सेकेंड थे।

हमारे शोध ने वास्तव में पत्र लेखक को ठेस पहुँचाने के लिए क्या किया था यह स्पष्ट नहीं था, लेकिन हिंसात्मक चित्र, घृणा से भरी गालियाँ, और परेशान करने वाले संदेश जो उस ख़त में शामिल थे, इससे उस व्यक्ति के मेरे बारे में ख़याल तो पता चल ही रहे थे। साथ ही यह भी कल्पना की जा सकती थी कि ऐसा पागलपन क्या कर रूप ले सकता है। मामले को और संगीन बनाने वाली बात यह थी कि यह ख़त कहीं बहुत दूर से नहीं आया था। गूगल पर उसके पोस्टमार्क के बारे में थोड़ी-सी खोज से पता चल गया कि वह कुछ ही मील के फ़ासले से भेजा गया था। मेरे दिमाग़ में विचारों की अनियंत्रित उथल-पुथल शुरू हो गई। क़िस्मत के इस क्रूर मोड़ पर, अब मैं भावनात्मक दर्द को इतनी शिद्दत से महसूस कर रहा था कि वह शारीरिक दर्द में तब्दील हो गया था।

उसी दिन बाद में, यूनिवर्सिटी के अधिकारियों के साथ कई बार बात करने के बाद, मैंने ख़ुद को स्थानीय पुलिस स्टेशन में बैठा पाया। जहाँ ड्यूटी पर मौजूद अधिकारी से बात करने के लिए मैं अपनी बारी का इंतज़ार कर रहा था। हालाँकि आख़िरकार जिस पुलिसकर्मी को मैंने अपनी कहानी बताई वह बहुत दयालु था, लेकिन उसकी बातें कुछ ख़ास आश्वस्त करने वाली नहीं थीं। उसने मुझे तीन तरह की सलाह दीं : एक तो यह कि मैं फ़ोन कंपनी को कॉल करके यह सुनिश्चित करूँ कि मेरा टेलिफ़ोन नंबर सूचीबद्ध नहीं है, दूसरी अपने दफ़्तर के आसपास घूमने वाले संदिग्ध लोगों पर निगाह रखूँ और तीसरी जो मुझे व्यक्तिगत रूप से पसंद आई-दफ़्तर से रोज़ाना अलग-अलग रास्ते से घर जाओ ताकि कोई तुम्हारे रूटीन का पता नहीं लगा सके। बस इतना ही। उन्होंने कोई स्पेशल टास्क फ़ोर्स मेरे लिए तैनात नहीं की। बस मुझे मेरे हाल पर छोड़ दिया। यह बिलकुल भी आश्वस्त करने या सुकून देने वाला जवाब नहीं था, मैं जिसकी उम्मीद कर रहा था।

उस दिन में काफ़ी लंबे घुमावदार रास्ते से, एनआर्बर की पेड़ों वाली सड़क से होते हुए घर पहुँचा। रास्ते भर मैं इस समस्या से निपटने के उपायों के बारे में सोचता रहा। मैंने ख़ुद से पूछा कि *मामले के तथ्यों पर विचार करने के बाद, क्या मुझे वाक़ई चिंता करने की ज़रूरत है? आख़िर मुझे क्या करना चाहिए?*

उस पुलिस अधिकारी और कई दूसरे लोग जिन्हें मैंने अपनी कहानी सुनाई थी, उनके मुताबिक़ ऐसे कई स्पष्ट तरीक़े थे, जिनसे मैं इन प्रश्नों का जवाब दे सकता था। *नहीं, तुम्हें इस बात का तनाव लेने की कोई ज़रूरत नहीं है। ऐसी बातें होती रहती हैं। अब तुम कुछ और नहीं कर सकते। डरने में कोई बुराई नहीं है, लेकिन बस शांति रखो। सार्वजनिक हस्तियों को हमेशा इस तरह की कोरी धमकियाँ मिलती रहती हैं, होता कुछ नहीं। ये भी ऐसी ही निकलेगी।*

लेकिन मेरी ख़ुद के साथ बातचीत ऐसी नहीं थी। बल्कि मेरे दिमाग़ के भीतर बह रही विचारों की निराशाजनक धारा ने एक अंतहीन स्वरूप धारण कर लिया था। *मैंने ये क्या कर दिया?* मेरे भीतर की आवाज़ ने उन्माद का रूप धारण करने से पहले चीख़ कर कहा। *क्या मुझे अलार्म कंपनी को कॉल करना चाहिए? क्या मुझे बंदूक लेनी चाहिए? क्या हमें घर छोड़कर कहीं और चले जाना चाहिए? मैं कितनी जल्दी कोई नई नौकरी ढूँढ़ सकता हूँ?*

अगले दो दिनों तक मेरे दिमाग़ में इसी तरह की बातचीत के अलग-अलग संस्करणों का दोहराव होता रहा, और इसकी वजह से मैं बहुत ज़्यादा नर्वस हो गया था। मेरी भूख मर गई थी और मैं अपनी पत्नी के साथ उस ख़त की धमकी के बारे में लगातार इतनी बकवास किए जा रहा था कि आख़िरकार हमारे बीच तनाव पैदा होने लगा। मैं अपनी बेटी के कमरे से आती आवाज़ों और आहटों को सुनकर पागलों की तरह चौंक जाता था, मेरे मन में अजीब-अजीब ख़याल आने लगते थे, जबकि वे आवाज़ें बच्ची और उसके पालने की हो सकती थीं।

और मैंने गति पकड़ ली।

और दो रातों तक मैं पूरे घर में इधर-उधर बेमतलब घूमता रहा, जबकि मेरी पत्नी और बेटी अपने बिस्तर पर आराम से सो रहे थे, मैं पायजामा पहने नीचे झाँकता रहता था। अपने हाथ में छोटा-सा लीग बेसबॉल बैट लेकर, मैं बैठक की खिड़की से बाहर झाँकता रहता था कि

कहीं कोई बाहर तो नहीं है, हालाँकि मुझे यह बिलकुल नहीं पता था कि यदि बाहर कोई आ भी गया तो मैं क्या कर लूँगा।

मेरा सबसे ज़्यादा शर्मिंदगी भरा पल वह था, जब मेरी व्यग्रता उस दूसरी रात को अपने चरम पर पहुँच गई, मैं अपने कंप्यूटर के सामने बैठ गया और गूगल सर्च करने लगा –''शिक्षाविद के लिए अंगरक्षक''– बाद में भले ही यह बेतुका लगे, लेकिन उस समय यह सबसे ज़रूरी और तार्किक प्रतीत हो रहा था।

आत्मदर्शन (भीतर जाना)

मैं एक प्रयोगात्मक मनोवैज्ञानिक और न्यूरोलॉजिस्ट हूँ। मैं भावना एवं आत्म नियंत्रण प्रयोगशाला में आत्मनिरीक्षण का अध्ययन करता हूँ, यह प्रयोगशाला मिशीगन यूनिवर्सिटी में बनाई गई है। हम लोगों की ख़ुद के साथ अशाब्दिक बातचीत पर शोध करते हैं, जो इस बात को शक्तिशाली रूप से प्रभावित करती है कि हम अपना जीवन कैसे जीते हैं। मैंने अपना पूरा प्रोफ़ेशनल करियर इन बातचीत पर शोध करने में बिताया है – ये क्या होती हैं, ये क्यों होती हैं, और किस प्रकार ये लोगों को ख़ुश, स्वस्थ, और अधिक उत्पादक बनाने के लिए नियंत्रित की जा सकती हैं।

मेरे सहकर्मी और मैं ख़ुद को माइंड मैकेनिक यानी दिमाग़ के मिस्त्री समझना पसंद करते हैं। हम लोगों को अपनी प्रयोगशाला में बुलाकर उन्हें विस्तृत प्रयोगों में शामिल करते हैं, साथ ही हम उन पर स्वतंत्र और उन्मुक्त अवस्था में दैनिक मानवीय अनुभवों का अध्ययन भी करते हैं। हम मनोविज्ञान से लेकर अन्य विधाओं के उपकरणों का प्रयोग करते हैं– इसमें दवाएँ, दर्शन शास्त्र, जीव–विज्ञान, और कंप्यूटर साइंस जैसे विविधतापूर्ण क्षेत्र शामिल हैं। इससे हमें कुछ खिझाने वाले प्रश्नों के उत्तर जानने में मदद मिलती है जैसे कि : ऐसा क्यों होता है कि कुछ लोग अपने भीतर ध्यान केंद्रित करके अपनी भावनाओं को समझने में सफल हो पाते हैं, जबकि कुछ लोग बिलकुल इसी तरह के व्यवहार में संलग्न होने पर उखड़ जाते हैं? विषाक्त तनाव की स्थिति में लोग कैसे समझदारीपूर्ण तर्क कर सकते हैं? क्या ख़ुद से बात करने के भी सही और ग़लत तरीक़े होते हैं? हम जिन लोगों की परवाह करते हैं उनके या ख़ुद के नकारात्मक विचारों और भावनाओं को भड़काए बगैर उनके साथ किस तरह संवाद कर सकते हैं?

क्या सोशल मीडिया पर हम दूसरों की जिन अनगिनत आवाज़ों का सामना करते हैं वे हमारे दिमाग़ को प्रभावित करती हैं? इन प्रश्नों की गंभीरता के साथ जाँच करने के बाद, हमने कई आश्चर्यजनक खोजें की हैं।

हमने जाना है कि जो विशिष्ट चीज़ें हम कहते या करते हैं वे किस प्रकार हमारी आंतरिक बातचीत में सुधार कर सकती हैं। हमने जाना है कि किस प्रकार दिमाग़ के पिछले "जादुई दरवाज़े" पर दस्तक देनी है- आख़िर कैसे कुछ प्रकार के प्लेसबो, लकीचार्म, और अनुष्ठानों का प्रयोग हमें अधिक लचीला बना देता है। हमने यह जाना है कि कौन-सी तसवीर अपनी डेस्क के ऊपर रखने से हम अपनी भावनात्मक चोटों से उबर सकते हैं (हिंट : प्रकृति माँ की तसवीर ठीक उसी प्रकार सुकून देती है जैसे हमारी अपनी माँ), कैसे किसी रुई भरे जानवर के खिलौने को पकड़ने से अस्तित्वगत निराशा में मदद मिल सकती है, किसी कठिन दिन के बाद अपने साथी से कैसे बात करें या कैसे नहीं करें, जब आप सोशल मीडिया पर लॉगऑन करते हैं तो आप क्या ग़लत कर रहे हैं, और अपनी समस्याओं से निपटने के लिए सैर पर निकलते हैं तो आपको कहाँ जाना चाहिए।

विज्ञान में करियर बनाने पर विचार करने से काफ़ी पहले से मेरी दिलचस्पी इस बात में हो गई थी कि किस प्रकार ख़ुद के साथ हमारी बातचीत हमारी भावनाओं को प्रभावित करती है। इसकी शुरुआत इससे पहले ही हो गई थी जब मैंने वास्तव में यह समझा कि अहसास आख़िर क्या होते हैं। अपने दोनों कानों के बीच हमारी जो समृद्ध, नाजुक, और पल-पल बदलने वाली दुनिया है उसके प्रति मेरा आकर्षण काफ़ी पुराना है, जब मैंने अपनी पहली मनोवैज्ञानिक प्रयोगशाला में क़दम रखा : वह घर जिसमें मैं बड़ा हुआ।

मेरी परवरिश ब्रुकलिन के एक श्रमिक इलाक़े कैनारसी में हुई थी। मेरे पिता ने मुझे बहुत ही छोटी उम्र में आत्म-चिंतन के महत्त्व के बारे में सिखाया था। मैंने देखा कि जब दूसरे अधिकांश तीन वर्षीय बच्चों के माता-पिता उन्हें नियमित रूप से ब्रश करने और दूसरों के साथ विनम्रता का व्यवहार करने के बारे में सिखा रहे थे, तब मेरे पिता की प्राथमिकताएँ कुछ अलग थीं। अपनी गैर परंपरागत शैली में, वे किसी भी दूसरी चीज़ से अधिक मेरे आंतरिक विकल्प को लेकर चिंतित थे, यदि मुझे कोई समस्या होती थी तो वे हमेशा मुझे अपने "भीतर जाने" (आत्मदर्शन) के

लिए प्रोत्साहित करते थे। वे मुझसे कहा करते थे, ''ख़ुद से सवाल करो।'' हालाँकि जिस सटीक प्रश्न का वो ज़िक्र कर रहे थे वह मुझे नहीं मिला, लेकिन कई बार मैंने ये समझा कि वे मुझे किस बात के लिए प्रेरित कर रहे थे : *उत्तर के लिए ख़ुद के भीतर झाँको।*

कई मायनों में मेरे पिता एक चलता-फिरता विरोधाभास थे। जब वह शोरगुल और भीड़ से भरी न्यू यॉर्क की सड़कों पर दूसरे कार चालकों पर गुस्सा नहीं निकाल रहे होते या घर पर टीवी के सामने यैंकीज को चीयर नहीं कर रहे होते तो उन्हें उनके बेडरूम में ध्यान की मुद्रा में पाया जा सकता था (आमतौर पर उनकी घनी मूँछों के नीचे सिगरेट सुलग रही होती) या फिर वे भगवद् गीता पढ़ रहे होते। लेकिन मैं मना की गई कुकीज को खाने या अपना कमरा साफ़ करने से इनकार करने का फ़ैसला करने से अधिक जटिल परिस्थितियों का सामना करते हुए बड़ा हुआ हूँ, उनकी सलाहें कुछ ज़्यादा भारी थीं। क्या मुझे अपनी हाई-स्कूल की क्रश से घूमने जाने के लिए पूछना चाहिए? (मैंने पूछा था, उसने मना कर दिया।) क्या मुझे अपने दोस्त को किसी का बटुआ चुराते देखने पर उसका विरोध करना चाहिए? मुझे कॉलेज कहाँ जाना चाहिए? मुझे अपने शांत दिमाग़ से सोचने की प्रवृत्ति पर गर्व हुआ, और सही निर्णय लेने के लिए ख़ुद के भीतर जाने की मेरी निर्भरता ने शायद ही कभी धोखा दिया है (और एक दिन मेरी कोई प्रियतमा मुझसे हाँ कहेगी; मैंने उससे शादी कर ली)।

शायद इसमें कोई आश्चर्य की बात नहीं है कि जब मैंने कॉलेज छोड़ा, तो मनोविज्ञान के क्षेत्र में मेरा जाना पहले से ही तय था। मुझे मेरी राह मिल गई थी। इसने उन चीज़ों की खोज की, जिनके बारे में मैंने युवावस्था में काफ़ी समय अपने पिता के साथ बातें करते हुए बिताया था; यह मुझे मेरे बचपन की व्याख्या करती और वयस्कता की राह दिखाती प्रतीत होती है। मनोविज्ञान ने मुझे एक नई शब्दावली भी प्रदान की। मेरे कॉलेज की कक्षाओं में, मैंने कई दूसरी चीज़ों के अलावा यह भी जाना, कि मेरे पिता अपनी इतने सालों की झेन (चीनी बौद्ध साधना) परवरिश के दौरान जिस पर ध्यान दे रहे थे, और जिसे मेरी भोली माँ सहन करती आ रही थी, वह था आत्मनिरीक्षण का विचार। बहुत ही सामान्य भाव में आत्मनिरीक्षण का मतलब है ख़ुद के विचारों और भावनाओं पर सक्रिय रूप से ध्यान देना। ऐसा करने की क्षमता हमें कल्पना करने, याद रखने, चिंतन करने, और फिर

उसके बाद इन विचारमग्नता का उपयोग समस्याओं को हल करने, कुछ नया करने और कुछ रचने में करने की अनुमति देती है। कई वैज्ञानिक, जिनमें मैं ख़ुद भी शामिल हूँ, इसे केंद्रीय विकासवादी प्रगति के रूप में देखते हैं, जो मनुष्यों को दूसरी प्रजातियों से अलग करती है।

फिर भी मेरे पिता का तर्क था कि आत्मनिरीक्षण के कौशल को विकसित करने से मुझे अपने सामने आने वाली हर चुनौतीपूर्ण स्थिति का सामना करने में मदद मिलेगी। सप्रयास आत्म-चिंतन एक समझदार, लाभकारी विकल्प और सकारात्मक भावनाओं के विस्तार की ओर ले जाएगा। दूसरे शब्दों में ख़ुद के ''भीतर जाना'' एक लचीले, संपूर्ण जीवन का मार्ग था। यह बात बिलकुल सही थी। सिवाय इसके कि, जैसे मैं जल्दी सीख लूँगा, तो कई लोगों के लिए यह पूरी तरह ग़लत था।

हाल के वर्षों में, नए शोध से यह पता चला है कि जब हम परेशानी का अनुभव करते हैं, तो आत्मनिरीक्षण में संलग्न होना कई बार फ़ायदेमंद होने के बजाय नुक़सानदायक हो जाता है। यह काम पर हमारा प्रदर्शन कमज़ोर करता है, अच्छे निर्णय लेने की हमारी क्षमता में हस्तक्षेप करता है, और हमारे रिश्तों को नकारात्मक रूप से प्रभावित करता है। यह हिंसा और आक्रामकता को भी बढ़ावा दे सकता है, जिससे कई तरह के मानसिक विकार पैदा हो सकते हैं और हमारे शारीरिक रूप से भी बीमार पड़ने का ख़तरा बढ़ जाता है। अपने विचारों और भावनाओं के साथ ग़लत तरीक़े से दिमाग़ उलझाने से पेशेवर एथलीट अपना वह कौशल खो सकते हैं जिसे विकसित करने में उन्होंने बरसों लगाए हैं। इसकी वजह से आमतौर पर तार्किक और परवाह करने वाले लोगों की तर्कसंगतता घट जाती है और वे कम नैतिक निर्णय लेने लगते हैं। इसकी वजह से वास्तविक जीवन और सोशल मीडिया में भी आपके मित्र आपसे दूर जा सकते हैं। प्रणय संबंधों में खटास आ सकती है। इसकी वजह से बुढ़ापा आने की रफ़्तार बढ़ सकती है। बाहर से हम कैसे दिखते हैं और अंदर हमारे डीएनए दोनों में बुढ़ापे की झलक जल्दी आ सकती है। संक्षेप में, हमारे विचार हर बार हमें अपने विचारों से नहीं बचाते, बल्कि वे कुछ प्रपंचों को रचते हैं।

चैटर।

चैटर यानी मानसिक बकबक या कहें कि हमारे मानसिक प्रलाप या एकालाप में चक्रीय रूप से आने वाले नकारात्मक विचार और भावनाएँ

होती हैं जो आत्मनिरीक्षण की हमारी विलक्षण क्षमता को आशीर्वाद के बजाय अभिशाप में बदल देती हैं। वे हमारे प्रदर्शन, निर्णय लेने की क्षमता, संबंधों, ख़ुशियों और स्वास्थ्य को ख़तरे में डाल देती हैं। हम काम पर हुई गड़बड़ी या किसी प्रियजन के साथ हुई ग़लतफ़हमी के बारे में सोचते हैं और आख़िरकार हम कितना बुरा महसूस करते हैं इस दुख से भर जाते हैं। फिर हम उसके बारे में बार-बार सोचते रहते हैं। हम अपने आंतरिक कोच की तलाश में आत्मनिरीक्षण करते हैं लेकिन उसके बजाय अपने अंदर के आलोचक को ढूँढ़ लेते हैं।

सवाल यह है कि ऐसा क्यों? ऐसा क्यों होता है कि कई बार परेशानी का अनुभव करने पर लोगों का ख़ुद के "भीतर जाने" और सोचने का प्रयास सफल होता है और कई बार विफल हो जाता है? और उतनी ही महत्त्वपूर्ण एक और बात है, जब हम पाते हैं कि हमारी आत्मनिरीक्षण की क्षमता समाप्त हो रही है, तो हम उसे वापस पटरी पर लाने के लिए क्या कर सकते हैं? मैंने इन सवालों का परीक्षण करने में अपने करियर के महत्त्वपूर्ण वर्ष बिताए हैं। मैंने यह जाना है कि इसके उत्तर चैतन्य जीवन के कुछ महत्त्वपूर्ण वार्तालापों की प्रकृति में बदलाव पर टिके हुए हैं : वे वार्तालाप जो हम ख़ुद के साथ करते हैं।

हमारी डिफ़ॉल्ट स्थिति

इक्कीसवीं सदी का एक व्यापक सांस्कृतिक मंत्र *वर्तमान में जीने* का उपदेश है। मैं इस कहावत के ज्ञान की सराहना करता हूँ। अतीत के दर्द या भविष्य की चिंता में घुलने के बजाय, यह सुझाता है कि हमें वर्तमान में दूसरों के साथ और स्वयं के साथ जुड़ने में ध्यान देना चाहिए। और फिर भी, मानव (मन) मस्तिष्क का अध्ययन करने वाले एक वैज्ञानिक के रूप में, मैं इस पर ध्यान देने के अलावा कुछ नहीं कर सकता कि किस प्रकार यह नेक इरादे वाला संदेश हमारे जीव-विज्ञान के विपरीत चलता है। इनसान हर समय वर्तमान से बँधे रहने के लिए नहीं बने थे। ना ही हमारे दिमाग़ ऐसा करने के लिए विकसित हुए हैं।

हाल के वर्षों में, अत्याधुनिक विधियाँ जो यह परीक्षण करती हैं कि किस प्रकार दिमाग़ जानकारियों का प्रसंस्करण करता है और वास्तविक समय में हमें व्यवहार की निगरानी करने की अनुमति देती हैं, उन्होंने इनसानी

दिमाग़ की छिपी हुई यांत्रिक कार्यप्रणाली को उजागर किया है। ऐसा करने में, उन्होंने हमारी प्रजातियों के बारे में कुछ उल्लेखनीय बात उजागर की : हम अपने जाग्रत जीवन का एक तिहाई से लेकर आधा समय वर्तमान में जीने में नहीं बिताते।

उतने ही स्वाभाविक रूप से, जैसे कि हम साँस लेते हैं, हम मौजूदा समय से ''विलग'' हो जाते हैं, हमारा मस्तिष्क हमें अतीत की घटनाओं में, काल्पनिक परिदृश्यों और अन्य आंतरिक विचारों में ले जाता है। यह प्रवृत्ति इतनी मौलिक है कि इसका एक नाम है : हमारी ''डिफ़ॉल्ट स्थिति।'' हमारा मस्तिष्क यदि कहीं अन्यथा उलझा हुआ नहीं है, और अक्सर अन्यथा उलझे हुए होने पर भी, इस गतिविधि में स्वचालित रूप से वापस लौट जाता है। इस बात में कोई शक नहीं है कि जब आपको किसी काम पर ध्यान केंद्रित करना होता है, तो आपने भी अपने मस्तिष्क को यहाँ वहाँ भटकते हुए नोटिस किया होगा, जैसे कि यह उसकी अपनी मर्ज़ी है। हम निरंतर अपने वर्तमान से फिसलकर अपने (मन) मस्तिष्क की एक समानांतर, विषम दुनिया में पहुँच रहे हैं, अनचाहे ही मिनट दर मिनट आधार पर वापस अंदर की तरफ़ खिंचे चले जा रहे हैं। इसके परिप्रेक्ष्य में मस्तिष्क का जीवन नामक अभिव्यक्ति एक नया अर्थ प्राप्त करती है : हमारा अधिकांश जीवन (मन) मस्तिष्क है। तो जब हम फिसल जाते हैं तो अक्सर क्या होता है?

हम ख़ुद से बातें करते हैं।

और हम ख़ुद की कही गई बात सुनते हैं।

सभ्यता की शुरुआत से ही मानवता इससे जूझ रही है। आरंभिक ईसाई साधक अपने मन की इस आवाज़ से हमेशा परेशान रहते थे, जो उनकी मौन साधना में विघ्न डालती थी। कुछ लोगों ने तो इन आवाज़ों को शैतान की आवाज़ तक माना है। इस समय पूरब में, चीनी बौद्ध भिक्षुओं ने मन के अशांत मौसम के बारे में सिद्धांत प्रतिपादित किया, जो किसी के भी भावनात्मक परिदृश्य को धूमिल कर सकता है। उन्होंने इसे भ्रमित विचार का नाम दिया। और फिर भी इनमें से कई प्राचीन संस्कृतियाँ मानती है कि उनकी आंतरिक आवाज़ ज्ञान का स्त्रोत है, एक ऐसा विश्वास जो अपने भीतर कई सहस्त्राब्दी पुराने अभ्यासों को समेटे हुए है जैसे कि मौन प्रार्थना और ध्यान (मेरे पिता का व्यक्तिगत दर्शन)। विभिन्न आध्यात्मिक परंपराएँ हमारे अंतर्मन की आवाज़ से डरती भी थीं और उसके महत्त्व को

भी पहचानती थीं, यह तथ्य बताता है कि हमारी आंतरिक बातचीत के बारे में यह दोहरा रवैया आज भी जारी है।

जब हम अपनी आंतरिक आवाज़ के बारे में बात करते हैं, तो लोग स्वाभाविक रूप से इसके पैथोलॉजिकल पहलुओं के बारे में आश्चर्य करते हैं। मैं अक्सर अपने प्रेजेंटेशन की शुरुआत दर्शकों से यह पूछकर करता हूँ कि क्या वे निरपवाद रूप से अपने आप से बातें करते हैं, कई लोगों को यह देखकर राहत महसूस हुई कि उनके हाथों के साथ दूसरे लोगों के हाथ भी ऊपर उठे थे। दुर्भाग्य से, कई लोग सामान्य आवाज़ें जो हम अपने दिमाग़ में सुनते हैं (उदाहरण के लिए जो हमसे, परिवार या सहकर्मियों से संबंधित हैं) कई बार असामान्य आवाज़ों में बदल सकते हैं, जो मानसिक बीमारी की विशेषता है। ऐसे मामलों में व्यक्ति यह नहीं मानता कि वह आवाज़ उसके दिमाग़ से ही निकली है, बल्कि यह सोचता है कि वह किसी और (कुछ सामान्य मतिभ्रम के उदाहरण के रूप में किसी दुश्मन, एलियन या फिर सरकार) की आवाज़ है। महत्त्वपूर्ण रूप से, जब हम अपने भीतर की आवाज़ के बारे में बात करते हैं, तो मानसिक बीमारी और तंदुरुस्ती के बीच पैथोलॉजी बनाम स्वस्थ का नहीं, बल्कि संस्कृति और डिग्री का है। मानव मस्तिष्क की एक विशेषता यह भी है कि दस में से एक व्यक्ति को आवाज़ें सुनाई देती हैं और वे उसके लिए बाहरी कारकों को ज़िम्मेदार मानते हैं। हम अभी भी यह समझने की कोशिश कर रहे हैं कि आख़िर ऐसा क्यों होता है।

तो कहने का मतलब यह है कि हम सभी के मन (मस्तिष्क) में किसी न किसी रूप में एक आवाज़ होती है। शब्दों के प्रवाह का हमारे आंतरिक जीवन से इतना अटूट रिश्ता है कि यह बोलने से जुड़ी अक्षमताओं में भी बरकरार रहता है। उदाहरण के लिए कुछ अध्ययन में पाया गया है कि जो लोग हकलाते हैं वह भी मुखर रूप के बजाय अपने मन के भीतर अधिक धाराप्रवाह तरीक़े से बात करते हैं। सांकेतिक भाषा का उपयोग करने वाले बधिर लोग भी अपने-आप से बात करते हैं, हालाँकि उनकी आंतरिक भाषा का अपना अलग स्वरूप होता है। इसमें मौन रूप से ख़ुद के साथ संवाद करना शामिल होता है, ठीक वैसे ही जैसे सुन सकने वाले लोग निजी रूप से ख़ुद से बात करने के लिए शब्दों का इस्तेमाल करते हैं। आंतरिक आवाज़ हमारे मन (मस्तिष्क) की एक मूलभूत विशेषता है।

यदि आपने किसी फ़ोन नंबर को याद करने के लिए उसे मन ही मन दोहराया है, आपको क्या कहना चाहिए था इसकी कल्पना करते हुए किसी बातचीत को वापस दोहराया है, या किसी समस्या के दौरान या किसी कौशल में ख़ुद को मौखिक रूप से प्रशिक्षित करने की कोशिश की है, तो इसका मतलब है कि आपने अपनी आंतरिक आवाज़ को काम में लिया है। अधिकांश लोग रोज़ाना उन पर भरोसा करते हैं और उनसे फ़ायदा उठाते हैं। और जब उनका वर्तमान से संपर्क टूट जाता है, अक्सर ऐसा उस आवाज़ से बात करने या उसकी बात सुनने में होता है–और उसके पास कहने के लिए *बहुत कुछ* हो सकता है।

विचारों की हमारी मौखिक धारा काफ़ी मेहनती भी है, एक अध्ययन के मुताबिक़ हम आंतरिक रूप से ख़ुद से जो बात करते हैं उसकी दर बाहरी (ज़ोर से बोलने) रूप से प्रति मिनट 4 हज़ार शब्दों के बराबर होती है। अगर इसे वर्तमान संदर्भ में देखा जाए तो आमतौर पर अमेरिकी राष्ट्रपति की स्टेट ऑफ़ द यूनियन स्पीच छह हज़ार शब्दों की होती है और यह लगभग एक घंटे तक चलती है। हमारा दिमाग़ लगभग उसी क्रिया को लगभग साठ सेकेंड में पूरी कर देता है। इसका मतलब यह है कि यदि हम किसी दिन सोलह घंटे तक जागते हैं, जो कि हममें से अधिकांश करते हैं, और हमारी आंतरिक आवाज़ उस दिन लगभग आधा समय सक्रिय रहती है तो सैद्धांतिक रूप से हम हर दिन 320 स्टेट ऑफ़ द यूनियन स्पीच देते हैं। हमारे मन (मस्तिष्क) की आवाज़ बहुत ही तेज़ बोलने वाली है।

हालाँकि आंतरिक आवाज़ अधिकांश समय अच्छे से काम करती है, लेकिन जब हमें इसकी ज़्यादा आवश्यकता होती है तो यह हमें अक्सर बेकार की बकबक की ओर ले जाती है – जब हमारा तनाव काफ़ी ज़्यादा होता है, और हम कठिन भावनाओं का सामना करते हैं, जिन्हें शांति की आवश्यकता होती है।

कभी–कभी यह बकबक व्यर्थ के एकालाप का स्वरूप धारण कर लेती है; कई बार यह हमारा ख़ुद के साथ संवाद होता है। घबराहट भरी कल्पना (चिंता) होती है। कभी–कभी यह नकारात्मक अहसासों और विचारों के बीच एक मुक्त–संबद्ध पिनबॉलिंग (एक खेल) होता है। कभी–कभी यह किसी ख़ास अप्रिय भावना या धारणा पर टिक जाना होता है। हालाँकि यह स्वयं प्रकट होती है, जब आंतरिक आवाज़ आपे से बाहर हो जाती है

और मानसिक माइक्रोफ़ोन पर बकबक का नियंत्रण हो जाता है, तो हमारा मन (मस्तिष्क) ना केवल हमें पीड़ा देता है, बल्कि पंगु भी बना देता है। यह हमसे ऐसे काम करवाता है, जिनसे हमारा ख़ुद का नुक़सान होता है।

वजह है कि आप देर रात ख़ुद को हाथ में हास्यास्पद रूप से छोटा बेसबॉल बैट लिए हुए अपने बैठक की खिड़की से बाहर झाँकते पाते हैं।

पहेली

सबसे जटिल अंतर्दृष्टि जो मुझे अपने करियर में हुई वह यह थी कि बकबक को कम करने और अपनी आंतरिक आवाज़ पर लगाम लगाने के लिए जो साधन अनिवार्य हैं वे नहीं हों, जिन्हें हमें कहीं जाकर ढूँढ़ना है। वे अक्सर हमारी नज़रों से छिपे रहते हैं, इंतज़ार करते रहते हैं कि हम उन्हें काम पर लगाएँ। वे हमारी मानसिक आदतों, विचित्र व्यवहारों और दैनिक दिनचर्या के साथ ही उन लोगों, संगठनों और वातावरण में मौजूद हैं, जिनके साथ हम रोज़ाना व्यवहार करते हैं। इस पुस्तक में, मैं उन साधनों को उजागर करूँगा और ना केवल यह बताऊँगा कि वे कैसे काम करते हैं, बल्कि यह भी कि कैसे वे मिलकर एक टूलबॉक्स का रूप ले लेते हैं जो विकासवाद ने हमारी ख़ुद के साथ बातचीत में मदद के लिए गढ़ा है।

आगे के अध्यायों में, मैं आपके लिए प्रयोगशाला लेकर आऊँगा, साथ ही उन लोगों के बारे में कहानियाँ भी सुनाऊँगा जिन्होंने अपनी बकबक से मुक़ाबला किया है। आप एक पूर्व एनएसए एजेंट, फ्रेडरोज़र्स, मलाला युसुफ़जई, लेब्रॉन जेम्स और दक्षिणी प्रशांत की स्थानीय जनजाति ट्रोब्रिएंडर्स के अलावा हमारे और आपके जैसे कई लोगों की मानसिक ज़िंदगियों के बारे में जानेंगे। लेकिन इस पुस्तक को शुरू करने के लिए हम सबसे पहले यह देखेंगे कि आंतरिक आवाज़ वास्तव में क्या है, इसके साथ ही यह हमारे लिए कौन-सी शानदार चीज़ें करती है। इसके बाद मैं आपको उन वार्तालापों के अंधेरे पक्ष की ओर ले जाऊँगा जो हम ख़ुद के साथ करते हैं और उस भयावह हद तक जिसमें दिमाग़ी बकबक हमारे शरीरों को नुक़सान पहुँचा सकती है, हमारे सामाजिक जीवन को नष्ट कर सकती है, और हमारे करियर को पटरी से उतार सकती है।

एक मददगार सुपरपॉवर और विनाशकारी क्रिप्टोनाइट दोनों के रूप में आंतरिक आवाज़ का यह अपरिहार्य तनाव जो हमें चोट पहुँचाता है, वह

मेरे ख़याल से मानव मस्तिष्क की महान पहेली है। आख़िर कैसे जो आवाज़ हमारे सबसे अच्छे कोच के रूप में काम करती है वह सबसे बुरी आलोचक कैसे हो सकती है? बाक़ी अध्याय उन वैज्ञानिक तकनीकों का वर्णन करेगा, जिनसे हम अपनी बकबक को कम कर सकते हैं–वे तकनीकें जो हमें अपने दिमाग़ की इस जटिल पहेली को सुलझाने में तेज़ी से मदद कर रही हैं।

बकबक को परास्त करने की कुंजी ख़ुद से बातें करना बंद कर देना बिलकुल नहीं है। चुनौती इस बात का पता लगाने में है कि ऐसा अधिक प्रभावी तरीक़े से कैसे किया जाए। सौभाग्य से आपका मन (मस्तिष्क) और आपके आसपास की दुनिया दोनों ही आपको ऐसा करने में मदद करने के लिए डिज़ाइन किए गए हैं। लेकिन इससे पहले कि हम इस बात की गहराई में जाएँ कि किस प्रकार अपने मन (मस्तिष्क) की आवाज़ को नियंत्रित करें, हमें कुछ मूलभूत प्रश्नों का उत्तर खोजने की आवश्यकता है।

हमारे पास एक पहले स्थान पर क्यों है?

1

हम ख़ुद से बातें क्यों करते हैं

न्यू यॉर्क शहर के फुटपाथ गुमनामी के सुपरहाईवे हैं। दिन भर, लाखों पैदल यात्री इन पर चलते हैं, इनके चेहरे मुखौटों की भाँति होते हैं, जिनसे कुछ भी प्रकट नहीं होता। ऐसी ही समान अभिव्यक्तियाँ इन सड़कों के नीचे यानी सबवे में व्याप्त हैं। लोग पढ़ते हैं, अपने फ़ोन में देखते हैं, और अनंत अदृश्य को देखते रहते हैं, उनके चेहरे और उनके मन के भीतर चल रहे विचारों का कोई संपर्क नहीं होता।

निश्चित रूप से अस्सी लाख न्यू यॉर्क वासियों के ये अपठनीय चेहरे उस ख़ाली दीवार की दूसरी तरफ़ की दुनिया को झुठलाते हैं, जिसे उन्होंने खड़ी करना सीख लिया है : समृद्ध और सक्रिय आंतरिक वार्तालाप का एक छिपा हुआ ''वैचारिक परिदृश्य,'' अक्सर दिमाग़ी बक-बक से भरा हुआ। आख़िरकार, न्यू यॉर्क वासी जितने अपने रूखे व्यवहार के लिए जाने जाते हैं उतने ही वे अपने अनमनेपन के लिए विख्यात हैं। (मूल निवासी होने के नाते मैं प्यार से यह बात कहता हूँ।) कल्पना करें, फिर हम क्या जान सकते हैं यदि हम उनकी आंतरिक आवाज़ों को सुन सकने के लिए उनके मास्क हटा पाएँ। यदि यह होता है, तो यह बिलकुल वही होगा, जो ब्रिटिश एंथ्रोपोलॉजिस्ट एंड्रयू इरविंग ने 2010 से शुरू करते हुए अगले चौदह महीनों के दौरान किया था – सौ से कुछ अधिक न्यू यॉर्क वासियों के मन की बात सुनना।

जबकि इरविंग को मानव मन के मूल मौखिक जीवन की झलक – या उसके बजाय उसका कोई ऑडियो सैम्पल मिलने की उम्मीद थी – उनके

अध्ययन का मूल उनकी इस अभिरुचि में था कि हम मृत्यु के बारे में मालूम होने पर उससे कैसे निपटते हैं। मैनचेस्टर यूनिवर्सिटी के प्रोफ़ेसर के रूप में, उन्होंने अफ़्रीका में कुछ फ़ील्ड वर्क किया था, इसमें उन्होंने एचआईवी/एड्स से पीड़ित लोगों की खुद से आंतरिक बातचीत का विश्लेषण किया था। इसमें कोई हैरानी की बात नहीं थी कि बीमारी का पता चलने के बाद से उनके विचार चिंता, अनिश्चतता और भावनात्मक दर्द से भरे हुए थे।

अब इरविंग चाहते थे कि इन निष्कर्षों की उन लोगों के समूह के साथ तुलना की जाए, जिनके पास निश्चित रूप से अपनी चिंताएँ थीं, लेकिन अभी वे उतनी बिगड़ी हुई स्थिति में नहीं पहुँची थीं। इसके लिए, उन्होंने साधारण रूप से (और बहादुरी से!) सड़कों पर और पार्कों में और कैफ़े में न्यू यॉर्क वासियों से संपर्क किया, उन्हें अपने अध्ययन के बारे में बताया, और पूछा कि क्या वे अपने मन के विचारों को ज़ोर से बोलकर रिकॉर्डिंग डिवाइस में रिकॉर्ड करना चाहेंगे, जबकि वे दूर से उन्हें फ़िल्माएँगे।

किसी दिन, थोड़े से लोगों ने हाँ कहा; किसी दिन केवल एक व्यक्ति ने। यह तो अपेक्षित होना था कि अधिकांश न्यू यॉर्क वासी बहुत ही व्यस्त होंगे या संदेह जताएँगे। आख़िरकार इरविंग ने अपने एक सैकड़ा, जैसा कि उन्होंने इसे नाम दिया था, आंतरिक रूप से प्रतिनिधित्व करने वाले भाषणों के प्रवाह, को एकत्रित कर लिया। इसमें पंद्रह मिनट से लेकर डेढ़ घंटे तक की रिकॉर्डिंग्स शामिल थीं। निश्चित रूप से ये रिकॉर्डिंग मन के भीतर चल रही सभी बातों तक पहुँच प्रदान नहीं करतीं, क्योंकि कुछ प्रतिभागियों के प्रदर्शन में बनावटीपन आ गया था। इसके बावजूद, अपने रोज़मर्रा के जीवन को दिशा देने के प्रयास में लोगों की ख़ुद से होने वाली बातचीत में झाँकने का यह असाधारण मौक़ा प्रदान करती थीं।

जैसा कि स्वाभाविक था, इरविंग के अध्ययन में शामिल हर किसी के मन में नीरस चिंताओं ने जगह घेर रखी थी। अधिकांश लोगों ने उन बातों पर टिप्पणियाँ कीं, जो उन्होंने सड़क पर देखा–उदाहरण के लिए अन्य पैदल यात्री, वाहन चालक और ट्रैफ़िक–साथ ही साथ उन चीज़ों के बारे में भी जिन्हें उन्हें करने की आवश्यकता थी। लेकिन इन अत्यंत साधारण विचारों के साथ ही कुछ ऐसे एकालाप मौजूद थे, जो व्यक्तिगत पीड़ाओं, परेशानियों और चिंताओं की बात करते थे। ये एकालाप अक्सर नकारात्मक विचारों पर केंद्रित होते थे, जैसे विचारों की सपाट सड़क पर अचानक कोई

बड़ा–सा गड्ढा बन जाना। उदाहरण के लिए, इरविंग के अध्ययन में शामिल एक महिला जिसका नाम मेरेडिथ था, उसकी आंतरिक बातचीत रोज़ाना के जीवन मृत्यु की चिंताओं से जुड़ी होती थी।

"मैं सोचती हूँ कि क्या यहाँ आसपास कोई स्टेपल्स है," मेरेडिथ ने अचानक अपनी मित्र के हाल ही में कैन्सर डायग्नोस्टिक की बात से विषय परिवर्तन करते हुए कहा, "आपको पता है, मुझे लगा कि वह मुझे बताने वाली है कि उसकी बिल्ली मर गई।" उसने सड़क पार की, फिर कहा, "मैं उसकी बिल्ली के बारे में रोने के लिए तैयार थी, और फिर मैं उसके लिए नहीं रोने की कोशिश कर रही हूँ। मेरा मतलब है जोन के बिना न्यू यॉर्क बिलकुल... मैं तो इसकी कल्पना भी नहीं कर सकती।" उसने रोना शुरू कर दिया। "हालाँकि वह बिलकुल ठीक हो जाएगी। मैं ठीक हो जाने के 20 प्रतिशत चांस वाली लाइनें पसंद करती हूँ। और उसके एक दोस्त ने जिस तरह यह कहा, 'क्या तुम ऐसे जहाज पर जाओगी, जिसके क्रैश होने के 20 प्रतिशत चांस हैं? नहीं, बिलकुल नहीं।' हालाँकि इससे गुज़रना मुश्किल था। उसने एक तरह से शब्दों की दीवार खड़ी कर दी थी।"

लगता था कि मेरेडिथ बुरी ख़बर में डूबने के बजाय उसका सामना करने की कोशिश कर रही थी। ज़रूरी नहीं है कि अप्रिय भावनाओं के बारे में विचार हर समय बक–बक ही हों, और यहाँ पर यही मामला है। उसने विचारों का उतार–चढ़ाव शुरू नहीं किया। और कुछ मिनटों के बाद, एक और गली पार करने के बाद, उसका मौखिक प्रवाह वापस लौटकर उसके मौजूदा काम पर आ गया : "अब, क्या यहाँ पर कोई स्टेपल्स है? मुझे लगता है कि वहाँ है।"

जबकि मेरेडिथ ने एक प्रिय मित्र को खोने के डर का सामना करने की कोशिश की, टोनी नामक एक अन्य व्यक्ति ने एक अलग ही तरह के दुख का सामना किया : किसी रिश्ते में निकटता ख़त्म होने और शायद रिश्ता ही ख़त्म होने का डर। पैदल यात्रियों से भरे हुए फुटपाथ पर एक मैसेंजर बैग लिए हुए, उसने ख़ुद से बातचीत की एक श्रृंखला की शुरुआत की : "इससे दूर निकल लो... देखो, भाड़ में जाने तो। या आगे बढ़ो। बस दूर निकल लो। मैं हर किसी को नहीं बताने वाली भावना को समझ सकता हूँ। लेकिन मैं हर कोई नहीं हूँ। तुम दोनों को बच्चा होने वाला है। कम से कम एक फ़ोन कॉल ही कर दिया होता।" जिस बहिष्कार की भावना का

उसने अनुभव किया था उसने स्पष्ट रूप से उसे गहराई तक काट दिया था। वह एक समस्या के समाधान की तलाश और उस दर्द के बीच के किसी ठोस फ़ैसले पर पहुँचने की कोशिश कर रहा था जो एक बेकार की दीवार खड़ी कर सकता था।

''स्पष्ट है, बिलकुल स्पष्ट है। आगे बढ़ो,'' फिर टोनी ने कहा। उसने भाषा का इस्तेमाल ना केवल अपनी भावनाओं को आवाज़ देने बल्कि स्थिति को कितनी बेहतर तरीक़े से सँभाला जाए इसके लिए भी किया। बात यह है कि, उसने कहना जारी रखा, ''यह मुझे बाहर रखने की कोशिश है। जब उन्होंने मुझसे कहा कि हम लोगों का बच्चा होने वाला है, तो मुझे थोड़ा परायापन महसूस हुआ। मुझे लगा कि मुझे बाहर धकेल दिया गया है। लेकिन अब लगता है कि शायद यही बाहर निकलने का रास्ता है। मैं पहले नाराज़ था, लेकिन मानना पड़ेगा, कि अब उतना नाराज़ नहीं हूँ। अब यह मेरे फ़ायदे के लिए काम कर सकता है।'' वह एक हल्की, कड़वी हँसी हँसा, फिर ठंडी साँस छोड़ी। ''मुझे पक्का पता है कि यह बहिष्कार है... अब मैं इसे सकारात्मक रूप से देख रहा हूँ... मैं पहले नाराज़ था। मुझे लगा था कि तुम दोनों मेरे परिवार की तरह थे... और तुम दोनों अब एक परिवार हो। और मैं बाहरी हूँ... हौसला रखो!''

और वहाँ लॉरा थी।

लॉरा बेचैन अवस्था में एक कॉफ़ी शॉप में बैठी थी। वह अपने बॉयफ्रेंड के फ़ोन का इंतज़ार कर रही थी, जो बोस्टन गया था। समस्या यह थी कि उसे लॉरा को नए अपार्टमेंट में शिफ़्ट करने में मदद करने के लिए वापस आना था। वह एक दिन पहले से उसके फ़ोन का इंतज़ार कर रही थी। उसे यक़ीन हो गया था कि उसके बॉयफ्रेंड के साथ कोई ''घातक दुर्घटना'' हो गई थी, बीती रात को वह अपने कंप्यूटर के सामने चार घंटे तक बैठकर बस दुर्घटना के बारे में सर्च करती रही थी। अभी भी, जैसा कि उसने ख़ुद को याद दिलाया कि उसकी जबरन की नकारात्मक चिंता महज उसके बॉयफ्रेंड के साथ संभावित किसी बस दुर्घटना के बारे में ही नहीं थी। वह उसके साथ एक खुले रिश्ते में थी, हालाँकि यह कुछ ऐसा नहीं था, जिसकी उसे कभी चाहत थी, और यह काफ़ी कठिन होता जा रहा था। ''इसे यौन स्वतंत्रता के लिए खुला होना चाहिए,'' उसने ख़ुद से कहा। ''लेकिन यह कुछ ऐसा है, जिसे वास्तव में मैंने अपने लिए नहीं चाहा था... मुझे नहीं

पता कि वह कहाँ है... वह कहीं भी हो सकता है। वह किसी और लड़की के साथ हो सकता है।''

एक तरफ़ जहाँ मेरेडिथ सापेक्ष समभाव के साथ व्यथित करने वाली ख़बर का सामना किया (किसी मित्र के कैन्सर निदान पर रोना स्वाभाविक है) और टोनी ने शांत रहकर ख़ुद को आगे बढ़ने के लिए प्रेरित किया, वहीं लॉरा लगातार नकारात्मक विचारों में उलझी रही। उसे पता नहीं था कि आगे कैसे बढ़ना है। उसी समय, उसके आंतरिक एकालाप समय की गहराई में डूबते रहे, उन फ़ैसलों के चिंतन के साथ जिन्होंने उसके रिश्ते को वर्तमान स्थिति तक पहुँचाया था। उसके लिए अतीत ही वर्तमान था, ऐसा ही कुछ मेरेडिथ और टोनी के साथ भी था। उनकी विशिष्ट स्थितियों ने उन्हें अपने अनुभवों के साथ अलग तरीक़े से जूझने को प्रेरित किया, लेकिन वे सभी उन चीज़ों का गुणा-भाग कर रहे थे, जो पहले ही हो चुकी थीं। उसी समय उनके एकालाप उन्हें भविष्य में भी ले गए, उन सवालों के साथ कि क्या होगा या उन्हें क्या करना चाहिए। अपनी आंतरिक बातचीत में एक जगह से दूसरी जगह और एक समय से दूसरे समय में भटकने का यह पैटर्न कुछ ऐसी बातों को हाईलाइट करता है, जो हम सभी ने अपने मन (मस्तिष्क) के बारे में नोटिस की है : यह एक कालयात्री (टाइम ट्रैवलर) है।

जबकि यादों की गलियाँ हमें बकबक की गलियों में ले जा सकते हैं, अतीत में लौटने या भविष्य की कल्पना करने में कुछ भी नुक़सान नहीं है। मानसिक रूप से समय की यात्रा कर पाने की क्षमता मानव मन (मस्तिष्क) की एक अत्यंत मूल्यवान विशेषता है। यह हमें अपने अनुभवों को उन तरीक़ों से सार्थक करने की अनुमति देती है, जिसे अन्य प्राणी नहीं कर सकते, यानी योजनाएँ बनाना और भविष्य की किसी आकस्मिक स्थिति के लिए तैयार रहना। ठीक वैसे ही जैसे कि हम अपने दोस्तों के साथ उन चीज़ों के बारे में बात करते हैं, जिन्हें हम कर चुके हैं और जो चीज़ें हम करना चाहते हैं, उसी प्रकार हम ख़ुद से भी उन्हीं चीज़ों के बारे में बातें करते हैं।

इरविंग के प्रयोग में शामिल अन्य स्वयंसेवकों ने भी उन जुड़ावों का प्रदर्शन किया जो समय के साथ उछाल भरते थे, आंतरिक आवाज़ की बकबक के प्रवाह में बहते थे। उदाहरण के लिए, किसी पुल पर से गुज़रते समय, किसी बुज़ुर्ग महिला ने याद किया कि अपने बचपन में वह अपने पिता के साथ इसी पुल से गुज़र रही थी तभी किसी व्यक्ति ने पुल से कूदकर

आत्महत्या कर ली थी। यह एक अमिट याद थी, आंशिक रूप से इसलिए क्योंकि उसके पिता एक पेशेवर फ़ोटोग्राफ़र थे और उन्होंने उस घटना की एक तसवीर खींच ली थी, जो शहर के अख़बार में प्रकाशित हुई थी। इसी समय, तीस की उम्र का एक व्यक्ति ब्रुकलिन ब्रिज से गुज़रता है और उन मजदूरों के बारे में सोचता है, जिन्होंने इसे बनाया था, साथ ही ख़ुद से कहता है कि वह जो नई नौकरी शुरू करने जा रहा है उसमें सफल होगा। एक और महिला जो वाशिंगटन स्क्वेयर पार्क में एक ब्लाइंड डेट का इंतज़ार कर रही है, अपने पिछले बॉयफ्रेंड को याद करती है, जिसने उसे धोखा दिया था, और जिसकी वजह से महिला की आध्यात्म में आस्था जागी थी। एक और प्रतिभागी आर्थिक कठिनाइयों के बारे में बात करता है, जो उनका इंतज़ार करती हो सकती हैं, जबकि कुछ अन्य लोगों की चिंता एक दशक पहले हुई 9/11 की घटना पर केंद्रित थी।

वे न्यू यॉर्क वासी, जिन्होंने एंड्रयू इरविंग के साथ उदारतापूर्वक अपने विचार साझा किए, वे हमारी डिफ़ाल्ट स्थिति के व्यापक रूप से विविधतापूर्ण, समृद्ध बनावट वाली प्रकृति का प्रतीक हैं। आंतरिक संवाद उन्हें बहुत ही अलग तरीक़े से "भीतर" ले जाते हैं, जो उन्हें मौखिक विचारों की असंख्य धाराओं में ले जाते हैं। उनकी निजी बातचीत की विशिष्टता उनके व्यक्तिगत जीवन की तरह ही विशेष प्रकृति वाली थी। फिर भी संरचनात्मक रूप से, जो भी उनके मन (मस्तिष्क) में हुआ वह मिलता-जुलता था। उन्होंने अक्सर नकारात्मक "सामग्री" का सामना किया, जिसमें से अधिकांश उनसे संबंधित संपर्कों के माध्यम से उभरे थे, एक विचार को दूसरे विचार के साथ जोड़ते हुए।

कई बार उनकी मौखिक सोच रचनात्मक होती थी; कई बार नहीं भी होती थी। उन्होंने काफ़ी ज़्यादा समय ख़ुद के बारे में सोचने में भी बिताया, उनका मन (मस्तिष्क) उनके अपने अनुभवों, भावनाओं, इच्छाओं, और ज़रूरतों की तरफ़ आकर्षित होता है। आख़िरकार, डिफ़ाल्ट स्थिति की ख़ुद पर केंद्रित होने की प्रकृति, इसकी प्रमुख विशेषताओं में से एक है।

न्यू यॉर्क वासियों में ये बातें एक समान हैं, लेकिन उनके एकालापों ने किसी और बात पर ज़्यादा ज़ोर दिया, जो सार्वभौमिक रूप से मानवीय है : आंतरिक आवाज़ हमेशा कुछ कहने के लिए मौजूद होती है, हम सभी को अपने अनुभवों और ऐसा करने में हमारी मदद करने में भाषा की

भूमिका को समझने के लिए अपने मन (मस्तिष्क) के उपयोग की अपरिहार्य आवश्यकता की याद दिलाने के लिए।

जबकि निःसंदेह हम सभी के पास ऐसी भावनाएँ और ऐसे विचार हैं, जो ग़ैर-शाब्दिक स्वरूप लेते हैं-उदाहरण के लिए विजुअल आर्टिस्ट या संगीतकार, बिलकुल इसी तरह की मानसिक अभिव्यक्तियों का अनुसरण करते हैं- मनुष्य शब्दों की दुनिया में रहता है। शब्द ही हैं, जिनके माध्यम से हम अधिकांश समय दूसरे लोगों के साथ संचार करते हैं (हालाँकि शारीरिक हाव-भाव और भाव भंगिमाएँ भी स्पष्ट रूप से महत्त्वपूर्ण हैं) इसके साथ ही हम ख़ुद के साथ अधिकांश समय संचार करते हैं।

हमारे आसपास जो कुछ भी हो रहा है उससे अलग (डिस्कनेक्ट) होने के लिए हमारे दिमाग़ की अंतर्निहित आत्मीयता हमारे मन (मस्तिष्क) में एक वार्तालाप उत्पन्न करती है। कुछ ऐसा जिसमें हम अपनी जाग्रत अवस्था के काफ़ी बड़े भाग के दौरान संलग्न रहते हैं। इससे एक महत्त्वपूर्ण सवाल खड़ा होता है : *क्यों?* विकास उन गुणों का चयन करता है जो उत्तरजीविता के फ़ायदे प्रदान करते हैं। इस नियम के मुताबिक़, यदि उत्तरजीविता के लिए हमारी ''योग्यता'' में शामिल नहीं होता तो आप इंसानों से इतना ज़्यादा ख़ुद से बात करने वाला बनने की उम्मीद नहीं करते। लेकिन आंतरिक आवाज़ का प्रभाव इतना सूक्ष्म और मौलिक होता है कि हमें शायद ही कभी पता चलता है कि ये हमारे लिए क्या करती है।

ग्रेट मल्टीटास्कर (बहुमुखी)

दिमाग़ के परिचालन पर चर्चा करते समय अक्सर न्यूरोसाइंटिस्ट तंत्रिकाओं के पुनः उपयोग की अवधारणा पर ज़ोर देते हैं-एक ऐसा आइडिया कि हम दिमाग़ के एक ही सर्किट का उपयोग करके विभिन्न सिरे हासिल कर सकते हैं, अपने सीमित तंत्रिका संसाधनों से सर्वाधिक की प्राप्ति करना। उदाहरण के लिए आपका हिप्पोकैम्पस, समुद्री घोड़े के आकार का क्षेत्र जो आपके दिमाग़ के भीतर गहराई में दफ़न है, जो दीर्घकालीन स्मृतियाँ निर्मित करता है, साथ ही हमें दिशानिर्देशित करने और आगे बढ़ने में भी मदद करता है। दिमाग़ एक बहुत ही प्रतिभाशाली मल्टीटास्कर है। अन्यथा इसे अपने अनगिनत कार्यों को पूरा करने के लिए किसी बस से भी बड़े आकार का होना पड़ता।

पता चला है कि हमारी आंतरिक आवाज़ भी इसी तरह से एक विलक्षण मल्टीटास्कर है। हमारे दिमाग़ का एक अनिवार्य काम है उस इंजन को शक्ति देना, जिसे कार्यकारी स्मृति कहा जाता है। मनुष्य में एक स्वाभाविक प्रवृत्ति है कि वह अपनी स्मृतियों को रोमांटिक, दीर्घकालीन या अतीत की यादों जैसी अवधारणाओं में बाँधकर रखता है। हम इसे अतीत की पृष्ठभूमियों, पलों के साथ एकीकृत होना, छवियों और उन संवेदनाओं के रूप में सोचते हैं, जो हमारे साथ हमेशा रहेंगी और हमारे जीवन की कहानी बनाएँगी। लेकिन फिर यह तथ्य भी है कि जीवन का हर मिनट उन उत्तेजनाओं की भीड़ के बीच होता है, जो काफ़ी विचलित करने वाली हो सकती हैं (ध्वनियाँ, दृश्य, गंध इत्यादि), हमें कार्य करने के लिए लगातार विवरणों को याद करना होगा। अधिकांश ऐसी जानकारियाँ जो बाद में हमारे किसी काम की नहीं रहतीं, उन्हें भूलने में कोई बुराई नहीं है। थोड़े समय के लिए वे जानकारियाँ सक्रिय रहती हैं, जब हमें काम करने के लिए उनकी आवश्यकता होती है।

कार्यकारी स्मृति वह होती है, जो हमें काम की चर्चाओं और डिनर के दौरान की बगैर पूर्व नियोजित बातचीत में शामिल होने की अनुमति देती है। इसके कारण, हम यह याद रखने में सक्षम होते हैं कि किसी व्यक्ति ने कुछ सेकेंड पहले क्या कहा था और फिर उसे प्रासंगिक तरीक़े से बातचीत को आगे बढ़ाने के लिए उपयोग करते हैं। कार्यकारी स्मृति हमें मेन्यू कार्ड पढ़कर खाने का ऑर्डर करने में मदद करती है (साथ ही पहले से जारी वार्तालापों को भी जारी रखने में मदद करती है)। यह हमें किसी अत्यावश्यक ईमेल लिखने की अनुमति देती है, लेकिन जो इतना सार्थक नहीं है, जिसे दीर्घकालीन स्मृति भंडार में भरा जाए। संक्षेप में कहें तो, यह वह होती है, जो हमें बाहरी दुनिया में एक व्यक्ति के रूप में कार्य करने की अनुमति देती है। जब यह काम करना बंद कर देती है या क्षीण हो जाती है, तो हमारी अपनी रोज़मर्रा की साधारण गतिविधियाँ (जैसे कि बच्चों का लंच पैक करने में मदद के साथ ही उन्हें दाँत ब्रश करने के लिए कहना और साथ ही यह सोचना कि उस दिन बाद में आपकी कौन-सी मीटिंग है) करने की क्षमता समाप्त हो जाती है। और कार्यकारी स्मृति से जुड़ी हुई है हमारी आंतरिक आवाज़।

कार्यकारी स्मृति का एक महत्त्वपूर्ण घटक तंत्रिका तंत्र है, जो मौखिक (शाब्दिक) जानकारी का प्रबंधन करने में माहिर है। इसे ध्वन्यात्मक पाश (फ़ोनोलॉजिकल लूप) कहा जाता है, जो अस्थायी रूप से मौखिक जानकारियों को बाँधकर रखता है, लेकिन इसे वर्तमान समय में हमारे आसपास पैदा होने वाले शब्दों से संबंधित हर चीज़ के लिए दिमाग़ के क्लियरिंग हाउस (समाशोधन गृह) के रूप में समझा जा सकता है। इसके दो हिस्से होते हैं : एक ''आंतरिक कान,'' जो हमें अभी-अभी सुने गए शब्दों को कुछ सेकेंड के लिए बनाए रखने की अनुमति देता है; और एक ''आंतरिक आवाज़,'' जो हमें शब्दों को अपने मन में दोहराने की अनुमति देती है, जैसे कि जब हम किसी भाषण का अभ्यास करते हैं या कोई फ़ोन नंबर याद करते हैं या फिर कोई मंत्र जपते हैं। हमारी कार्यकारी स्मृति हमारे भाषाई तंत्रिका पथ को ऑनलाइन रखने के लिए फ़ोनोलॉजिकल लूप पर निर्भर है ताकि हम ख़ुद से बाहर उत्पादक रूप से कार्य कर सकें साथ ही हमारी अंदरूनी बातचीत भी जारी रहे। हम शैशवकाल में ही अपने मन (मस्तिष्क) और बाहरी दुनिया के बीच के इस मौखिक द्वार को विकसित कर लेते हैं, और जैसे ही यह स्थापित होता है, यह हमें अपने मानसिक विकास के अन्य पड़ाव की तरफ़ ले जाता है। निश्चित रूप से, फ़ोनोलॉजिकल लूप तात्कालिक परिस्थितियों में प्रतिक्रिया करने से भी आगे काफ़ी अच्छा काम करता है।

हमारा मौखिक विकास हमारे भावनात्मक विकास के साथ ही चलता है। किसी बच्चे के रूप में, अपने आपसे ज़ोर-ज़ोर से बात करने से हम ख़ुद पर नियंत्रण करना सीखते हैं। बीसवीं सदी की शुरुआत में, रूसी मनोवैज्ञानिक लेव वायगोत्स्की पहले व्यक्ति थे, जिन्होंने भाषायी विकास और आत्म-नियंत्रण के बीच के संबंध की खोज की थी। उनकी दिलचस्पी बच्चों के उस उत्सुकतापूर्ण व्यवहार में थी, जिसमें वे ख़ुद के साथ ज़ोर-ज़ोर से बात करते हैं, ख़ुद की आलोचना करने के साथ ही ख़ुद को प्रशिक्षित भी करते रहते हैं। जिसने भी बच्चों के साथ कुछ समय बिताया है वह जानता है कि वे अक्सर बिना किसी प्रेरणा के, ख़ुद के साथ मज़ेदार बातें करते हैं। यह महज कोई खेल या कल्पना नहीं है; यह तंत्रिका और भावनात्मक विकास का एक संकेत है।

उस समय के अन्य अग्रणी विचारकों के विपरीत, जो यह मानते थे कि इस तरह का व्यवहार अपरिष्कृत या असभ्य विकास का संकेत है, वायगोत्स्की ने देखा कि भाषा इस बात में महत्त्वपूर्ण भूमिका निभाती है कि हम किस प्रकार ख़ुद पर नियंत्रण करना सीखते हैं, एक ऐसा सिद्धांत जो बाद में डेटा द्वारा सिद्ध भी किया गया। वे मानते थे कि जिस तरीक़े से हम अपनी भावनाओं का प्रबंधन करना सीखते हैं, वह हमारे प्राथमिक देखभालकर्ताओं (आमतौर पर हमारे माता-पिता) के साथ हमारे संबंधों के साथ शुरू होता है। ये प्राधिकारी हमें निर्देश देते हैं, और हम उन निर्देशों को ख़ुद से ज़ोर से दोहराते हैं, उस बात की नक़ल करते हुए जो वो कह रहे हैं। पहले हम इसे सुनने योग्य तरीक़े से करते हैं। हालाँकि समय गुज़रने के साथ ही, हम उनके संदेशों को मौन आंतरिक संभाषण में अपना लेते हैं। और फिर बाद में, जैसे-जैसे हम और विकसित होते हैं, अपने बाक़ी जीवन के लिए हम ख़ुद को नियंत्रित करने के लिए अपने ख़ुद के शब्दों का उपयोग करने लगते हैं। जैसा कि हम सभी जानते हैं, इसका यह मतलब नहीं है कि हम हमेशा वही करते हैं, जो हमारे माता-पिता चाहते हैं-हमारी मौखिक धारा अंततः अपनी ख़ुद की विशिष्ट रूपरेखा विकसित कर लेती है, जो रचनात्मक रूप से हमारे व्यवहार को निर्देशित करती है, लेकिन ये आरंभिक विकासात्मक अनुभव हमें उल्लेखनीय रूप से प्रभावित करते हैं।

वायगोत्स्की का दृष्टिकोण केवल यह ही नहीं समझाता कि हम किस प्रकार ख़ुद को नियंत्रित करने के लिए अपनी आंतरिक आवाज़ का उपयोग करना सीखते हैं; बल्कि यह हमें इस बात को समझने का तरीक़ा भी प्रदान करता है कि हमारी परवरिश के ज़रिए आंशिक रूप से हमारी आंतरिक बातचीत को कैसे "ट्यून" किया जाता है। सामाजीकरण पर दशकों के अनुसंधान संकेत देते हैं कि हमारा वातावरण भी इस बात को प्रभावित करता है कि हम दुनिया को कैसे देखते हैं, इसमें आत्म-नियंत्रण के प्रति हमारा नज़रिया भी शामिल है। परिवारों में, जब हम बच्चे होते हैं तो हमारे माता-पिता हमारे लिए आत्म-नियंत्रण का नमूना प्रस्तुत करते हैं, और उनके दृष्टिकोण हमारे विकसित होती आंतरिक आवाज़ों में समाहित होते हैं। हो सकता है कि हमारे पिता लगातार हमें बताते हों कि किसी भी विवाद को सुलझाने के लिए हिंसा का सहारा मत लो। हमारी माँ लगातार हमें यह समझाती रह सकती हैं कि किसी निराशा के बाद हार मत मानो।

समय के साथ हम ख़ुद से ये बातें दोहराने लगते हैं, और ये हमें हमारी अपनी मौखिक लहरों को आकार देना शुरू करती हैं।

निश्चित रूप से, हमारे माता-पिता की अधिकार भरी आवाज़ें भी व्यापक सांस्कृतिक कारकों द्वारा गढ़ी गई होती हैं। उदाहरण के लिए, अधिकांश एशियाई देशों में, अलग हटकर काम करने को तिरस्कारपूर्ण नज़रों से देखा जाता है, क्योंकि इससे सामाजिक एकता को ख़तरा होता है। इसके विपरीत, अमेरिका जैसे पश्चिमी देशों में स्वतंत्रता को अत्याधिक महत्त्व दिया जाता है, इससे माता-पिता अपने बच्चों की व्यक्तिगत गतिविधियों की सराहना करते हैं। जो धर्म और मूल्य वे हमें सिखाते हैं, वे हमारी रगों में घरेलू मानदंडों की तरह ही प्रवाहित होते हैं। संक्षेप में, सांस्कृतिक प्रभावों की आवाज़ें हमारे माता-पिता की आंतरिक आवाज़ों को प्रभावित करती हैं, जो बदले में हमारी अपनी आवाज़ों को प्रभावित करती है, और इसी प्रकार कई संस्कृतियाँ और पीढ़ियाँ हमारे मन (मस्तिष्क) को ट्यून करने के लिए एक साथ जुड़ती हैं। हम मानसिक बातचीत की रूसी नेस्टिंग डॉल की तरह हैं।

कहा जाता है कि संस्कृतियों, माता-पिता, और बच्चों पर प्रभाव केवल एक दिशा में ही नहीं जाता। जिस तरह से बच्चे बर्ताव करते हैं वह उसी तरह से उनके माता-पिता की आवाज़ों को प्रभावित कर सकता है, और हम इंसान अपनी महान संस्कृतियों को आकार और पुनः आकार देने में महत्त्वपूर्ण भूमिका भी निभाते हैं। एक अर्थ में, तब, बच्चों के रूप में हमारी आंतरिक आवाज़ हमारे भीतर अपना घर बना लेती है बाहरी बातों को अंदर लाकर, जब तक कि हम बाद में अंदर की बातों को बाहर नहीं बोलते और अपने आसपास के लोगों को प्रभावित नहीं करते।

नवीनतम अनुसंधान जिन्होंने वायगोत्स्की के सिद्धांत को और आगे बढ़ाया और जिन्हें देखने के लिए वे जीवित नहीं रहे, ये अध्ययन बताते हैं कि समृद्ध संचार करने वाले माता-पिता के परिवार में पले-बढ़े बच्चे आंतरिक आवाज़ का यह गुण बहुत पहले विकसित कर लेते हैं। इसके अलावा, यह भी बात सामने आई है कि काल्पनिक दोस्त होना बच्चों को आंतरिक संभाषण के लिए प्रेरित कर सकता है। वास्तव में नए शोध बताते हैं कि काल्पनिक खेल, रचनात्मक सोच, आत्मविश्वास, और अच्छे संचार जैसे कई अन्य वांछित गुणों के अलावा आत्म-नियंत्रण को बढ़ावा देते हैं।

एक और महत्त्वपूर्ण तरीक़ा जिससे हमारी आंतरिक आवाज़ हमें ख़ुद को नियंत्रित करने में मदद करती है, वह है जब हम अपने लक्ष्यों को पूरा करने का प्रयास करते हैं तो आत्म मूल्यांकन करना। लगभग किसी फ़ोन के ट्रैकिंग एप की तरह ही, डिफ़ाल्ट स्थिति हमारी निगरानी करती है कि क्या हम अपने काम पर साल के अंत में होने वाली वेतनवृद्धि को पाने के लिए निर्धारित अहर्ताओं को पूरा करते हैं या नहीं, क्या हम रेस्टोरेंट खोलने के अपने सपने को आगे बढ़ा रहे हैं या नहीं, या फिर जिस दोस्त को हम चाहते हैं उसके साथ रिश्ता आगे बढ़ रहा है या नहीं। यह लगातार हमारे मन (मस्तिष्क) में मौखिक विचारों के पॉप-अप होने के साथ ही होता रहता है बहुत कुछ ऐसा जैसे कि आपके फ़ोन की लॉक स्क्रीन पर कोई अपॉइंटमेंट रिमाइंडर पॉप-अप होता है। बल्कि अपने लक्ष्यों से संबंधित सहज विचार सबसे अधिक बार आने वाले विचारों में से होते हैं। यह हमारी आंतरिक आवाज़ है जो हमें किसी उद्देश्य पर ध्यान देने के लिए सचेत करती है।

लक्ष्यों को प्राप्त करने का एक हिस्सा है सही चुनाव करना जब राह में काँटे हों, यही वजह है कि हमारी आंतरिक आवाज़ हमें मानसिक सिमुलेशन (काल्पनिक वातावरण) चलाने की अनुमति देती है। उदाहरण के लिए जब हम रचनात्मक विचार मंथन में संलग्न रहते हैं, जैसे कि प्रस्तुतिकरण का सबसे अच्छा तरीक़ा क्या हो, या फिर हो जो गीत लिख रहे हैं उसके लिए सबसे अच्छी धुन क्या हो, तब हम आंतरिक रूप से विभिन्न संभावित रास्तों की तलाश करते हैं। अक्सर किसी प्रस्तुतिकरण के लिए शब्दों को लिखने से पहले या किसी वाद्य यंत्र को छूने से पहले, हमने अपनी आंतरिक क्षमताओं का दोहन कर लिया होता है कि क्या करना सही है। ऐसा ही यह तय करने में होता है कि किसी पारस्परिक चुनौती से कैसे निपटा जाए, जैसे कि टोनी ने किया जब वह न्यू यॉर्क की सड़कों पर अपने दोस्तों के बारे में सोचते हुए चल रहा था, जिन्होंने उसे अपने घर में आने वाले नन्हे मेहमान के बारे में नहीं बताया था। वह कल्पना कर रहा था कि क्या उसे उनके नज़दीक बना रहना चाहिए या फिर उनसे दूरी बना लेना चाहिए। यह बहु-वास्तविकता वाला विचार मंथन तब भी होता है जब हम सोते हैं, हमारे सपनों में।

ऐतिहासिक रूप से, मनोवैज्ञानिकों ने सपनों को मन (मस्तिष्क) के भीतर के अपने अलग चैम्बर के रूप में माना, और यह कि हमारे जागने के घंटों के दौरान जो होता है उससे काफ़ी अलग हैं। फ्रायड ने भी, निश्चित

रूप से सोचा कि सपने अवचेतन की दिशा में जाने वाली शाही सड़क है, एक तालाबंद बक्सा जिसमें हमारी दमित आग्रह रखे हैं, और मनोविश्लेषण ही वह कुंजी है, जिसने इसे खोला है। उन्होंने सोचा कि जब हम सोते हैं तब हमारा बचाव कमज़ोर हो जाता है और हमारी सभ्य शुचिता बंद हो जाती है तब हमारे भीतर के राक्षस बाहर आते हैं और हमारी लालसाओं को प्रकट करते हुए घूमते हैं। फिर आरंभिक तंत्रिका विज्ञान आया, जिसने सभी अंधेरे और मनोविश्लेषण के रोमांस को हटा दिया और इसकी जगह दिमाग़ की भौतिक कार्यप्रणाली के ठंडे सीधे-सादे रवैये ने ले ली। इसमें कहा गया कि सपने REM (रैपिड आई मूवमेंट) नींद के दौरान दिमाग़ की ब्रेन-स्टेम-फ़ायरिंग को बताने के एक तरीक़े से ज़्यादा कुछ नहीं है। उस यौन प्रतीकवाद को बाहर का रास्ता दिखा दिया गया, जो थोड़ा मनोरंजन और थोड़ा पागलपन भरा था, और फिर न्यूरॉन्स की यांत्रिकी का प्रवेश हुआ, जो अधिक वैज्ञानिक आधार पर टिकी थी (और बिलकुल भी कामोत्तेजक नहीं थी)।

अधिक उन्नत तकनीक वाले आधुनिक समय के अनुसंधानों ने बताया है, वास्तव में हमारे सपने हमारी जाग्रत अवस्था के दौरान अनुभव किए गए कई सहज मौखिक विचारों के साथ बहुत समानता रखते हैं। यह भी मालूम हुआ है कि हमारा जाग्रत मौखिक मन हमारे सोते हुए मौखिक मन के साथ बात करता है। सौभाग्य से, यह ओडिपल (फ्रायड की अवधारणा) इच्छापूर्ति को नहीं जगाता है।

यह हमारी मदद कर सकता है।

नए प्रमाण बताते हैं कि सपने अक्सर कार्यात्मक होते हैं और हमारी व्यवहारिक आवश्यकताओं के बहुत अनुरूप होते हैं। आप एक बौडम फ़्लाइट सिमुलेटर के रूप में उनकी कल्पना कर सकते हैं। वे भावी घटनाओं का काल्पनिक अनुकरण करके हमें भविष्य के लिए तैयार होने में मदद कर सकते हैं, संभावित रूप से वास्तविक परिदृश्यों के बारे में सचेत होने का संकेत दे सकते हैं और ख़तरों से सावधान भी करते हैं। हालाँकि अभी हमें इस बारे में काफी कुछ जानना बाक़ी है कि आख़िरकार, सपने हमें कैसे प्रभावित करते हैं-या फिर वे बस हमारे मन की कहानियाँ हैं। और निश्चित रूप से, जाग्रत जीवन में, आंतरिक आवाज़ सभी की सबसे मूलभूत मनोवैज्ञानिक कहानी के बारे में बोलती है : हमारी पहचान।

हमारी मौखिक धारा हमारे स्व के निर्माण में एक अनिवार्य भूमिका निभाती है। दिमाग़ जीवनात्मक तर्कों के माध्मय से सार्थक कहानियाँ गढ़ता है। दूसरे शब्दों में, हम अपने मन का इस्तेमाल अपने जीवन की कहानियों को लिखने के लिए करते हैं, जिसमें हम मुख्य भूमिका में होते हैं। ऐसा करने से हमें परिपक्व होने, अपने मूल्यों और इच्छाओं को आँकने में और एक निरंतर पहचान में बने रहते हुए बदलाव और प्रतिकूलता में मदद मिलती है। भाषा इस प्रक्रिया का अनिवार्य अंग है, क्योंकि यह दैनिक जीवन के अव्यवस्थित और संबद्ध हिस्सों को एकरूपता में पिरोती है। यह हमें जीवन को कहानी में ढालने में मदद करती है। मन के शब्द अतीत को गढ़ते हैं, और इसलिए हमें भविष्य में अनुसरण करने के लिए एक कथानक मिलता है। विभिन्न स्मृतियों में विचरते हुए, हमारा आंतरिक एकालाप यादों का एक तांत्रिक आख्यान बुनता है। यह दिमाग़ द्वारा हमारी पहचान के निर्माण में प्रयुक्त सिलाइयों में हमारे अतीत को पिरोता है।

दिमाग़ की मल्टीटास्किंग की क्षमताएँ उतनी ही विविध और महत्त्वपूर्ण हैं, जितनी कि आंतरिक आवाज़। लेकिन इसके गहन मूल्य को समझने के लिए, हमें इस बात पर विचार करना चाहिए कि अगर हमारे मौखिक विचार ग़ायब हो जाएँ तो कैसा होगा? यह कितना असंभव-सा लगता है ना? हम ऐसी स्थिति की कल्पना भी नहीं कर सकते। कुछ मामलों में यह वाक़ई होता है।

ला-ला लैंड में जाना (कल्पना लोक की सैर)

10 दिसंबर, 1996 को, जिल बोल्टे टेलर रोज़ाना की तरह ही सुबह सोकर उठीं। सैंतीस वर्षीय न्यूरोएनाटॉमिस्ट, हार्वर्ड यूनिवर्सिटी की मनोरोग प्रयोगशाला में काम करती थीं, जहाँ उन्होंने दिमाग़ के मेक-अप का अध्ययन किया। दिमाग़ में कोशिकाओं के आपसी व्यवहार और अन्य बातों को समझने की प्रेरणा के पीछे उनका अपना परिवार ही था। उनके भाई को सीजोफ्रेनिया था, और चूँकि वे उसकी बीमारी के ठीक होने की उम्मीद नहीं कर सकती थीं, इसलिए उन्होंने दिमाग़ के रहस्यों की खोज करने का निश्चय किया। वे ऐसा करने की दिशा में काफ़ी आगे बढ़ चुकी थीं - जब तक कि एक दिन, उनके दिमाग़ ने ठीक से काम करना बंद नहीं कर दिया।

बोल्टे टेलर कार्डियो मशीन पर सुबह की एक्सरसाइज़ करने के लिए बिस्तर से उठीं, लेकिन उन्हें कुछ अच्छा महसूस नहीं हुआ। उनकी आँखों के पीछे दर्द की लहर उठ रही थी, सिर का दर्द रह-रह कर आ-जा रहा था। और फिर जब उन्होंने एक्सरसाइज़ शुरू की, चीज़ें और भी बदल गईं। कार्डियो मशीन पर, उन्हें लगा कि उनका शरीर ढीला पड़ गया है और उनके विचार सिकुड़ने लगे हैं। बाद में उन्होंने याद किया, ''मैं अपनी शारीरिक सीमा को निर्धारित नहीं कर पा रही थी, मैं यह तय नहीं कर पा रही थी कि कहाँ मेरी शुरुआत है और कहाँ अंत है।''

ना केवल वे शारीरिक रूप से अपने शरीर की संवेदना खो चुकी थीं, बल्कि उन्हें यह भी भूलने लगा था कि वह कौन हैं। उन्हें लगा कि उनकी भावनाएँ और याददाश्त धूमिल होती जा रही है, जैसे कि वे उन्हें छोड़कर कहीं और घर बसाने जा रही हों। सेकेंड-दर सेकेंड उनकी सामान्य मानसिक जागरूकता को प्रदर्शित करने वाली धारणाएँ और प्रतिक्रियाएँ धूमिल पड़ गईं। उन्हें लगा कि उनके विचार अपना आकार खोते जा रहे हैं, और साथ ही उनके *शब्द* भी। उनकी मौखिक धारा धीमी हो गई जैसे कोई नदी सूख जाती है। उनके दिमाग़ की भाषाई मशीन में ख़राबी आ गई।

उनके दिमाग़ की बाएँ तरफ़ की एक नस फट गई थी। उन्हें ब्रेनस्ट्रोक हुआ था।

हालाँकि उनकी शारीरिक गतिविधियों और भाषाई उच्चारण पर ज़बर्दस्त असर पड़ा था, लेकिन किसी तरह वह अपने एक सहकर्मी को फ़ोन करने में कामयाब रहीं, जो जल्द समझ गया कि कुछ गड़बड़ है। बोल्टे ने कुछ देर बाद ख़ुद को एक एंबुलेंस में पाया जो उन्हें मैसाचुसेट्स जनरल अस्पताल ले जा रही थी। ''मुझे लगा कि मेरी आत्मा ने समर्पण कर दिया है,'' उन्होंने कहा। ''मेरा अपने जीवन पर नियंत्रण नहीं रहा था।'' निश्चित था कि वह मरने वाली थीं, उन्होंने अपने जीवन को अलविदा कहा।

वे मरी नहीं। बाद में दोपहर को अस्पताल के बिस्तर पर उन्हें होश आया, वे आश्चर्यचकित थीं कि वे अभी भी ज़िंदा थीं, हालाँकि उनका जीवन लंबे समय तक वैसा ही नहीं रहने वाला था। उनकी आंतरिक आंतरिक आवाज़ जैसा वह हमेशा जानी जाती थीं, वह जा चुकी थी। ''मेरे मौखिक विचार अब असंगत, विखंडित और बीच-बीच के मौन से बाधित हो रहे थे,'' उन्होंने बाद में याद करते हुए बताया। ''मैं अकेली थी। उस

समय मेरे साथ मेरे दिल की लयबद्ध धड़कनों के अलावा और कोई नहीं था।'' उनके साथ उनके विचार भी नहीं थे, क्योंकि वे उस तरह से सोच भी नहीं पा रही थीं, जैसे पहले सोचती थीं।

उनकी कार्यकारी स्मृति काम नहीं कर रही थी, जिसकी वजह से उनका साधारण काम करना भी असंभव हो गया था। लगता था कि उनका फ़ोनोलॉजिकल लूप (ध्वन्यात्मक पाश), खुल गया था। उनकी ख़ुद से बातचीत बंद हो गई थी। अब वे भूतकाल में यात्रा करने या भविष्य की कल्पना करने में समर्थ मानसिक समय यात्री नहीं रह गई थीं। वह ख़ुद को इतना असुरक्षित महसूस कर रही थीं, जितना उन्होंने कभी नहीं किया था, जैसे कि वे किसी बाहरी अंतरिक्ष में घूम रही हैं। उन्होंने बग़ैर शब्दों के सोचा कि क्या वे कभी अपने सामान्य जीवन में पूरी तरह वापस लौट पाएँगी। मौखिक आत्मनिरीक्षण के बिना, वह अपने पिछले अर्थ में मानव नहीं रह गई थीं, जैसा वह जानी जाती थीं। उन्होंने लिखा, ''भाषा और तार्किक विश्लेषण से रहित, मैं ख़ुद को उस जीवन से विलग महसूस कर रही थी जो मैंने जिया था।''

इन सबसे ज़्यादा गंभीर बात यह थी, कि वह अपनी पहचान खो चुकी थीं। उनकी आंतरिक आवाज़ ने पिछले लगभग चार दशकों में जो गाथा रची थी वह अपने आप मिट गई। जैसा कि उन्होंने बताया, ''दिमाग़ के भीतर की वे छोटी-छोटी आवाज़ें, जिन्होंने उन्हें वह बनाया जो वे थीं, वे मौन हो गई थीं। तो, क्या मैं अब भी मैं थी? आख़िर मैं कैसे अभी भी डॉ. जिल बोल्टे टेलर हो सकती थी, जब कि मैं उसके जीवन के किन्हीं भी अनुभवों, विचारों और भावनात्मक लगावों को साझा नहीं करती थी?''

जब मैंने कल्पना की कि जिल बोल्टे टेलर ने जो अनुभव किया था उनसे गुज़रना कैसा होगा, तो मैं दर्द से भर उठा। ख़ुद से बाद करने की अपनी क्षमता खो देना, अपनी भावनाओं को समझने के लिए भाषा का उपयोग करना, अपने अनुभवों को एक साथ पिरोना, या फिर भविष्य की योजना बनाना, किसी विक्षिप्त हमलावर के पत्र से भी ज़्यादा भयावह लगता है। यही वह जगह है जहाँ से उनकी कहानी और भी अजीब और दिलचस्प हो जाती है।

बोल्टे टेलर उस तरीक़े से घबराई नहीं थीं जैसा मैंने कल्पना की या उनकी स्थिति में होने वाला कोई और महसूस करता। उल्लेखनीय रूप से

जब उनका जीवन भर का आंतरिक संवाद ग़ायब हो गया तो उन्होंने एक आराम महसूस किया जैसा उन्होंने पहले कभी महसूस नहीं किया था। बाद में उन्होंने लिखा, ''मेरे आघाती मस्तिष्क में बढ़ता शून्य बहुत ही सम्मोहक था। मैंने उस राहत भरी शांति का स्वागत किया जो लगातार की बकबक के बाद मुझे मिली थी।''

जैसा कि उन्होंने कहा, वे ''ला-ला लैंड'' यानी कल्पना लोक में पहुँच गई थीं।

एक तरफ़ भाषा और स्मृति का छिन जाना, भयावह और एकाकी था। दूसरी तरफ़, यह उत्साहजनक रूप से मुक्तिदायक था। अपनी पिछली ज़िंदगी से आज़ादी, वे बार-बार उभरने वाली दर्दनाक यादों, वर्तमान के तनाव और बढ़ती चिंताओं से भी मुक्त हो सकती हैं। अपनी आंतरिक आवाज़ के बगैर वे बकबक से भी आज़ाद थीं। उनके लिए, यह सौदा बुरा नहीं था। बाद में उन्होंने बताया कि ऐसा इसलिए था क्योंकि स्ट्रोक से पहले उन्होंने अपनी गुंजायमान आंतरिक दुनिया का प्रबंधन करना नहीं सीखा था। हम सभी की तरह जब वे नकारात्मक भँवर में फँस गई तो उन्हें अपनी भावनाओं पर नियंत्रण करने में कठिनाई आई।

स्ट्रोक के ढाई हफ़्ते के बाद, बोल्टे टेलर के दिमाग़ से एक गोल्फ़ की बॉल के आकार के थक्के को निकालने के लिए सर्जरी की जाएगी। उन्हें पूरी तरह ठीक होने में लगभग आठ साल का वक्त लग सकता है। उन्होंने दिमाग़ पर अपना अनुसंधान जारी रखा है साथ ही अपनी कहानी दुनिया को बयान कर रही हैं। वह उदारता और कल्याण की भावना पर ज़ोर देती हैं जिसे उन्हें तब महसूस किया जब उनके अंदर का आलोचक शांत हुआ। जैसा कि उन्होंने वर्णन किया, ''वह अब इस बात में पक्का यक़ीन करने लगी हैं कि अपनी ख़ुद के साथ बातचीत पर ध्यान देना हमारी मानसिक सेहत के लिए बहुत महत्त्वपूर्ण है।''

उनका अनुभव हमें बहुत ही स्पष्ट तरीक़े से यह बताता है कि हम कितनी गहराई से अपनी आंतरिक आवाज़ के साथ संघर्ष करते हैं - उस बिंदु तक जहाँ पर वे मौखिक विचार जो हमें कार्य करने और सोचने और अपने आप में होने की अनुमति देते हैं, जब चले जाते हैं तो हमें व्यापक रूप से अच्छा अहसास दे सकते हैं। यह इस बात का प्रत्यक्ष प्रमाण है कि हमारी आंतरिक आवाज़ कितनी प्रभावशाली हो सकती है। शोध इन घटनाओं को

थोड़ा कम असाधारण परिस्थितियों में देखता है। ना केवल हमारे विचार अनुभव को धूमिल कर सकते हैं। वे दूसरी हर चीज़ को भी मिटा सकते हैं।

2010 में प्रकाशित एक अध्ययन इस बिंदु की पुष्टि करता है। वैज्ञानिकों ने पाया कि आंतरिक अनुभव लगातार बाहरी अनुभवों को गौण बना रहा था। जो प्रतिभागी सोच रहे थे वह उनकी ख़ुशियों का बेहतर अनुमान लगा सकता है बजाय इसके जो वे वास्तव में कर रहे थे। यह लोगों को हुए कुछ कड़वे अनुभवों की बात करता है : आप ऐसी स्थिति में हैं जहाँ पर आपको ख़ुश होना चाहिए (जैसे कि दोस्तों के साथ समय बिताना, या किसी उपलब्धि की ख़ुशी मनाना), लेकिन आपके दिमाग़ पर एक चिंतनशील विचार छा जाता है। आपका मूड इस बात पर निर्भर नहीं करता कि आप क्या कर रहे हैं बल्कि इस बात पर करता है कि आप क्या सोच रहे हैं।

यही वजह है कि लोग तब राहत महसूस करते हैं जब उनकी आंतरिक आवाज़ शांत हो जाती है, क्या यह हमारे विकास का एक अभिशाप नहीं है। जैसा कि हमने देखा, हमारे दिमाग़ में एक आवाज़ है क्योंकि यह एक अद्वितीय उपहार है जो हमारे साथ न्यू यॉर्क की सड़कों से लेकर नींद में हमारे सपनों तक साथ रहता है।

यह हमें दुनिया में चलायमान बनाती है, लक्ष्यों को हासिल करने, हम जो हैं उसे शानदार तरीक़े से बनाने, जुड़ने और परिभाषित करने में मदद करती है। लेकिन जब यह बकबक में बदल जाती है, तो अक्सर यह इतनी भारी हो जाती है कि यह हमें बोझिल लगने लगती है और शायद हम यह भी कामना करने लगते हैं कि काश! हमारे पास आंतरिक आवाज़ होती ही नहीं।

हालाँकि इससे पहले कि हम इस बात पर जाएँ जो अपनी मौखिक मानसिक धाराओं को नियंत्रित करने के लिए विज्ञान ने हमें सिखाया है, हमें बकबक के हानिकारक प्रभावों को समझने की आवश्यकता है जो हमें पहले स्थान पर हस्तक्षेप करने की ज़रूरत होती है। जब आप इस बात को नज़दीक से देखते हैं कि हमारे हानिकारक मौखिक विचार हम पर –हमारे मन (मस्तिष्क) पर, हमारे शरीर पर और रिश्तों पर क्या असर कर सकते हैं–तब आप महसूस करते हैं कि न्यू यॉर्क की सड़कों पर कुछ आँसू बहाना आसान है।

2

जब ख़ुद के साथ बातचीत करने का विपरीत असर होता है

पहली वाइल्ड पिच (बेलबॉल की शब्दावली) एक झटके की तरह थी। यह 3 अक्टूबर, 2000 का दिन था, सेंट लुइस कार्डिनल और अटलांटा ब्रेव्स के बीच नेशनल लीगप्ले ऑफ़ के पहले राउंड का पहला गेम था। कार्डिनल का पिचर रिक एंकिएल उस बॉल को देख रहा था, जो उसने अभी फेंकी थी और मैदान पर उछलकर उसके कैचर के पीछे जाकर बाउंड्री से टकरा गई थी। जैसे ही रनर ने पहली दौड़ लगाई, भीड़ ने मामूली शोर मचाया, लगभग समर्थन भरा आश्चर्य–आख़िरकार, वह सेंट लुइस के बुश स्टेडियम में अपने घर के मैदान पर खेल रहा था–फिर भी यह सोचने की कोई वजह नहीं थी कि उसका वाइल्ड थ्रो पारी के संतुलन में कोई बदलाव करेगा। बेसबॉल में, अक्सर बेहतरीन पिचर्स से भी पिच छूट जाती हैं, लेकिन एंकिएल भी कोई आम पिचर नहीं था।

जब उसे सीधे हाई स्कूल में से चुना गया था, तो वह चौरानवे मील प्रति घंटे की रफ़्तार से गेंद फेंकने वाला सत्रह वर्षीय युवक था, स्काउट और कमेंट्रेटर्स का मानना था कि एंकिएल में इस खेल में एक दशक के दौरान देखे गए सबसे तेज़ पिचर बनने की क्षमता थी।

बाद के दो वर्षों में उसके खेल ने निराश नहीं किया। 2000 में अपने पहले फुल सीजन के दौरान, उसने 194 बैटर्स को आउट किया, अपनी टीम को प्लेऑफ़ में पहुँचाने के लिए ग्यारह जीतें दिलाईं। हर बात एक शानदार

करियर की ओर इशारा कर रही थी। कोई आश्चर्य की बात नहीं थी, कि तब उसे ब्रेव्स के ख़िलाफ़ अक्टूबर के गेम में स्टार्टर के रूप में चुना गया। उसे बस वही करना था, जो उसने अपने जीवन में सर्वोत्तम रूप से किया था : बेसबॉल फेंकना।

एंकिएल ने वाइल्ड पिच को भूलने का प्रयास किया। वाइल्ड पिच फेंकना उसके लिए थोड़ा असामान्य था, लेकिन इसमें चिंता की कोई बात नहीं थी। यह केवल तीसरी इनिंग थी और उसकी टीम पहले ही 6-0 की नाटकीय बढ़त हासिल कर चुकी थी। इसके अलावा पिच इतनी भी ज़्यादा वाइल्ड नहीं थी; बस यह ग़लत तरीक़े से ज़मीन से टकरा कर उछली थी और उसके कैचर से दूर निकल गई थी। उसे पारी में अच्छा करना है तो वाइल्ड पिच को भूलना होगा। हालाँकि ख़ुद को एकाग्र करने के दौरान एक बार फिर उसके दिमाग़ में विचारों का काँटेदार जाल फैलने लगा। उसने ख़ुद से कहा, यार, *मैंने अभी-अभी नैशनल टीवी पर एक वाइल्ड पिच फेंकी है।* वह यह नहीं जानता था कि उसके पास चिंता करने के लिए कुछ है।

कुछ पल के बाद, अपने कैचर का इशारा मिलते ही, एंकिएल ने अपने विस्फोटक बाएँ हाथ को घुमाया और... एक और वाइल्ड पिच।

इस बार भीड़ का निराशा भरा शोर कुछ तेज़ और ज़्यादा देर तक रहा, जैसे उनके होश उड़ गए। रनर थर्ड बेस की तरफ़ दूसरे रन के लिए दौड़ा। काली आँखों वाले, इक्कीस वर्षीय एंकिएल ने बबलगम चबाते हुए अपने चेहरे के भावों को स्थिर रखने की कोशिश की, लेकिन उसके भीतर उथल-पुथल मची हुई थी। उसके कैचर ने बॉल वापस हासिल कर ली थी, और उस दोपहर के चंद सेकेंड्स में ही, एंकिएल को लगने लगा कि उसका दिमाग़ उसके नियंत्रण से निकलता जा रहा है और किसी अदृश्य राक्षस के हाथ में चला गया है - जो उसके भीतर का ही क्रूर आलोचक है, मौखिक विचारों की एक धारा जो इतनी शातिर है कि वह बरसों की मेहनत पर पानी फेर सकती है, जिसकी आवाज़ स्टेडियम में बैठे बावन हज़ार दर्शकों से भी तेज़ है।

चिंता। घबराहट। दहशत।

उसकी अपनी कमज़ोरी-एक युवा खिलाड़ी जिसका सब-कुछ ठीक-ठाक चल रहा था-उसके साथ कुछ ऐसा हो रहा था जिसे अनदेखा नहीं किया जा सकता था।

एंकिएल को अमेरिकी सपनों के किसी जगमगाते अवतार की तरह देखा जा सकता था–फ़्लोरिडा के छोटे–से शहर का रहने वाला बच्चा जो असाधारण प्रदर्शन कर रहा था– लेकिन उसके बचपन ने ऐसी सुंदर कहानी को झुठलाया था। एक गालीगलौच और मारपीट करने वाले ऐसे पिता का बेटा जो आपराधिक और नशेबाज प्रवृत्ति का व्यक्ति था, एंकिएल को अपने बचपन के भावनात्मक दर्द का अहसास था। यही वजह थी कि बेसबॉल का खेल उसके लिए करियर से कहीं बढ़कर था। यह उसके लिए एक सुरक्षित स्थान था जहाँ पर वह ख़ुशी महसूस करता था, जहाँ चीज़ें तुलनात्मक रूप से अधिक आसान थीं, और जहाँ पर उसके पारिवारिक जीवन के विपरीत एक क़िस्म का आनंद था। लेकिन अब कुछ अजीब और कुछ ऐसा हो रहा था जो उसके नियंत्रण में नहीं था, जिसने उसके दिलो–दिमाग़ पर क़ब्ज़ा कर लिया था और उसे दहशत से भर दिया था।

लेकिन अब भी वह कुछ कर दिखाने के लिए प्रतिबद्ध था। उसने अपना पूरा ध्यान अपनी बॉलिंग पर केंद्रित किया। उसे बस सीधे निशाने पर गेंद फेंकनी थी। उसने फिर से कोशिश की।

और एक और वाइल्ड पिच फेंक दी।

फिर एक और।

फिर एक और।

इससे पहले कि कार्डिनल कोई और रन देते, एंकिएल को गेम से बाहर कर दिया गया। वह अपने भीतर के "राक्षस" के साथ डगाउट में चला गया।

उस दिन मैदान पर उसका प्रदर्शन अप्रत्याशित और शर्मनाक दोनों था। किसी पिचर द्वारा एक इनिंग में पाँच वाइल्ड पिच फेंकने की आख़िरी घटना सौ साल से भी पहले हुई थी। लेकिन इतने दर्दनाक प्रदर्शन को फिर से देखने के लिए इतने अतीत में जाने की आवश्यकता नहीं थी। इतिहास बहुत जल्द दोहराया जाने वाला था। नौ दिनों के बाद एंकिएल को एक बार फिर मेट्स के ख़िलाफ़ पिच करने के लिए बुलाया गया और फिर से वही हुआ। उसके भीतर का राक्षस फिर जाग गया और फिर एंकिएल ने ज़्यादा वाइल्ड पिच फेंकीं। एक बार फिर उसे मैदान से बाहर कर दिया गया, इस बार पहली इनिंग ख़त्म होने से पहले ही। हालाँकि बेइज्जती का आलम यहीं

ख़त्म नहीं हुआ, लेकिन एक प्रमुख-लीग पिचर के रूप में उसका छोटा-सा करियर ज़रूर ख़त्म हो गया।

अगले सीज़न की शुरुआत में, एंकिएल ने कुछ और गेम्स में पिच किया और उस दौरान उसने अपने भीतर के राक्षस को शांत करने के लिए शराब का भी सहारा लिया, लेकिन शराब भी उसके दिमाग़ को शांत नहीं कर सकी। उसकी पिचिंग में कोई सुधार नहीं हुआ। उसे छोटी टीमों में भेज दिया गया, जहाँ पर उसने किसी तरह तीन साल बिताए और आख़िरकार पच्चीस साल की कम उम्र में ही सन 2005 में बेसबॉल से रिटायर होने का फ़ैसला कर लिया।

''मैं अब और यह नहीं कर सकता,'' उसने अपने कोच से कहा।

रिक एंकिएल इसके बाद कभी भी पेशेवर रूप से पिच नहीं कर सका।

अनलिंकिंग और जादुई संख्या चार

रिक एंकिएल कोई पहला संभ्रांत एथलीट नहीं था, जिसने सुपर पावर गँवाया था - अचानक वह कौशल हासिल करने वाला जिसमें वह सबसे अच्छा था और फिर उस कौशल का समाप्त हो जाना। ऐसा कई बार हुई है कि जिन लोगों ने अपनी किसी प्रतिभा को निखारने के लिए बरसों ख़र्च किए हैं वह उसे किसी काँच की तरह टूटते और बिखरते देखते हैं जब उनकी आंतरिक आवाज़ पर बकबक का क़ब्ज़ा हो जाता है। यह घटना सिर्फ़ एथलीट तक ही सीमित नहीं है। यह किसी के भी साथ हो सकती है, जिसने कोई हुनर सीखा है - चाहे फिर वह अपना पाठ्यक्रम याद करने वाले शिक्षक हो, या फिर स्टार्ट-अप के फ़ाउंडर जो निवेशकों को आकर्षित करने के लिए तैयारी करते हैं, या फिर सर्जन जो जटिल ऑपरेशन करते हैं, जिसमें महारत हासिल करने में उन्हें बरसों लगते हैं। आख़िरकार ये हुनर क्यों अचानक जवाब दे देते हैं, इसका संबंध हमारी आंतरिक बातचीत से है, जो हमारे *ध्यान* पर अपना असर डालती है।

हर समय हमारे ऊपर सूचनाओं की बमबारी होती रहती है-असंख्य दृश्य और आवाज़ें, और विचार और भावनाएँ जिन्हें ये उत्तेजनाएँ जाग्रत करती हैं। ध्यान उन चीज़ों को फ़िल्टर करता है, जो हमारे लिए मायने नहीं रखतीं ताकि हम उन चीज़ों पर ध्यान केंद्रित कर सकें जो हमारे लिए मायने

रखती हैं। और हालाँकि हमारा अधिकांश ध्यान अचेतन रूप से सहज होता है, जैसे कि जब हम किसी तेज़ आवाज़ की ओर स्वचालित रूप से मुड़ जाते हैं, एक ऐसी विशेषता हो जो इनसानों को अद्वितीय बनाती है और हमें उन बातों पर ध्यान केंद्रित करने देती है, जिन्हें हमारे ध्यानाकर्षण की आवश्यकता है।

जब हम पर भावनाएँ भारी हो जाती हैं, जैसे कि सन् 2000 के उस दिन एंकिएल के साथ हुआ था, तो हमारे भीतर की आवाज़ हमारे ध्यान पर क़ब्ज़ा कर लेती है, और उसे उन बाधाओं पर केंद्रित कर देती है जो हमें बाक़ी चीज़ों से अलग करती हैं। अधिकांश समय यह हमारे लिए अच्छा काम करती है, लेकिन कई बार यह धोखा दे जाती है जब हमें किसी सीखे हुए हुनर का प्रदर्शन करने का समय आता है, जैसा कि एंकिएल के साथ पिचिंग के समय हुआ। यह समझने के लिए कि ऐसा क्यों होता है, इस बात को देखना होगा कि उस समय क्या सही हुआ था जब एथलीट के स्वचालित व्यवहार ने उन्हें प्रदर्शन की ऊँचाई पर पहुँचाया था।

11 अगस्त, 2019 को अमेरिकी जिमनास्ट सिमोन बाइल्स ने खेल के क्षेत्र में एक इतिहास रच दिया, जब वे अमेरिकी जिमनास्टिक चैम्पियनशिप के दौरान ट्रिपल-डबल फ़्लिपलैंड करने वाली पहली महिला बनीं। जैसा कि एक कमेंट्रेटर ने लिखा यह एक ऐसा मूव था, जिसके लिए असाधारण, लगभग सुपरह्यूमन जैसी क्षमता, संयोजन और प्रशिक्षण की आवश्यकता है। जानबूझकर हर मूवमेंट को करना असंभव है, क्योंकि हर बात हवा में होती है, जब भौतिकी के नियम अपना खेल करते हैं-गुरुत्वाकर्षण के ख़िलाफ़ आपका शरीर लड़ाई लड़ता है।

लगभग असंभव लगने वाले मूल में बाइल्स ने अपने शरीर को दो धुरियों पर एक साथ घुमाया और इसके बाद दो बैकफ़्लिप्स कीं साथ ही तीन बार स्पिन किया, इसलिए इसका नाम ट्रिपल डबल पड़ा। हम उसके द्वारा मूव के एकदम सही तरीक़े से करने के बारे में सोच सकते सकते हैं, क्योंकि बरसों की मेहनत के बाद उसके दिमाग़ ने कई चीज़ों के साथ एक साथ तालमेल बैठाने में महारत हासिल की थी : दौड़ना, छलांग लगाना, हैंडस्प्रिंग, बैकफ़्लिप्स, ट्विस्ट और लैंडिंग। अपने ट्रिपल डबल को हासिल करने के लिए वह हैरतअंगेज करतब में मूवमेंट के एक ऐसे सेट से जुड़ी थी, जिसे सीखने में बरसों लग गए, लेकिन आख़िरकार उसे ऐसा करने के लिए

दिमाग़ के नियंत्रण की आवश्यकता ही नहीं रही, वह सहज वृत्ति से ऐसा करने में समर्थ हो गई। बाइल की आंतरिक आवाज़ ने उसके हर एक्शन को निर्देशित नहीं किया, यद्यपि यह ख़ुश हुई जब भीड़ जोश में आई। सभी एथलीट की तरह ही बाइल्स ने अपनी ट्रिपल डबल को व्यक्तिगत व्यवहारों की एक शृंखला से निर्मित किया था, जिसे उसने अभ्यास के जरिए आपस में जोड़ा था। आख़िरकार मूवमेंट की एक शृंखला में अलग-अलग तत्व एक निर्बाध एक्शन में बदल गए। उसके स्वचालित शारीरिक क्रिया-कलाप उसके मस्तिष्क की उन्हें आपस में जोड़ने की क्षमता से प्रेरित किए (जो शानदार डीएनए के संयोजन में है), इसने बाइल्स को खेल के इतिहास में ऊँचाई पर पहुँचा दिया। ऐसा ही कुछ एंकिएल के साथ हुआ, नीचे गिरने से पहले, ऐसा लग रहा था कि वह उसी ऊँचाई के रास्ते पर है, सधे हुए मूवमेंट और अस्वाभाविक रूप से मज़बूत भुजाएँ। तो आख़िर उस दिन मैदान में क्या हुआ था?

वह अनलिंक हो गया था।

एंकिएल की मौखिक धारा एक स्पॉटलाइट में तब्दील हो गई थी, जिसकी चमक में उसका ध्यान अपने पिचिंग के मूवमेंट से भटक गया था। इससे अनजाने में ही उससे ग़लतियाँ होती गईं। पहली कुछ वाइल्ड पिच फेंकने के बाद, उसने मानसिक रूप से पीछे जाकर अपने थ्रो की तकनीक पर ध्यान केंद्रित किया : इस मूवमेंट में उसके शरीर के हर हिस्से हिप, पैर और हाथों का महत्त्वपूर्ण तारतम्य शामिल था। सतही तौर पर यह समझदारी भरा और सहज लगता है। वह अपने दिमाग़ को एक पहले से तयशुदा व्यवहार पर काम करने के लिए कह रहा था, जिसने पहले भी उसे हज़ारों बार सफल पिचिंग करने में मदद की थी। और ठीक इसी जगह पर चीज़ें ग़लत होना शुरू हुईं।

जब आप अपने टैक्स का भुगतान करते हैं, तो यह सुनिश्चित करने के लिए कि आपने सब कुछ सही किया है, अपनी गणनाओं की दो-बार जाँच करना सही रहता है, भले ही आप एक अनुभवी अकाउंटेंट क्यों ना हों। लेकिन अच्छी तरह आजमाए हुए स्वचालित व्यवहार के लिए जिसे आप दबाव में निष्पादित करने का प्रयास कर रहे हैं, जैसे कि पिचिंग, यही प्रवृत्ति उन पूर्व लिखित नियमों को तोड़ देती है, जिन्हें हमने बगैर सोचे-समझे निष्पादित करना सीखा है।

ठीक यही हमारी आंतरिक आवाज़ की प्रवृत्ति है कि वह हमें समस्या में डाल देती है। वह हमारे व्यवहार के किसी हिस्से से ध्यान भटका देती है जो उन सभी हिस्सों के साथ मिलकर ही काम करता है। परिणामस्वरूप एनालिसिस से पैरालिसिस हो जाता है।

बकबक ने एक पिचर के रूप में एंकिएल का करियर तबाह कर दिया, लेकिन स्वचालित व्यवहार अपनी तरह के इकलौते हुनर नहीं होते जो हमारी आंतरिक आवाज़ के धोखा देने पर बेकार हो जाते हैं। आख़िरकार, हमारी एक क्षमता जो हमें दूसरे जानवरों से अलग करती है वह ना केवल स्वचालित व्यवहार का निष्पादन करना है, बल्कि अपना ध्यान केंद्रित करने के लिए अपने मन (मस्तिष्क) का उपयोग करना भी है।

यह हमारी तर्क करने, समस्याएँ सुलझाने, मल्टीटास्किंग करने और ख़ुद पर नियंत्रण करने की क्षमता ही है, जो हमें काम और परिवार के अलावा जीवन के कई महत्त्वपूर्ण हिस्सों का बुद्धि, रचनात्मकता और सूझबूझ के साथ प्रबंधन करने की अनुमति देती है। ऐसा करने के लिए, हमें सजग, चौकस और लचीला होना होगा, जिसे हम करने में सक्षम हैं क्योंकि हम मानव मस्तिष्क के सीईओ की तरह सोच सकते हैं–जो कि हमारा *कार्यकारी कार्य* है और जो किसी असमर्थित आंतरिक आवाज़ के लिए भी संवेदनशील है।

हमारे कार्यकारी कार्य अपने विचारों और व्यवहार का इच्छानुसार संचालन करने की हमारी क्षमता का आधार हैं। इसे व्यापक रूप से हमारे माथे के पीछे और कनपटियों के बीच स्थित प्रीफ्रंटल मस्तिष्क क्षेत्रों के नेटवर्क का सहयोग मिलता है, उनका काम तब हस्तक्षेप करना होता है, जब हमारी सहज प्रक्रियाएँ पर्याप्त नहीं होती हैं और हमें सचेत रूप से अपने व्यवहार का मार्गदर्शन करने की आवश्यकता होती है। वे हमें प्रासंगिक जानकारी को अपने दिमाग़ में सक्रिय रखने (कार्यशील स्मृति कार्यकारी कार्यों का एक हिस्सा है), बाहरी जानकारी को फ़िल्टर करने, ध्यान भंग करने से रोकने, विचारों के साथ खेलने, जहाँ इसे जाना है उस ओर हमारा ध्यान इंगित करने, और आत्म-नियंत्रण का अभ्यास की अनुमति देते हैं–जैसे कि हमें एक नया ब्राउज़रटैब खोलने और विकिपीडिया की भूलभुलैया में जाने के प्रलोभन का विरोध करने में मदद करना। संक्षेप में, अपने कार्यकारी कार्यों के बिना हम दुनिया में कार्य करने में सक्षम नहीं होंगे।

आपके मस्तिष्क को इस प्रकार के न्यूरोलॉजिकल नेतृत्व की आवश्यकता इसलिए है, क्योंकि ध्यान देना, बुद्धिमानी से तर्क करने, रचनात्मक रूप से सोचने और कार्यों को निष्पादित करने के लिए अक्सर आपको स्वचालित मोड छोड़ने और सचेत प्रयास करने की आवश्यकता होती है। और ऐसा करने के लिए आपको बहुत से कार्यकारी कार्यों की ज़रूरत होती है, क्योंकि उनकी क्षमता सीमित होती है। किसी कंप्यूटर की तरह जो बहुत सारे प्रोग्राम खोलने पर धीमा हो जाता है, आपके कार्यकारी कार्य ख़राब प्रदर्शन करते हैं, क्योंकि उन पर थोपी गई माँगें बढ़ जाती हैं।

इस सीमित क्षमता का शानदार उदाहरण, जिसे जादुई संख्या चार के रूप में जाना जाता है, किसी भी समय अपने दिमाग़ में तीन से पाँच यूनिट जानकारी रखने की हमारी क्षमता से संबंधित है। एक अमेरिकी फ़ोन नंबर को ही लें। 200–350–2765 संख्या को याद रखना 2003502765 को याद करने से कहीं अधिक आसान है। पहले उदाहरण में, आपने संख्याओं को समूहों में बाँट दिया, इसलिए आप जानकारी के तीन हिस्से याद कर रहे हैं; जबकि दूसरे में, आप सूचनाओं के दस टुकड़ों की एक पूरी शृंखला को याद करने की कोशिश कर रहे हैं, जिससे सिस्टम पर बोझ बढ़ जाता है।

आपके श्रम–गहन कार्यकारी कार्यों को उन्हें मिलने वाले हर न्यूरॉन की आवश्यकता होती है, लेकिन नकारात्मक आंतरिक आवाज़ हमारी तंत्रिका क्षमता को प्रभावित करती है। मौखिक चिंतन हमारी भावनात्मक परेशानी के स्त्रोत पर हमारा ध्यान केंद्रित करता है, इस प्रकार उन न्यूरॉन्स की चोरी करता है, जो हमारे लिए बेहतर काम कर सकते हैं। इसकी वजह से, हम दोहरे कार्य में भाग लेकर अपने कार्यकारी कार्यों को जाम कर देते हैं–ये दोहरे कार्य में एक तो हम जो कुछ भी करना चाहते हैं उसे करने का कार्य होता है और दूसरा होता है हमारी दर्द भरी आंतरिक आवाज़ को सुनने का कार्य। न्यूरोलॉजिकल रूप से इस तरह बकबक हमारे ध्यान को विभाजित करती है और धुँधला कर देती है।

हम सभी किसी नकारात्मक शाब्दिक धारा के विकर्षणों से परिचित हैं। क्या आपने अपने किसी प्रियजन के साथ झगड़ा होने के बाद किसी पुस्तक को पढ़ा या कोई ऐसा कार्य पूरा करने का प्रयास किया है, जिसमें ध्यान केंद्रित करने की आवश्यकता है? यह लगभग असंभव कार्य है। झगड़े के बाद उपजने वाला सारे नकारात्मक विचार आपकी कार्यकारी कार्यों को

का उपभोग कर लेते हैं, क्योंकि आपके आंतरिक आलोचक और उसके बड़बोलेपन ने आपके तंत्रिका संबंधी संसाधनों पर छापेमारी करके कॉरपोरेट मुख्यालय पर क़ब्ज़ा कर लिया है। यद्यपि हममें से अधिकांश लोगों के लिए समस्या यह है कि आमतौर पर हम किताबों में जानकारी रखने के बजाय ज़्यादा हिस्सेदारी वाली गतिविधियों में शामिल होते हैं। हम अपनी नौकरियाँ कर रहे हैं, अपने सपनों को पूरा करने के लिए मेहनत कर रहे हैं, दूसरों के साथ बातचीत कर रहे हैं और मूल्यांकन किए जा रहे हैं।

जब ध्यान केंद्रित करने वाले कामों की बात होती है तो लगातार चिंतित विचारों के साथ बकबक बड़ी विध्वंसक साबित होती है। अनगिनत अध्ययनों में इसके दुर्बलकारी प्रभाव का खुलासा किया गया है। यह विद्यार्थियों के लिए परीक्षाओं में ख़राब परिणामों की वजह बनती है, मंच पर प्रस्तुति देने का डर पैदा करती है और प्रदर्शनकारी कलाकारों के बीच भय का वातावरण बनाती है, और व्यापार में सौदेबाज़ी को कमज़ोर करती है। उदाहरण के लिए एक अध्ययन में पाया गया है कि चिंता और घबराहट की वजह से लोग कम आरंभिक प्रस्ताव करते हैं, किसी चर्चा से जल्दी भाग निकलते हैं, और कम पैसा कमाते हैं। यह कहने का एक अच्छा तरीक़ा है कि वे अपने काम में विफल होते हैं–अपनी इस मानसिक बकबक की वजह से।

किसी भी दिन हमारी आंतरिक आवाज़ को कई चीज़ों के द्वारा भटकाया जा सकता है। जब ऐसा होता है, तो हमारे मन (मस्तिष्क) को अपनी रोज़ाना की चुनौतियों का सामना करने और उनका समाधान करने के लिए ध्यान केंद्रित करने में कठिनाई आती है, जिसके चलते हमारे आंतरिक संवाद में और भी झंझावात पैदा हो जाते हैं। स्वाभाविक रूप से, जब हम इस तरह से लड़खड़ा रहे होते हैं तो हम अपनी इस दुर्दशा से बाहर निकलने की कोशिश करते हैं। तो दरअसल हम क्या करते हैं?

यही वह सवाल था, जिसने लगभग तीस साल पहले एक मध्यम आयु वर्ग के एक मनोवैज्ञानिक को परेशान किया था। उनका शोध बकबक की लागत के बारे में गहरे सवाल उठाएगा जो हमारे ध्यान केंद्रित करने की हमारी क्षमता से कहीं परे जाता है। हमारी आंतरिक आवाज़ हमारे सामाजिक जीवन को भी प्रभावित करती है।

एक सामाजिक प्रतिकर्षक

1980 के दशक के उत्तरार्ध में, बर्नार्ड राइम नामक बेल्जियम के मनोवैज्ञानिक ने यह पता लगाने का फ़ैसला किया कि क्या उन मज़बूत नकारात्मक भावनाओं का अनुभव करना जो बकबक की विशेषता है, लोगों को एक बहुत ही सामाजिक प्रक्रिया : बात करने में संलग्न होने के लिए प्रेरित करता है।

कई अध्ययनों के दौरान, राइम लोगों को अपनी प्रयोगशाला में लेकर आए और उनसे पूछा कि क्या उन्होंने अपने अतीत के नकारात्मक अनुभवों के बारे में दूसरों के साथ बात की है। इसके बाद उन्होंने वर्तमान पर फ़ोकस किया और लोगों से कहा कि कई सप्ताह तक जब भी वे किसी परेशान करने वाली स्थिति का सामना करते हैं और यदि वे इसकी चर्चा अपने सामाजिक नेटवर्क के सदस्यों के साथ करते हैं तो उसे अपनी डायरी में दर्ज करें। उन्होंने कुछ और प्रयोग किए, जिसमें उन्होंने प्रतिभागियों को प्रयोगशाला में उकसाया और फिर देखा कि क्या वे अपने आसपास के लोगों के साथ अपनी प्रतिक्रियाएँ साझा करते हैं या नहीं।

बार-बार राइम समान निष्कर्ष पर पहुँचे : लोग अपने नकारात्मक अनुभवों के बारे में दूसरों से बात करने को मज़बूर हो जाते हैं। लेकिन बात यहीं तक सीमित नहीं है। भावनाएँ जितनी तीव्र होंगी, उतना ही अधिक वे उसके बारे में बात करना चाहेंगे। इसके अलावा, जो भी हुआ वे उसके बारे में बार-बार बात करते हैं, इसे घंटों, दिनों, हफ़्तों और महीनों के दौरान कई बार ऐसा किया जाता है और कभी-कभी शेष जीवन के दौरान भी।

चाहे लोगों की उम्र या शिक्षा का स्तर जो भी रहा हो, राइम के निष्कर्ष सभी पर सही साबित हुए। यह पुरुषों के अलावा महिलाओं की भी विशेषता थी। यहाँ तक कि विभिन्न भौगोलिक क्षेत्रों और संस्कृतियों में भी यह बात समान थी। एशिया से लेकर अमेरिका और यूरोप तक, उन्हें समान बात देखने को मिली : मज़बूत भावनाएँ जेट इंजन की तरह काम करती हैं और लोगों को अपना अनुभव साझा करने के लिए उतना तेज़ी से प्रेरित करती हैं। ऐसा लगता है कि यह मानव स्वभाव का एक नियम है। इस नियम का एकमात्र अपवाद उन मामलों में था जहाँ लोग शर्म महसूस करते हैं, जिसे वे अक्सर छिपाना चाहते हैं, या किसी तरह का आघात, जिसका वे खुलासा करने से बचते हैं।

खोज में इस तरह की एकरूपता काफ़ी आश्चर्यजनक थी, हालाँकि यह किसी पहले से स्पष्ट बात की पुष्टि की तरह लग सकता है। जैसा कि हम सभी जानते हैं, लोग तीव्र भावनाओं के बारे में बहुत बातें करते हैं। ये ऐसा कुछ नहीं है कि आप किसी दोस्त के पास जाएँ और उससे कहें, ''सुनो, मैं आज काफ़ी सामान्य महसूस कर रहा हूँ।'' यह हमारे मन (मस्तिष्क) की मौखिक धारा से निकलने वाले उतार-चढ़ाव हैं, जो शब्दों में तब्दील होकर हमारे मुँह से निकलते हैं।

हालाँकि यह सामान्य और हानिरहित लगता है, लेकिन *लगातार* अपनी नकारात्मक आंतरिक आवाज़ को दूसरों के साथ साझा करने से बकबक और सामाजिक जीवन की कुछ सबसे बड़ी विडंबनाओं में से एक पैदा होती है : हम सहानुभूति रखने वाले श्रोताओं से समर्थन की अपेक्षा में उनके साथ अपने दिमाग़ के विचारों को साझा करते है, लेकिन बार-बार ऐसा करने से आख़िरकार वे लोग भी हमसे दूर होने लगेंगे, जिनकी हमें सख़्त आवश्यकता है। यह कुछ ऐसा है कि बकबक का दर्द लोगों को सामान्य सामाजिक संकेतों के प्रति कम संवेदनशील बनाता है, जो हमें बताते हैं कि कब पराकाष्ठा हो गई है। अधिक स्पष्ट रूप से, इसका यह अर्थ नहीं है कि हर बार लोगों के साथ अपने परेशानियों के बारे में बात करना हानिकारक होता है। लेकिन यह बताता है कि किस प्रकार बकबक अन्यथा मददग़ार अनुभव को किसी नकारात्मक बात में बदल सकती है।

हममें से अधिकांश की एक सीमा होती है कि हम दूसरों के कितने उद्गार सुन सकते हैं, भले ही वे लोग हमारे कितने ही प्रिय क्यों नहीं हों, साथ ही साथ हम कितनी बार इन उद्गारों को झेल सकते हैं, जबकि ख़ुद को नहीं सुन रहे हैं। पारस्परिक आदान-प्रदान से रिश्ते पनपते हैं। यही वजह है कि चिकित्सक हमसे समय देने के लिए फ़ीस लेते हैं, जबकि दोस्त नहीं। लेकिन जब यह बातचीत का संतुलन एकतरफ़ा हो जाता है, तो सामाजिक संबंध टूट जाते हैं।

मामले को और भी बदतर बनाने के लिए जब यह होता है, तो जो लोग उद्गारों का अतिरेक कर देते हैं और अनजाने में अपने आसपास के लोगों को अलग-थलग कर देते हैं, वे समस्या सुलझाने में कम सक्षम होते हैं। इससे उनके लिए अपने रिश्तों की दरार को भरना कठिन हो जाता है, एक दुष्चक्र बन जाता है, जिसका विषाक्त परिणाम अकेलेपन और अलगाव

के रूप में होता है। प्रगतिशील सामाजिक अलगाव कि यह प्रक्रिया कैसे संचालित होती है, इसके एक बेहतरीन उदाहरण के लिए हम उस व्यापक भावनात्मक उथल-पुथल को देख सकते हैं, जिसे मिडिल स्कूल कहा जाता है। एक अध्ययन में सात महीनों तक एक हज़ार से अधिक मिडिल स्कूल जाने वाले बच्चों को ट्रैक किया गया और पाया कि जिन बच्चों में चिंतन की प्रवृत्ति थी वे कम चिंतन करने वाले बच्चों की तुलना में अधिक बात करते थे। हालाँकि इसने फ़ायदे के बजाय नुक़सान अधिक किया। इसकी वजह से कई दर्दनाक परिणाम हुए : वे सामाजिक रूप से बहिष्कृत और अस्वीकृत हुए, अपने साथियों के गॉसिप और अफ़वाहों का निशाना बने, और हिंसा का शिकार भी बने।

दुर्भाग्य से, इस मामले में, जो बालकों और किशोरों के लिए सच है, वह वयस्कता में पार हो जाता है। इसके अलावा, यह भी पता चलता है कि इस बात से कोई फ़र्क़ नहीं पड़ता कि आपके पास अपने उद्गार प्रकट करने के लिए वैध कारण है; अपनी बकबक को अधिक प्रकट करने से भी लोगों को दूर कर सकता है। शिकायती वयस्कों पर केंद्रित एक अध्ययन में पाया गया कि जो लोग अधिक चिंतन करने की प्रवृत्ति वाले होते हैं वे किसी नुक़सान के बाद समर्थन की अधिक चाह रखते हैं, जो कि सामान्य है। हालाँकि एक असहज मोड़ यह है कि उन्हें परिणामस्वरूप अधिक सामाजिक विरोध और कम भावनात्मक सहयोग का अनुभव हुआ।

अनियंत्रित भावनात्मक साझाकरण सामाजिक प्रतिकर्षण का एकमात्र प्रकार नहीं है, जो बकबक के द्वारा सक्षम होता है। जो लोग विवादों पर दृढ़ रहते हैं उनके द्वारा भी आक्रामक व्यवहार करने की अधिक संभावना रहती है। एक प्रयोग में देखा गया कि जिन लोगों को उनके द्वारा लिखे गए निबंध की किसी प्रयोगकर्ता द्वारा निंदा करके उनका अपमान किए जाने के बारे में चिंतन करने के लिए उकसाया गया, वे उस व्यक्ति के ख़िलाफ़ अधिक शत्रुतापूर्ण नज़रिया रखने लगे। जब उन्हें उस प्रयोगकर्ता के ख़िलाफ़ ऊँची आवाज़ में चिल्लाने का मौक़ा दिया गया तो उन्होंने उन लोगों की तुलना में ऐसा अधिक किया जिन्होंने चिंतन नहीं किया था। दूसरे शब्दों में, मैं जितना अधिक इस बात पर ध्यान दूँगा कि आपने मेरे साथ क्या किया है, तो उतनी ही अधिक नकारात्मक भावना मेरे भीतर जीवित रहेगी, और परिणामस्वरूप मेरे द्वारा आपके ख़िलाफ़ आक्रामक व्यवहार करने की संभावना उतनी

ही अधिक होगी। (मानसिक) बकबक भी हमारे गुस्से को उन लोगों पर विस्थापित कर देती है, जो उसके हक़दार नहीं है। उदाहरण के लिए हमारा बॉस हमें परेशान करता है, और हम उसका गुस्सा बच्चों पर उतारते हैं।

लेकिन इनमें से कोई भी रिसर्च हमारे डिजिटल जीवन पर विचार नहीं करती। ऑनलाइन शेयरिंग के जमाने में, भावनाओं और हमारे सामाजिक जीवन पर किए गए राइम के कामों ने एक नई आवश्यकता पर क़ब्ज़ा कर लिया है। फ़ेसबुक और इसके जैसे ही अन्य सोशल मीडिया एप्लिकेशनों ने हमें एक क्रांतिकारी प्लेटफ़ार्म उपलब्ध कराया है जिस पर हम अपनी आंतरिक आवाज़ को साझा कर सकते हैं और दूसरों की आंतरिक आवाज़ सुन सकते हैं (या कम से कम दूसरे लोग हमसे चाहते हैं कि हम उस बारे में सोचें जिस बारे में वह सोच रहे हैं)। बल्कि फ़ेसबुक पर लॉगइन करते समय जो पहली चीज़ लोगों को दिखाई देती है और उन्हें अपनी आंतरिक आवाज़ साझा करने के लिए प्रेरित करती है, वह यह प्रश्न है : *''आपके मन (मस्तिष्क) में क्या है?''*

और हम उसका उत्तर देते हैं।

2020 में लगभग 250 करोड़ से ज़्यादा लोग फ़ेसबुक और ट्विटर का उपयोग कर रहे थे – जो दुनिया की आबादी का लगभग एक तिहाई है–और वे अधिकतर अपने निजी विचारों को साझा करने के लिए इनका इस्तेमाल करते हैं। यह बात उल्लेखानीय है कि सोशल मीडिया पर साझा करने में स्वाभाविक रूप से कुछ भी बुराई नहीं है। हमारी प्रजातियों की लंबी ऐतिहासिक टाइमलाइन में, यह निश्चित रूप से एक नया वातावरण है, जो जिसमें हम अपना अधिकांश समय व्यतीत कर रहे हैं, और वातावरण अपने आपमें अच्छे या बुरे नहीं होते। वे हमारी मदद करते हैं या हमें नुक़सान पहुँचाते हैं ये इस बात पर निर्भर करता है कि हम उनके साथ कैसे व्यवहार करते हैं। जैसा कि कहा जाता है, सोशल मीडिया की दो विशेषताएँ हैं, जो चिंताजनक हैं, जब आप अपने विचारों के प्रवाह को प्रसारित करने की तीव्र अनुभूति करते हैं : सहानुभूति और समय।

व्यक्तिगत और सामूहिक दोनों ही रूप से सहानुभूति के महत्त्व को कम करना कठिन है। यह हमें दूसरों के साथ सार्थक संबंधों को विकसित करने देती है, यह उन कारणों में से एक है, जिनकी वजह से हम ख़ुद को उतावला पाते हैं (हम दूसरों की सहानुभूति चाहते हैं), और यह उन

मैकेनिज़्म में से भी एक है, जो समुदायों को बाँधकर रखते हैं। इस क्षमता को हमने समय के साथ विकसित किया है, क्योंकि यह हमारी प्रजातियों को जीवित रहने में मददग़ार है।

शोध बताते हैं कि दूसरों की भावनात्मक प्रतिक्रिया का अवलोकन करना–किसी को झिझकते हुए देखना या उसकी आवाज़ में कंपन सुनना–सहानुभूति जगाने का एक तरीक़ा हो सकता है। लेकिन ऑनलाइन, सूक्ष्म शारीरिक हाव–भाव, सूक्ष्म अभिव्यक्तियाँ, और मौखिक स्वर जो दैनिक जीवन में सहानुभूति जगाने का काम करते हैं, अनुपस्थित रहते हैं। इसके परिणामस्वरूप, हमारे दिमाग़ उन जानकारियों से वंचित हो जाते हैं, जो महत्त्वपूर्ण सामाजिक कार्य करती हैं : क्रूरता और असामाजिक व्यवहार को रोकना। दूसरे शब्दों में कम सहानुभूति अक्सर ट्रोलिंग और साइबर दादागिरी की ओर ले जाती है, जिसके गंभीर परिणाम होते हैं। उदाहरण के लिए साइबर दादागिरी का संबंध अवसाद, चिंता, और नशीली दवाओं के दुरुपयोग से जुड़ा होता है, साथ ही इसके कई विषाक्त दुष्प्रभाव भी होते हैं जैसे कि सिरदर्द, नींद की गड़बड़ी, पेट की ख़राबी, और हमारी तनाव पर प्रतिक्रिया देने वाली प्रणाली कितनी अच्छी तरह संचालित होती है इस बात में भी बदलाव हो जाता है।

समय का गलियारा भी हमें अपने भावनात्मक जीवन का प्रबंधन करने के लिए अनिवार्य होता है, ख़ासतौर पर तब जब बात अपने परेशान करने वाले अनुभवों का संसाधन करने की होती है। जब हम किसी से ऑफ़-लाइन बात करने के लिए चयन करते हैं तो हमें अक्सर तब तक इंतज़ार करना पड़ता है, जब तक कि हम उस व्यक्ति को देख नहीं लें या जब तक वे बात करने के लिए उपलब्ध नहीं हों। जब कोई किसी का इंतज़ार करता है, तो कुछ जादुई घटता है : समय गुज़रता है और उससे हमें इस बात का चिंतन करने का समय मिल जाता है कि हम क्या महसूस कर रहे हैं और किस बारे में सोच रहे हैं, जो तरीक़े अक्सर हमारी भावनाओं को नियंत्रित करते हैं। वास्तव में, ''समय घाव भरता है'' या यह सलाह कि ''बस उसे थोड़ा समय दो'' जैसे सामान्य विचारों का अनुसंधान समर्थन करते हैं।

अब, चलिए ख़ुद को डिजिटल जीवन की समानांतर दुनिया में और स्मार्ट डिवाइस के जरिए किसी भी समय उसमें पहुँचने की क्षमता में प्रतिस्थापित करते हैं।

सोशल मीडिया हमें किसी नकारात्मक भावनात्मक प्रतिक्रिया के तुरंत बाद दूसरों से जुड़ने की अनुमति देता है, इससे पहले कि समय हमें यह अवसर प्रदान करे कि हम दोबारा सोच सकें कि हम कैसा महसूस कर रहे हैं या हम क्या करने की योजना बना रहे हैं। इक्कीसवीं सदी की कनेक्टिविटी की मदद से, अपने आंतरिक क्रोध के चरम पर, जब हमारी आंतरिक आवाज़ ज़ोर-ज़ोर से चीख़ना चाहती है, वह ऐसा कर सकती है।

हम पोस्ट करते हैं, हम ट्वीट करते हैं, हम कमेंट करते हैं।

समय के गलियारे के साथ और सहानुभूति के भौतिक गुणों के हटने के साथ, सोशल मीडिया एक ऐसा स्थान बन जाता है, जो आंतरिक आवाज़ के ग़ैर-अहसास वाले पक्षों के लिए उत्तरदायी होता है। इसकी वजह से टकराव, शत्रुता बढ़ सकती है, और दोनों व्यक्तियों के लिए और साथ ही समग्र रूप से समाज के लिए बकबक में बढ़ोतरी हो सकती है। इसका यह भी अर्थ है कि हम चीज़ों को पहले से कहीं ज़्यादा साझा कर रहे हैं।

लेकिन सोशल मीडिया हमें केवल एक ऐसा प्लेटफ़ार्म प्रदान नहीं करता जहाँ पर हम अपने दिमाग़ में पैदा होने वाले अपने विचारों और भावनाओं को आवश्यकता से अधिक साझा करते हैं, और जिस तरह से यह हमारे आंतरिक संवादों को पटरी से उतारता है वह विशिष्ट रूप से सहानुभूति और समय से संबंधित नहीं है। सोशल मीडिया हमें उस बात को आकार देने की अनुमति देता है, जो हम चाहते हैं कि अन्य लोग मानें कि हमारे जीवन में घट रहा है, इस बारे में हमारी पसंद कि क्या पोस्ट करना है, अन्य लोगों की बकबक को बढ़ावा दे सकती है।

ख़ुद के प्रस्तुतिकरण की मानवीय आवश्यकता काफ़ी शक्तिशाली है। हम लोगों को प्रभावित करने के लिए अपने दिखावे को इस प्रकार गढ़ते हैं कि वे हर समय हमारे बारे में कैसी धारणा रखे। यह बात हमेशा से रही है, लेकिन फिर सोशल मीडिया आया जिसने हमें इस बात पर और अधिक नियंत्रण प्रदान किया कि हम इसे कैसे कर सकते हैं। यह हमें अपने जीवन के प्रस्तुतिकरण को कुशलतापूर्वक तराशने की अनुमति प्रदान करता है - जीवन का लौकिक, फ़ोटोशॉप किया हुआ संस्करण, जिसमें अवसाद के क्षणों और सुंदरता के नज़रिए से कम लुभावने पलों को छोड़ दिया जाता है।

स्व-प्रस्तुतिकरण में संलग्न होना हमें बेहतर, दूसरों की नज़रों में सकारात्मक दिखाई देने की अपनी आवश्यकता को संतुष्ट करना और अपनी आंतरिक आवाज़ को नियंत्रित करना महसूस करा सकता है।

लेकिन इसमें एक छल है। अपने जीवन के सौंदर्यपूर्ण क्षणों को पोस्ट करना हालाँकि हमें बेहतर महसूस करा सकता है, लेकिन यही काम उस उपयोगकर्ता को जो हमारी पोस्ट देख रहा है, बुरा महसूस करने को मज़बूर कर सकता है। ऐसा इसलिए क्योंकि जिस समय हम ख़ुद को सकारात्मक रूप से प्रस्तुत करने के लिए प्रेरित होते हैं, उसी समय हम ख़ुद की तुलना दूसरों से करते हैं। और सोशल मीडिया हमारे दिमाग़ के भीतर के सामाजिक तुलना करने वाले हार्डवेयर को अति सक्रिय कर देता है। उदाहरण के लिए मैंने और मेरे सहयोगियों ने 2015 में एक अध्ययन प्रकाशित किया था, जिसके मुताबिक़ जितना अधिक समय लोग फ़ेसबुक पर स्क्रॉलिंग करते हुए और दूसरों के जीवन में झाँकते हुए बिताते हैं, उतना ही अधिक उन्हें जलन महसूस होती है और वे अधिक बुरा महसूस करते हैं।

यदि सोशल मीडिया पर अपनी भावनाओं का प्रसारण और इसकी ख़ुद को तराशने की संस्कृति में भाग लेने के इतने अधिक बकबक को बढ़ावा देने वाले प्रभाव हैं, तो यह पूछना उचित है कि हम साझा करना क्यों जारी रखते हैं। इस प्रश्न के उत्तर का लेना-देना हमारे उस व्यवहार में संलग्न होने से है, जो तात्कालिक रूप से तो सुखद अहसास कराता है, लेकिन समय के साथ बाद में उसके नकारात्मक परिणाम होते हैं। शोध से पता चलता है कि जब हम किसी के प्रति आकर्षित होते हैं या कुछ उत्तेजक पदार्थों (कोकीन से लेकर चॉकलेट तक हर चीज़) का सेवन करते हैं तो दिमाग़ में जो तंत्रिकाएँ सक्रिय होती हैं, बिलकुल वही तंत्रिकाएँ तब भी सक्रिय होती हैं, जब हम अपनी जानकारियाँ दूसरों के साथ साझा करते हैं। एक ख़ासतौर पर लुभावने उदाहरण में, हार्वर्ड यूनिवर्सिटी के न्यूरोसाइंटिस्ट ने 2012 में एक अध्ययन प्रकाशित किया था, जिसके मुताबिक़ लोग पैसे लेने के बजाय दूसरों के साथ अपनी जानकारी साझा करना अधिक पसंद करेंगे। दूसरे शब्दों में सामाजिक तुष्टि, मानसिक तुष्टि के समान ही है, जो हमारे डोपामाइन रिसेप्टर (मस्तिष्क में संवेदी अंग) को संतुष्ट करते हैं।

इन सब बातों को बताने का आशय यह है कि चाहे ऑनलाइन हो या ऑफ़ लाइन, जब हम अपनी मानसिक बकबक को अपने सामाजिक व्यवहार

संचालित करने देते हैं, तो हम बार-बार नकारात्मक परिणामों का सामना करते हैं। आंतरिक और बाह्य वार्तालाप के लिए सबसे नुक़सानदायक बात यह है कि अक्सर, अंत में हमें कोई सहयोग नहीं मिलता। यह सामाजिक अलगाव का एक दुष्चक्र शुरू करता है, जो हमें आगे चलकर कष्ट पहुँचाता है। वास्तव में, यदि आप रुकें और सुनें, तो आप देखेंगे कि कई लोग इस बात का वर्णन करने के लिए कि जब उन्हें दूसरों द्वारा ठुकराया जाता है तो वे कैसा महसूस करते हैं असल में शारीरिक ''दर्द'' की भाषा का उपयोग करते हैं।

दुनियाभर की भाषाओं में, चाहे वह इनुक्टिटुट हो या जर्मन हो, हिब्रू या हंगेरियन हो, कैंटोनीज या भूटानीज हो, लोग भावनात्मक दर्द को वर्णन करने के लिए भी शारीरिक चोट से संबंधित शब्दों का इस्तेमाल करते हैं - ''चोटिल,'' ''जख़्मी,'' ''घायल,'' जैसे और कई शब्द। यह पता चला है कि वे ऐसा इसलिए नहीं करते कि उन्हें रूपक अभिव्यक्ति की आदत है। मेरी अपने करियर की कुछ सबसे रोमांचक खोजों में से एक यह है कि मानसिक बकबक लोगों को केवल भावनात्मक रूप से चोट नहीं पहुँचती; इसके हमारे शरीर पर भौतिक प्रभाव भी पड़ते हैं, जिस तरीक़े से हम शारीरिक दर्द का अनुभव करते हैं उसी तरह हमारी कोशिकाओं में मौजूद जीन काम करते हैं।

हमारी कोशिकाओं के भीतर का पियानो

एक-एक करके वे हमारी बेसमेंट की प्रयोगशाला में आए : न्यू यॉर्क शहर के टूटे दिल वाले।

यह 2007 की बात है। मेरे सहयोगी और मैंने इस बात को समझने के लिए एक अध्ययन शुरू किया कि भावनात्मक दर्द वास्तव में दिमाग़ में कैसा दिखाई देता है। किसी भी स्वयंसेवक को इसमें शामिल करने के बजाय-क्योंकि इसका अर्थ होगा कि उन्हें प्रयोगशाला में बुरा महसूस कराने का कोई प्रभावी, लेकिन नैतिक तरीक़ा ढूँढ़ा जाए-हमने चालीस ऐसे स्वयंसेवकों की तलाश की जो पहले से ही दुखी हों : ऐसे लोग जिनका हाल ही में दिल टूटा था, भावनात्मक पीड़ा के सबसे शक्तिशाली उत्सर्जक जिन्हें हम जानते हैं। हमने सबवे और पार्कों में विज्ञापन लगाए, ऐसे लोगों

की तलाश के लिए जो कम से कम छह महीने तक चलने वाले एकतरफ़ा संबंध में अस्वीकार कर दिए गए हैं :

क्या आपका हाल ही में कोई कठिन, अवांछित ब्रेकअप हुआ है?

अभी भी आपके मन में अपने पूर्व साथी के लिए भावनाएँ हैं?

एक प्रयोग में भाग लीजिए कि किस प्रकार दिमाग़ भावनात्मक और शारीरिक दर्द का प्रसंस्करण करता है!

अस्सी लाख लोगों के शहर में स्वयंसेवक मिलना कोई मुश्किल काम नहीं था।

हालाँकि हमने थोड़ा उकसाने वाला काम भी किया। हमने उन्हें उस व्यक्ति का फ़ोटो लेकर आने को कहा, जिसने उन्हें प्रेम में अस्वीकार किया था। फ़ोटो होना ऐच्छिक नहीं था। स्वयंसेवकों को एमआरआई स्कैनर पर लेटने, उनके एकतरफ़ा प्यार की निशानी को देखने, और अपने ब्रेकअप के समय पर उन्होंने कैसा महसूस किया था यह याद करने के लिए कहकर, हम मानसिक बकबक का एक न्यूरल स्नैप शॉट प्राप्त करने की उम्मीद कर रहे थे। लेकिन हम कुछ और भी जानना चाहते थे : कि क्या दिमाग़ द्वारा किसी भावनात्मक दर्द के अनुभव का प्रसंस्करण उसी तरह करता है जैसे वह *शारीरिक* दर्द का करता है। दर्द का अनुभव कराने के लिए हमने उनकी बाँहों पर कॉफ़ी के गर्म कप के बराबर जलन का अहसास कराया।

इसके बाद हमने गर्म कॉफ़ी के अनुभव वाले एमआरआई के परिणामों की तुलना उस समय से की जब उन्होंने अपने खोए हुए प्यार की फ़ोटो देखी थी। अविश्वसनीय रूप से, दिमाग़ का जो हिस्सा शारीरिक दर्द की संवेदना का अनुभव करता है वहाँ पर काफ़ी बड़े पैमाने पर ओवरलैप था। दूसरे शब्दों में कहें तो, हमारे परिणामों ने दर्शाया कि भावनात्मक दर्द का शारीरिक घटक भी होता है।

इन परिणामों के अलावा इसी समय पर अन्य प्रयोगशालाओं में हुए प्रयोगों के निष्कर्षों ने यह प्रदर्शित करना शुरू कर दिया था कि सामाजिक दर्द जैसी अस्पष्ट अवधारणाएँ हमारे शरीर की क्रियाओं पर असर डालती हैं, ख़ासतौर पर जब तनाव की बात होती है।

यह कहना कि तनाव जान ले लेता है, इक्कीसवीं सदी की एक कहावत जैसा बन गया है। यह यह आधुनिक महामारी है, जो अकेले

संयुक्त राज्य अमेरिका में ही सालाना 500 अरब डॉलर की उत्पादकता का नुक़सान करती है। फिर भी हम इस तथ्य को भूल जाते हैं कि तनाव एक अनुकूलित होने वाली प्रतिक्रिया है। यह हमारे शरीर को संभावित ख़तरे वाली स्थितियों के लिए त्वरित और कुशलतापूर्वक प्रतिक्रिया करने में मदद करता है। लेकिन तनाव जब क्रॉनिक जाता है तो यह अनुकूलित होना बंद कर देता है – जब 'लड़ो या भाग लो' वाला अलार्म सिग्नल बंद करने में अक्षम हो जाता है। और निश्चित रूप से, तनाव को सक्रिय रखने में हमारी नकारात्मक मौखिक धारा मुख्य ज़िम्मेदार है।

ख़तरे में शारीरिक ख़तरा शामिल हो सकता है, इसमें कोई शक नहीं, लेकिन इसमें और भी अधिक सामान्य अनुभव शामिल होते हैं। उदाहरण के लिए, जब हमारा सामना ऐसी परिस्थितियों से होता है जहाँ पर हमें भरोसा नहीं है कि हम उससे निपट लेंगे : नौकरी खोना या कोई नया काम शुरू करना, किसी दोस्त या परिवार के सदस्य के साथ विवाद, नए शहर में रहने के लिए जाना, किसी स्वास्थ्य संबंधी समस्या का सामना करना, किसी प्रियजन की मौत का दुख, तलाक़, किसी असुरक्षित मोहल्ले में रहना, ये ऐसी विपरीत परिस्थितियाँ हैं, जहाँ पर एक ऐसी ख़तरे की प्रतिक्रिया उत्पन्न हो सकती है, जैसी हमें किसी आसन्न शारीरिक ख़तरे के समय होती है। जब ख़तरे के संकेत हमारे शरीर के संवेदी तारों के जरिए दिमाग़ तक पहुँचते हैं, तो हमारा शरीर तुरंत ख़ुद की सुरक्षा के लिए तैयार हो जाता है, जैसे कि कोई देश किसी दुश्मन आक्रमणकारी के हमले का सामना करने के लिए अपनी सेना को तैयार करता है।

इसका पहला चरण तुरंत ही दिमाग़ के एक शंक्वाकार क्षेत्र में शुरू होता है, जिसे हायपोथैलेमस कहा जाता है। जब आपका हायपोथैलेमस आपके दिमाग़ के अन्य हिस्सों से संकेत प्राप्त करता है कि ख़तरा अभी मौजूद है, तो वह रासायनिक प्रतिक्रियाओं की एक शृंखला की शुरुआत करता है, जो आपके रक्त में एड्रेनालाइन नामक हॉर्मोन का रिसाव करता है। एड्रेनालाइन की वजह से आपका दिल तेज़ी से धड़कने लगता है, आपका रक्तचाप और ऊर्जा का स्तर बढ़ जाता है, और आपके संवेदी अंग सतर्क हो जाते हैं। थोड़ी देर के बाद, तनाव संबंधी हार्मोन कार्टिसोल का भी रिसाव होने लगता है, जो आपके जेट इंजनों की फ़ायरिंग और आपके ऊर्जा के स्तर को क़ायम रखता है। जब यह सब होता रहता है तभी, रासायनिक

संदेशवाहक आपके शरीर की उन प्रणालियों को शांत रखने के लिए भी काम करते रहते हैं, जो किसी तात्कालिक ख़तरे पर प्रतिक्रिया देने की आपकी क्षमता के लिए महत्त्वपूर्ण नहीं हैं, जैसे कि आपकी पाचन और प्रजनन प्रणालियाँ। यदि आपने ध्यान दिया है कि जब आप किसी संकट से घिरे होते हैं तो आपकी भूख-प्यास और सेक्स की इच्छा मर जाती है, तो इसकी वजह ये रासायनिक संदेशवाहक ही हैं। इन सभी परिवर्तनों का एक ही लक्ष्य होता है : आपके द्वारा सामना किए जा रहे तनाव प्रदाता को तुरंत प्रतिक्रिया करने की आपकी क्षमता को बढ़ाना, इस बात से कोई फ़र्क़ नहीं पड़ता कि आप इन तनाव प्रदाताओं का प्रत्यक्ष रूप से सामना कर रहे हैं (जैसे कि किसी चोर को अपने घर में घुसते हुए देखना) या फिर बस अपने दिमाग़ में इसकी कल्पना कर रहे हैं।

हाँ, हम महज सोचकर ही एक क्रॉनिक मनोवैज्ञानिक तनाव की प्रतिक्रिया निर्मित कर सकते हैं। और जब हमारी आंतरिक आवाज़ तनाव को और बढ़ाती है तो यह हमारे स्वास्थ्य के लिए नुक़सानदायक हो सकता है।

ऐसे अनगिनत अध्ययन हैं, जो बताते हैं कि हमारी तनाव प्रतिक्रिया प्रणाली के लंबे समय तक सक्रिय रहने का संबंध दिल की बीमारियों से लेकर नींद नहीं आने और कई तरह के कैन्सर तक से होता है। इनसे पता चलता है कि किस प्रकार तनावपूर्ण अनुभव जैसे कि गंभीर रूप से अलग-थलग और अकेलापन महसूस करना हमारे स्वास्थ्य पर विपरीत प्रभाव डाल सकता है। दरअसल, कोई मज़बूत सामाजिक सहायता नेटवर्क नहीं होना भी मौत का उतना ही ख़तरा पैदा करता है, जितना एक दिन में पंद्रह से अधिक सिगरेट पीना, और अधिक मात्रा में शराब का सेवन करना, व्यायाम नहीं करना, मोटापा बढ़ाना, या किसी अत्याधिक प्रदूषण वाले शहर में रहने से भी अधिक जोख़िम का कारक बनता है।

क्रॉनिक नकारात्मक विचार मानसिक अस्वस्थता की ओर भी धकेल सकते हैं, हालाँकि कहने का मतलब यह नहीं है कि मानसिक बकबक भी नैदानिक अवसाद, चिंता या किसी आघात के बाद होने वाले तनाव जैसे विकारों के समान ही है। लगातार नकारात्मक सोचना इन स्थितियों का पर्याय नहीं है, लेकिन यह इनकी एक सामान्य विशेषता है। दरअसल, वैज्ञानिक इसे कई विकारों का एक ट्रांस डायग्नोस्टिक रिस्क फ़ैक्टर मानते

हैं, यानी कि बकबक कई मानसिक विकारों की वजह बन सकती है या उसकी एक विशेषता हो सकती है।

लेकिन इन तरीक़ों में सबसे भयावह वह है, जिसमें बकबक तनाव को बढ़ावा देती है। जब हमारी घबराहट की प्रतिक्रिया लंबी खिंचती है, तो इसकी वजह से धीरे-धीरे होने वाला शारीरिक क्षरण बीमारियों से लड़ने और हमारे शरीर के सुचारू तरीक़े से काम करने की हमारी क्षमता को और भी अधिक नुक़सान पहुँचाता है। यह हमारे स्वास्थ्य को प्रभावित करने के हमारे डीएनए के तरीक़े को बदल सकता है।

जब मैं कॉलेज में था, तो मैंने एक सरल फ़ॉर्मूला सीखा था : जीन + वातावरण = जो भी हम हैं। (यानी हम जो भी बनते हैं उसमें हमारे जीन (आनुवांशिक गुणों) के अलावा हमारे आसपास के वातावरण का भी योगदान होता है)। आगे की कक्षाओं में, मेरे प्रोफ़ेसरों ने मुझे बताया कि जब मानव जीवन को आकार देने की बात आती है, तो जीन के प्रभाव और पर्यावरण का मिश्रण नहीं होता। पालन-पोषण यानी परवरिश एक बक्से में था और प्रकृति दूसरे बक्से में। यह काफ़ी लंबे समय तक पारंपरिक ज्ञान बना रहा - फिर अचानक यह नहीं रहा। कई वैज्ञानिकों के आश्चर्य के रूप में, नए अनुसंधान ने सुझाया कि यह समीकरण सच्चाई से भिन्न नहीं हो सकता। केवल इसलिए कि आपके पास कुछ विशेष प्रकार के जीन (आनुवांशिक गुण) हैं तो इसका अर्थ यह नहीं है कि वह वास्तव में आपको प्रभावित करते हैं। वास्तव में आप क्या हैं या क्या बनते हैं इसको इन जीन का चालू या बंद होना निर्धारित करता है।

इसको सोचने का एक तरीक़ा यह भी है कि मान लीजिए कि आपका डीएनए आपकी कोशिकाओं में गहराई तक दफ़न एक पियानो है। पियानो की कुंजियाँ आपके जीन हैं, जो कई तरीक़े से बजाए जा सकते हैं। कुछ कुंजियाँ कभी भी दबाई नहीं जा सकतीं। कुछ को लगातार और स्थिर संयोजन में दबाया जा सकता है। जो बात मुझे आपसे या फिर इस दुनिया में सभी लोगों को एक दूसरे से भिन्न करती है वह आंशिक रूप से यह है कि इन कुंजियों को किस प्रकार दबाया जाता है। यह जीन की अभिव्यक्ति है। यह आपकी कोशिकाओं के भीतर आनुवांशिक पाठ है, जो इस बात के निर्धारण में भूमिका निभाता है कि आपका शरीर और दिमाग़ कैसे काम करता है।

जैसा कि मालूम हुआ है, हमारी आंतरिक आवाज़, हमारे आनुवांशिक पियानो की कुंजियों को छेड़ना पसंद करती है। जिस तरह से हम ख़ुद से बात करते हैं, वह इन कुंजियों को बजाने के तरीक़े पर असर डाल सकता है। यूनिवर्सिटी ऑफ़ कैलिफ़ोर्निया लॉस एंजिलिस के प्रोफ़ेसर ऑफ़ मेडिसिन स्टीव कोल ने इस बात के अध्ययन अपना लंबा समय बिताया है कि किस प्रकार परवरिश और प्रकृति का हमारी कोशिकाओं में टकराव होता है। विभिन्न अध्ययनों के दौरान कोल और उनके सहयोगियों ने पता लगाया कि बकबक से उपजे क्रॉनिक ख़तरे का अनुभव करना हमारे जीन की अभिव्यक्ति को प्रभावित करता है।

कोल और अन्य लोगों ने पाया कि जो लोग क्रॉनिक ख़तरे का अनुभव करते हैं उनके बीच इन्फ़्लेमेशन जीन के समान सेट की अभिव्यक्ति अधिक मज़बूती से होती है, भले ही यह अहसास अकेलापन महसूस करने से पैदा होता है या फिर ग़रीबी के तनाव की वजह से या किसी बीमारी का पता चलने पर। ऐसा इसलिए होता है, क्योंकि हमारी कोशिकाएँ किसी क्रॉनिक मनोवैज्ञानिक ख़तरे की व्याख्या शारीरिक हमला करने के समान किसी शत्रुतापूर्ण स्थिति के रूप में करती हैं।

जब हमारी आंतरिक बातचीत समय के साथ लगातार हमारी ख़तरे की प्रणाली को सक्रिय करती है, तो वह हमारी कोशिकाओं को संदेश भेजती है, जो इन्फ़्लेमेशन जीन्स की अभिव्यक्ति को जाग्रत करता है, जो कि अल्प अवधि में हमारी सुरक्षा के लिए होती हैं, लेकिन लंबे समय में हमें नुक़सान पहुँचाती हैं। इसी समय, सामान्य दैनिक कार्यों को करने वाली कोशिकाएँ, जैसे कि वायरल रोगाणुओं को दूर भगाना, वे दब जाती हैं, जिसकी वजह से बीमारियों और संक्रमण के लिए रास्ता खुल जाता है। कोलेचैटर (मानसिक बकबक) के इस प्रभाव को "आणविक स्तर पर मृत्यु" कहते हैं।

संपत्ति या दायित्व?

हमारे आंतरिक संवादों के हमारे दिमाग़, रिश्तों, और शरीर पर हो सकने वाले प्रभाव के बारे में जानना गहन रूप से परेशान करने वाला हो सकता है। इस कार्य में संलग्न होने वाले वैज्ञानिक के रूप में, मैं अक्सर इस बात पर विचार करने से ख़ुद को रोक नहीं पाता कि आख़िर यह शोध किस प्रकार मेरे ख़ुद के जीवन पर और जिन्हें मैं प्रेम करता हूँ उन लोगों के जीवन

पर लागू होता है। यह कहना झूठ होगा, यदि मैं आपसे कहूँ कि मुझे कोई चिंता नहीं होती जब मेरी बेटी किसी बात पर झल्लाती है।

फिर भी, यदि मैं अपने आसपास देखता हूँ, तो मुझे कई उदाहरण दिखाई देते हैं, जो आशा का संचार करते हैं। मैं ऐसे छात्रों को देखता हूँ, जो आत्म-संदेह के सागर में डूबे हुए असुरक्षित नौसिखियों से किसी आत्मविश्वास से भरपूर दुनिया में योगदान देने के लिए तैयार सीनियर के रूप में तब्दील हो जाते हैं। मैं ऐसे लोगों को देखता हूँ, जो अत्याधिक कठिनाई का सामना करते हैं और दूसरों से जुड़ने के तरीक़े ढूँढ़ते हैं और अपने सामाजिक नेटवर्क से सहयोग प्राप्त करते हैं। और मैं ऐसे लोगों को देखता हूँ, जिन्होंने क्रॉनिक तनाव के साथ जीवन बिताया है और स्वस्थ जीवन हासिल किया है। मेरी दादी डोरा, जब वे युवा थीं तो पोलैंड में उन्होंने पूरा एक भयावह साल जंगल में नाजियों से बचकर छिपते हुए बिताया था। इसके बावजूद वह अमेरिका में और सत्तर वर्ष अधिक लचीला, आनंदमय जीवन बिताने में सफल रहीं।

ये महत्त्वपूर्ण उदाहरण मुझे वापस मानव मस्तिष्क की इस महान पहेली में लेकर आते हैं : किस प्रकार हमारी आंतरिक आवाज़ हमारी संपत्ति और दायित्व दोनों हो सकती है। हमारे दिमाग़ में प्रवाहित होने वाले शब्द हमें उलझा सकते हैं, लेकिन वे हमें सार्थक उपलब्धियों की तरफ़ भी ले जा सकते हैं... बशर्ते कि हमें पता हो कि उन्हें कैसे नियंत्रित करना है। इसी समय हमारी प्रजाति ने आंतरिक आवाज़ को विकसित किया है, जो कि हमें बकबक में डुबा सकती है, इसके अलावा हमने इसे अपनी महान ताक़त में बदलने के लिए भी सहायक उपकरण विकसित किए हैं। एक नज़र रिक एंकिएल पर डालें, जो 2007 में प्रमुख लीग में वापस लौटा – लेकिन एक पिचर के रूप में नहीं, बल्कि एक आउटफ़ील्डर के रूप में जिसे अभी भी हज़ारों दर्शकों के सामने खेलने के दबाव का सामना करना पड़ता था।

एंकिएल अगले सात आठ वर्षों तक प्रमुख लीग्स में खेल सकता था, वह अपनी रफ़्तार और स्विंग के लिए जाना जाता था। वह एक ऐसा पिचर था, जिसने अपना करियर गँवा दिया। उसने लिखा, "संभावित रूप से ख़राब समय में, लगभग पाँच वर्ष एक दृढ़ संकल्प के साथ जूझते हुए बिताए जो कि जुनून पर आधारित था, और एक ऐसे हिटर में ख़ुद को बदला

जो बॉल को ऊपरी डेक में डाल सकता था और एक ऐसा आउटफ़ील्डर, जिसकी बाँहों में भरपूर ताक़त थी। यह सब अद्भुत और शानदार था।''

हालाँकि रिटायरमेंट के चार साल बाद, 2018 में कुछ और भी अधिक अद्भुत और शानदार हुआ, एंकिएल ने पूर्व प्रोफ़ेशनल खिलाड़ियों के प्रदर्शन मैच में पिचिंगमाउंड लिया, ब्रेव्स के ख़िलाफ़ हुई घटना के लगभग बीस वर्षों के बाद उसने सार्वजनिक रूप से ऐसा किया।

उसने एक बल्लेबाज का सामना किया और उसे आउट कर दिया।

अब, अपनी आंतरिक आवाज़ पर नियंत्रण करने की छिपी हुई तकनीक को सीखना शुरू करने के लिए हमें किसी और की तलाश करने की ज़रूरत नहीं है, इसके लिए मेरी एक पुरानी उल्लेखनीय छात्रा ही पर्याप्त है, जिसे मैंने सिखाया था। वह पश्चिमी फ़िलाडेल्फ़िया की रहने वाली एक जासूस है।

3

ज़ूमिंग आउट

क्या आपने किसी की हत्या की है? परीक्षक ने पूछा। यदि वह कहीं और होती, किसी और व्यक्ति के साथ, और यदि उसका भविष्य इस बेतुके और फिर भी महत्त्वपूर्ण प्रश्न के साथ संतुलन में नहीं उलझा होता तो शायद उसकी आँखें आश्चर्य से चौड़ी हो गई होतीं।

''जैसा कि मैं आपको पहले भी बता चुकी हूँ, नहीं। मैंने किसी की भी हत्या नहीं की।'' ट्रेसी ने कहा।

बेशक, मैंने किसी को नहीं मारा, मैं सिर्फ़ सत्रह साल की हूँ, और कोई हत्यारी नहीं हूँ। उसने सोचा।

यह राष्ट्रीय सुरक्षा एजेंसी यानी एनएसए के साथ उसका दूसरा पॉलीग्राफ़टेस्ट था। एनएसए संयुक्त राज्य अमेरिका की सबसे गोपनीय गुप्तचर संस्था है। ट्रेसी का शरीर – उसका दिल और उसकी साँसें – इन सबने उसे धोखा दे दिया था, जब उससे पहली बार यह प्रश्न पूछा गया था, और पॉलीग्राफ़टेस्ट की रेखाओं ने बता दिया था कि वह झूठ बोल रही थी। लेकिन अब, दो माह के बाद, उसने ख़ुद को एक बार फिर उसी मैरीलैंड के दफ़्तर में दूसरे पॉलीग्राफ़टेस्ट के लिए मौजूद पाया।

उसने सोचा, क्या होगा यदि ये लोग मेरा फिर से विश्वास नहीं करें? जब परीक्षक उसकी ओर रहस्यपूर्ण निगाहों से देख रहा था उस समय उसकी आंतरिक आवाज़ लगातार एक चिंताभरी कमेंट्री किए जा रही थी। उसे अपने ख़ुद के प्रश्न का जवाब मालूम था : यदि उन्होंने उस पर विश्वास

नहीं किया, तो जिस भविष्य के वह सपने देख रही थी, वो चूर-चूर हो जाएँगे।

अभी तक ट्रेसी जो कुछ याद कर सकती थी, उसके मुताबिक़ वह जानती थी कि उसे अपने जीवन में बहुत कुछ हासिल करने की तमन्ना थी। स्कूल में वह हमेशा पढ़ाई में अव्वल रही, हालाँकि बाक़ी दूसरी चीज़ों में उतनी तेज़ नहीं थी। वह पश्चिमी फ़िलाडेल्फ़िया के एक ग़रीब मोहल्ले में पली-बढ़ी। हालाँकि उसका परिवार इतना भी ग़रीब नहीं था। लेकिन फिर भी पैसों की वजह से उसके पास भविष्य के सीमित अवसर ही थे।

हाई स्कूल के अपने शुरुआती वर्षों में, ट्रेसी को नॉर्थ-ईस्ट के एक स्कूल में एक ऐसे प्रोग्राम के बारे में पता चला जहाँ पर देशभर के प्रतिभाशाली छात्रों को हाई स्कूल के अंतिम दो वर्ष पूरा करने के लिए विशेष पाठ्यक्रम पढ़ाया जाता था, जिसकी मदद से वे ऊँचे दर्जे के कॉलेजों में प्रवेश हासिल कर सकते थे। हालाँकि परिवार छोड़कर एक नए परिवेश में जाना काफ़ी मुश्किल भरा विचार था, लेकिन नए लोगों से मिलना और बौद्धिक चुनौतियों को स्वीकार करना और ख़ासतौर पर उस ज़िंदगी से दूर जाना जिसमें उसने अभी तक का सफ़र किया था, ये कुछ ऐसे प्रलोभन थे, जिनकी वजह से उसने आवेदन करने का फ़ैसला किया। क़िस्मत से उसका आवेदन स्वीकार हो गया और उसे एडमिशन भी मिल गया।

बोर्डिंग स्कूल में ट्रेसी को एक नई दुनिया को जानने समझने का मौक़ा मिला जहाँ पर नए दोस्त और नए विचार थे, और ज़िंदगी में पहली बार उसका वास्तविक इम्तिहान हुआ। हालाँकि अक्सर उसे विशेषाधिकार प्राप्त पृष्ठभूमि वाले अपने श्वेत साथियों के बीच एक बाहरी होने का अहसास होता था, लेकिन फिर भी वह ख़ुश थी।

अपने प्रोग्राम के गिने-चुने अफ़्रीकी-अमेरिकी छात्रों में से एक ट्रेसी को बार-बार अपने स्कूल के लिए धन जुटाने वाले कार्यक्रमों में बुलाया जाता था। उसके जैसे ग़रीब और वंचित छात्रों की कहानियाँ सुनकर धनवान लोग दिल खोलकर दान करते थे। ऐसे ही एक कार्यक्रम के दौरान, उसकी मुलाक़ात एक बॉबी इनमैन नामक व्यक्ति से हुई, बॉबी अमेरिकी राष्ट्रीय सुरक्षा एजेंसी के पूर्व निदेशक थे।

उनकी बातचीत के दौरान, इनमैन ने ट्रेसी को एक बहुत ही संवेदनशील अंडरग्राउंड ट्रेनिंग प्रोग्राम के बारे में बताया, जिसे एनएसए द्वारा देश के सबसे प्रतिभाशाली और देशभक्त छात्रों को ऑफ़र किया जाता था। इनमैन ने ट्रेसी को इस प्रोग्राम के लिए आवेदन करने के लिए प्रोत्साहित किया। ट्रेसी ने ऐसा ही किया और एनएसए ने उसे इंटरव्यू के लिए बुलाया, जिसमें वह अपने पहले पॉलिग्राफ़टेस्ट में फ़ेल हो गई। उसे अपने सपनों को हक़ीक़त में बदल पाने पर संदेह होने लगा। हालाँकि दूसरी बार में, वह अपनी इंद्रियों पर नियंत्रण रखने में सफल रही, और एनएसए को उस पर हत्या का शक नहीं था। भले ही पहले स्थान पर रहा हो। उसकी ज़िंदगी अब नाटकीय तरीक़े से बदलने वाली थी। हालाँकि उसका पहला पॉलीग्राफ़टेस्ट आने वाली कठिनाइयों में उसके लिए मार्गदर्शक साबित होने वाला था : अपनी आंतरिक आवाज़ का प्रबंधन करने की चुनौतियाँ।

पहली बार छात्रवृत्ति की शर्तों में वह सब कुछ था, जो वह चाहती थी। एनएसए ट्रेसी के कॉलेज की पढ़ाई का सारा ख़र्च वहन करेगा और उसे अच्छा ख़ासा मासिक वजीफ़ा भी दिया जाएगा। बेशक, इसमें कुछ शर्तें भी शामिल थीं। उसे अपनी गर्मियों की छुट्टियाँ एक प्रशिक्षण में बितानी होंगी, जिसमें उसे एक टॉप सीक्रेट एनालिस्ट बनाया जाएगा और उसे ग्रैजुएशन के बाद कम से कम छह वर्षों तक एनएसए के लिए काम करना होगा। लेकिन फिर भी, यह एक अविश्वसनीय अवसर था, ख़ासतौर पर जब उसे हार्वर्ड में एडमिशन मिला। ट्रैसी ने अपने लिए सर्वोत्तम शिक्षा और एक शानदार भविष्य अर्जित किया था।

हार्वर्ड में कक्षाएँ शुरू होने से कुछ सप्ताह पहले, उसे अपना पहला टेस्ट देना पड़ा, जिसमें बताया गया था कि एनएसए में किस तरह काम किया जाता है। सप्ताह भर चले प्रशिक्षण के दौरान, उसे कई टॉप सीक्रेट चैलेंज मिले, जिनके माध्यम से उसकी पहुँच बहुत ही गोपनीय जानकारियों तक भी हुई। उसे उन प्रतिबंधों के बारे में जानकारी मिली, जो उसकी छात्रवृत्ति की शर्तों से जुड़ी हुई थी। उसे कुछ चुनिंदा विषय ही चुनने की आज़ादी थी, जिनमें एनएसए का हित जुड़ा हुआ था : यानी इलेक्ट्रिकल इंजीनियरिंग, कंप्यूटर साइंस, और गणित जैसे विषय। वह दूसरे देशों के छात्रों के साथ ज़्यादा मेलजोल नहीं बढ़ा सकती थी या फिर विदेशी छात्र के साथ घूम-फिर नहीं सकती थी। वह पढ़ाई के लिए विदेश नहीं जा सकती थी, उसे

विश्वविद्यालय की खेल प्रतियोगिताओं में भाग लेने से मना किया गया था। धीरे-धीरे ट्रैसी को लगने लगा कि उसका स्कॉलरशिप का सुनहरा मौक़ा एक सुनहरी हथकड़ी में बदलता जा रहा है।

जहाँ उसके छात्रावास के नए विद्यार्थी खुलकर एक दूसरे से मिलते जुलते थे, ट्रैसी पर हर समय निगाह रखी जाती थी। वह हर समय लोगों के चेहरे पढ़ने और उनके बोलने के लहजे से यह अंदाज़ लगाने की कोशिश में रहती थी कि वे कहाँ से हैं और उसे डर रहता था कि क्या मैं इन्हें दोस्त बना सकती हूँ या नहीं – या किसी सुदूर देश के निवासी की तरफ़ आकर्षित हो सकती हूँ या नहीं। उसने महसूस किया कि वह केवल गणित और इंजीनियरिंग की कक्षाओं तक ही सीमित होकर रह गई थी, जिसमें उसे दाख़िला लेना पड़ा था। जबकि उसके कई साथी कई अलग-अलग मनपसंद रोमांचक पाठ्यक्रमों में दाख़िला ले रहे थे। कक्षाओं के बीच ब्रेक के दौरान हार्वर्ड यूनिवर्सिटी के मैदान में कतारबद्ध पेड़ों के किनारे चलते हुए, उसके विचार इस शानदार अवसर को लेकर आपस में उलझ रहे थे। उसने सोचा कि क्या एनएसए के ऑफ़र को स्वीकार करके उसने कोई ग़लती कर दी है?

समय गुज़रता गया और अब वह नवप्रवेशी से आगे के स्तरों पर पहुँचती गई। हालाँकि ट्रेसी को लगातार अकेलापन महसूस होता रहा। वह अपनी "आंतरिक बातचीत" में ही डूबती-उतराती रही। वह इस बारे में बात नहीं कर सकती थी कि उसने अपनी गर्मी की छुट्टियाँ कैसे बिताईं- क्रिप्टोग्राफ़ी के प्रशिक्षण में और सर्किट बोर्ड बनाने में, या फिर यह सीखने में कि एंटीना लगाने के लिए छत को कैसे मापा जाए। लेकिन अकेलेपन की उसकी भावना उसके तनाव का केवल एक स्त्रोत थी। उसके तनाव की एक वजह यह भी थी कि हार्वर्ड के सबसे चुनौतीपूर्ण पाठ्यक्रमों में से एक इंजीनियरिंग को करने में उसे अभी तक की पढ़ाई में सबसे ज़्यादा कठिनाई पेश आ रही थी। और यदि उसके ग्रेड 3 जीपीए से नीचे आते हैं, तो उसे एनएसए प्रोग्राम से बाहर कर दिया जाएगा और अभी तक सरकार ने उसकी पढ़ाई पर जो ख़र्च किया है वह उसे लौटाना पड़ेगा। यह एक बहुत ही भयावह संभावना थी।

फिर उसके भीतर के नकारात्मक विचारों ने उसके दिलो-दिमाग़ पर क़ब्ज़ा जमा लिया। उसके टेस्ट से पहले उसके दिमाग़ में इस तरह के विचार

घर कर लेते थे कि क्या होगा यदि वह अच्छे ग्रेड नहीं ला पाई। चिंता के मारे, उसने परीक्षा के दौरान अपनी पेंसिल की नोक चबाना और बालों को अँगुलियों से घुमाना शुरू कर दिया।

निराशा की मनःस्थिति में की जाने वाली उसकी इन अजीब हरकतों ने उसे बहुत ही सुकून का अहसास दिया। बाहरी तौर पर सब कुछ ठीकठाक है यह जताने के उसके सबसे अच्छे प्रयासों के बावजूद, उसके शरीर ने उसे एक बार फिर निराश किया, इस बार उससे थोड़ा अलग तरीक़े से, जैसा कि पहले पॉलीग्राफ़ टेस्ट के दौरान किया था। ठीक उसी समय जब उसने अपने ग्रेड्स के बारे में तनाव लेना शुरू किया, उसके चेहरे पर मुहाँसे और फुंसियाँ होने लगीं, मवाद से भरी फुंसियाँ, जिन्हें ठीक करने के लिए कार्टिसोन के इंजेक्शन की आवश्यकता थी। ऐसा लगता था कि उसके भीतर की बकबक उसकी त्वचा को फाड़कर बाहर निकल रही है।

उसे नहीं पता था कि वह इसे कितना बर्दाश्त कर पाएगी।

दीवार पर बैठी मक्खी की तरह बनना

ट्रेसी की कहानी, उन अधिकांश लोगों की कहानी की तरह है, जिनकी आंतरिक बातचीत नकारात्मकता का तालाब बन जाती है, दूरी का एक अभ्यास है – वह दूरी जो हम अपनी समस्याओं के साथ रखते हैं या नहीं रखते हैं।

हम अपने मन (मस्तिष्क) को एक लेंस मान सकते हैं और अपनी आंतरिक आवाज़ को एक बटन जो उस लेंस को ज़ूम इन या ज़ूम आउट करती है। सरल अर्थों में, मानसिक बकबक वह अवस्था है, जब हम किसी चीज़ पर ज़ूम इन करते हैं यानी उसे बारीक़ी से देखते हैं, अपनी भावनाओं को उस स्तर तक भड़काते हैं कि हमें शांत कर सकने वाले मुद्दे के बारे में सोचने के बाक़ी सभी विकल्प बाहर हो जाते हैं। दूसरे शब्दों में, हम दृष्टिकोण खो देते हैं। यह नाटकीय रूप से किसी की स्थिति के दृष्टिकोण को सीमित कर देता है और उसे विपरीत तरीक़े से बढ़ा देता है, जिसकी वजह से आंतरिक़ आवाज़ का नकारात्मक भाग हावी हो जाता है। इसकी वजह से दुश्चिंताएँ और उसके साथी जैसे कि तनाव, चिंता और अवसाद भी हावी हो जाते हैं। निश्चित रूप से, अपने ध्यान को सीमित करना अपने

आप में कोई समस्या नहीं है। इसके विपरीत, अक्सर यह हमें चुनौतीपूर्ण स्थितियों और उनसे पैदा होने वाली भावनाओं का मुक़ाबला करने में मदद के लिए ज़रूरी हो जाता है। लेकिन जब हम ख़ुद को अपनी समस्याओं में उलझा हुआ पाते हैं और अपने ज़ूम आउट करने के लचीलेपन को खो देते हैं – ताकि हमें दृष्टिकोण मिल सके – उसी समय हमारी आंतरिक आवाज़ दुश्चिंता में बदल जाती है।

जब हमारी आंतरिक आवाज़ दृष्टिकोण खो देती है और बहुत ही नकारात्मक भावनाओं को बढ़ावा देती है, तो हमारे दिमाग़ के कुछ क्षेत्र आत्म–संदर्भित प्रसंस्करण में संलग्न हो जाते हैं यानी ख़ुद के बारे में सोचना शुरू कर देते हैं और भावनात्मक प्रतिक्रिया शुरू हो जाती है। दूसरे शब्दों में, हमारा तनाव पर प्रतिक्रिया देने वाला सॉफ़्टवेयर सक्रिय हो जाता है और एड्रेनालाइन और कार्टिसोल नामक हॉरमोन्स का रिसाव शुरू हो जाता है, जिसकी वजह से हम और भी नकारात्मक भावनाओं से भर जाते हैं, इससे हमारी नकारात्मक मौखिक धारा और तेज़ हो जाती है और हम और भी ज़्यादा ज़ूम इन हो जाते हैं। परिणामस्वरूप, हम अपनी भावनात्मक परिस्थिति का मुक़ाबला करने के लिए अधिक रचनात्मक तरीक़े खोजने का एक व्यापक दृष्टिकोण नहीं प्राप्त कर पाते।

लेकिन हमारा दिमाग़ कठिनाइयों के दौरान केवल ज़ूम इन करने के लिए ही विकसित नहीं हुआ है, बल्कि ज़ूम आउट करने के लिए भी विकसित हुआ है। हालाँकि ज़ूम आउट करना तनाव के समय पर थोड़ा चुनौतीपूर्ण कार्य है। हमारा मन (मस्तिष्क) काफ़ी लचीला है, बस यदि हम यह जान पाएँ कि इसे कैसे मोड़ना है। यदि आपको बुखार है, तो आप उसे कम करने के लिए दवा ले सकते हैं। इसी प्रकार हमारे मन (मस्तिष्क) के पास एक मनोवैज्ञानिक प्रतिरक्षा प्रणाली है : हम अपने विचारों का इस्तेमाल अपने विचारों को बदलने के लिए कर सकते हैं–दूरी जोड़कर।

स्वाभाविक रूप से मनोवैज्ञानिक दूरी, किसी समस्या को समाप्त नहीं करती। उदाहरण के लिए यदि ट्रेसी अपनी उच्च दबाव वाली कठिन परिस्थिति से पीछे हटने और एक कम पीड़ादायक स्थिति में रहने में सक्षम हो पाती, तो अभी भी वह एनएसए की क़र्ज़दार होती, जिसमें उसका भविष्य संतुलन में लटका होता। इसी प्रकार, यदि रिक एंकिएल अपनी पिच क़ायम रख पाता, तो वह अभी भी राष्ट्रीय टेलिविज़न पर पिचिंग करता नज़र आ

जाता। दूरी से हमारी समस्याएँ हल नहीं होतीं, लेकिन यह इस बात की संभावना बढ़ा देती है कि हम कर सकते हैं। यह हमारी मौखिक धारा से धुंध हटा देती है।

फिर बड़ा सवाल यह है कि : जब मानसिक बकबक चालू होती है, तो हम मनोंवैज्ञानिक दूरी कैसे हासिल कर सकते हैं?

जब यह हुआ, उसी समय जब ट्रैसी हार्वर्ड में अपने नवप्रवेशियों के छात्रावास में बैठी थी, साढ़े तीन बजे का वक्त था और मैनहटन के हाईवे में साइकोलॉजी का एक ग्रैजुएट विद्यार्थी कोलंबिया विश्वविद्यालय के डिंगी शेरमेरहॉर्न हॉल के बेसमेंट में बैठा इसी तरह के प्रश्न पर विचार कर रहा था। मुझे आश्चर्य होता है कि लोग अपने नकारात्मक विचारों पर चिंतन कैसे कर लेते हैं, बग़ैर दुश्चिंता के भँवर में गोते लगाए? इस प्रश्न का उत्तर देना ही वह कारण था कि मैंने अपने सलाहकार वाल्टर मिशेल के साथ प्रशिक्षण लेने के लिए कोलंबिया जाने का फ़ैसला किया था, वाल्टर मिशेल एक क्रांतिकारी वैज्ञानिक हैं, जिन्हें लोग मार्श मैलोमैन के नाम से भी जानते हैं।

वाल्टर मनोविज्ञान में एक चमकदार सितारे की तरह थे, जिन्होंने प्रसिद्ध मार्शमैलो टेस्ट को अंजाम दिया था, यह एक परीक्षण था, जिसमें आत्म-नियंत्रण का अध्ययन किया गया था। इसमें कुछ बच्चों को प्रयोगशाला में लाकर एक प्रयोग किया गया, जिसमें उन्हें दो सरल विकल्प दिए गए : पहला कि वे अभी एक मार्शमैलो (मीठी टॉफ़ी) ले सकते हैं, लेकिन यदि वे थोड़ा इंतज़ार करेंगे और प्रयोगकर्ता के लौटने तक सब्र करेंगे तो उन्हें दो टॉफ़ी मिलेंगी। इस प्रयोग से पता चला कि जिन बच्चों ने टॉफ़ी के लिए इंतज़ार किया था उन्होंने बाद में किशोरावस्था में अपने विज्ञान और गणित के विषयों में अच्छा प्रदर्शन किया और बड़े होने पर उनका स्वास्थ्य अच्छा था और वयस्कता के दौरान वे तनाव का अच्छी तरह सामना कर पाए, लेकिन जिन्होंने पहली बार में ही टॉफ़ी ले ली थी उनका प्रदर्शन उतना अच्छा नहीं रहा। लेकिन इस काफ़ी लंबी अवधि के प्रयोग (जिसे लोकप्रिय भाषा में मार्शमैलो टेस्ट कहते हैं, जिसका वास्तविक नाम डिले ऑफ़ ग्रेटिफ़िकेशन टेस्ट था) और उसके परिणामों को दस्तावेज़ीकृत करने से अधिक महत्त्वपूर्ण यह था कि इसने विज्ञान की इस समझ को और परिष्कृत किया कि लोग किस तरह अपने आप को नियंत्रित कर सकते हैं।

जिस समय मैं कोलंबिया पहुँचा, वाल्टर और उनके उस समय के विद्यार्थी इज़लेम अयदुक इस बात को लेकर पहले ही दिलचस्पी जता चुके थे कि बकबक के सामने समर्पण किए बग़ैर लोगों को दर्दनाक अनुभवों के बारे में सोचने में कैसे मदद करें। उस वक्त, आंतरिक आवाज़ की दुश्चिंता से मुक़ाबला करने का सबसे प्रभावी तरीक़ा ध्यान हटाना था। कई अध्ययनों ने यह बताया था कि जब लोग ख़ुद को नकारात्मक मौखिक विचारों में डूबा हुआ पाते हैं, तो उनका ध्यान उनकी समस्या से हटाकर कहीं और आकर्षित करना उन्हें बेहतर महसूस कराने में मददग़ार है। हालाँकि इस पहल का एक नकारात्मक पक्ष यह है कि वह एक ऐसा ध्यान भंग है, जो अल्पकालिक उपचार देता है – एक ऐसा बैंड-एड जो घाव को ठीक किए बिना उसे ढँक देता है। यदि आप वास्तविक जीवन की विषमताओं से भागने के लिए फ़िल्म देखने जाते हैं, तो भी जब आप थिएटर से बाहर आएँगे तो आपकी समस्याएँ तो वहीं आपका इंतज़ार करते हुए क़ायम रहती हैं। दूसरे शब्दों में कहें तो नज़र से दूर होना, वास्तव में दिमाग़ से दूर होना नहीं है, क्योंकि नकारात्मक भावनाएँ फिर से सक्रिय होने का इंतज़ार करते हुए बरकरार रहती हैं।

अजीब तरीक़े से, इस समय पर, दूरी क़ायम करने का विचार मनोविज्ञान से ख़ारिज कर दिया गया। 1970 में, आरोन बेक, जो संज्ञानात्मक उपचार के संस्थापकों में एक हैं और मानसिक चिकित्सा के एक प्रभावशाली हस्ती हैं, उन्होंने प्रस्ताव दिया कि रोगियों को यह सिखाना कि किस प्रकार अपने विचारों की निष्पक्ष रूप से छँटनी की जाए, एक अच्छा उपकरण हो सकता है, जो चिकित्सकों को अपने रोगियों पर आजमाना चाहिए। उन्होंने इस प्रक्रिया को ''डिस्टेंसिंग'' (दूरी बनाना) नाम दिया। हालाँकि आने वाले वर्षों में, दूरी (डिस्टेंसिंग) को अवॉयडेंस (बचने) के समान समझा जाने लगा था – जिसमें आपकी समस्या के बारे में नहीं सोचा जाता था। लेकिन मेरे मन में, दूरी के बारे में कुछ भी स्वाभाविक रूप से बचने जैसा विचार नहीं था। सिद्धांत रूप, आप अपने मन (मस्तिष्क) का इस्तेमाल अपनी समस्याओं को एक ज़ूम आउट किए हुए नज़रिए से फ्रेम करने में कर सकते हैं।

उनका यह दृष्टिकोण चेतना के ध्यान संबंधी अभ्यास से अलग है, जिसमें लक्ष्य को अलग खड़े होकर विचारों के साथ उलझे बिना उनके

प्रवाह को देखना नहीं था। मुद्दा यह था कि विचारों के साथ संलग्नता बनी रहे, लेकिन ऐसा एक दूरी बनाने के नज़रिए से किया जाना चाहिए, यह भावनात्मक रूप से टाली गई किसी चीज़ के समान नहीं है। यही मेरे पिता की शिक्षा का सार था और मेरी परवरिश का अधिकांश समय इसमें ही गुज़रा है। तो वाल्टर, इज़लेम और मैंने इस बात के बारे में सोचना शुरू किया कि लोग किस प्रकार अपने अनुभवों से एक क़दम पीछे हट सकते हैं ताकि उन पर प्रभावी रूप से चिंतन किया जा सके। इसके लिए हमने उस उपकरण का उपयोग किया, जो हम सभी के पास है : काल्पनिक तरीक़े से दृश्य बनाने की हमारी क्षमता।

मानव के मन (मस्तिष्क) में एक प्रकार की शक्तिशाली ऑप्टिकल डिवाइस का निर्माण हुआ है : ख़ुद को दूर से देखने की क्षमता। यह मानसिक होम थिएटर, उन नज़ारों को दिखाता है, जब हम अतीत के अप्रिय अनुभवों के बारे में सोचते हैं या भविष्य के संभावित चिंता पैदा करने वाले परिदृश्यों की कल्पना करते हैं।

ये उसी तरह हैं जैसे किसी फ़ोन में स्टोर किए गए वीडियो होते हैं। फिर भी ये दृश्य पूरी तरह तयशुदा नहीं होते। अध्ययन बताते हैं कि हम हर समय उसी परिप्रेक्ष्य में अपनी स्मृतियों को नहीं देखते। हम उन्हें अलग-अलग परिप्रेक्ष्य में देख सकते हैं। उदाहरण के लिऐ कभी-कभी हम अपनी आँखों के जरिए किसी दृश्य को फिर से ऐसे चलाते हैं, जैसे हम उस घटना में वापस पहुँच गए हों। हालाँकि इस दौरान हम ख़ुद को भी बाहर से देख सकते हैं, जैसे कि उसे किसी दूसरे की आँखों से देख रहे हों। हम दीवार पर बैठी मक्खी बन जाते हैं (यानी निरपेक्ष भाव से चीज़ों को देखते हैं)। क्या हम अपनी आंतरिक आवाज़ पर नियंत्रण करने के लिए इस क्षमता को और साध सकते हैं?

यह जानने के लिए इज़लेम, वाल्टर और मैंने प्रतिभागियों को प्रयोगशाला में बुलाया। ऐसा करने के लिए हमने एक समूह से कहा कि वे अपने मन (मस्तिष्क) में अपनी ख़ुद की आँखों से देखे गए किसी दृश्य की स्मृति को दोहराएँ। हमने एक और समूह को भी ऐसा ही करने को कहा, लेकिन किसी दीवार पर बैठी मक्खी की तरह निरपेक्ष नज़रिए से, यानी ख़ुद को किसी दूसरे की निगाहों से देखने के लिए कहा। फिर हमने प्रतिभागियों को अपनी भावनाओं के माध्यम से उन परिप्रेक्ष्य से काम करने के लिए

कहा, जो उन्हें अपनाने के लिए कहा गया था। दोनों ही समूहों की मौखिक धारा की विशेषताओं में अंतर चौंकाने वाला था।

जिन लोगों ने प्रथम पुरुष के नज़रिए से घटना को देखा था – वे उस घटना में डूब गए थे –वे अपनी भावनाओं और ख़ुद के द्वारा निकाली जाने वाली शाब्दिक बाढ़ में उलझ गए। अपने विचारों की धारा का वर्णन करने में उन्होंने चोट पर शून्य प्रवृत्ति दिखाई। ''एड्रेनालाइन का संचार। दफ़ा हो जाओ। धोखा दिया,'' एक व्यक्ति ने लिखा। ''नाराज़। पीड़ित। चोटिल। शर्मिंदा। अवामाननापूर्ण कठोर व्यवहार। बकवास। अपमानित। परित्यक्त। सराहना नहीं मिली। धकियाया गया। सीमा पार की गई।'' उनके ''गहराई में जाने'' और अपनी आंतरिक बातचीत से उनमें और ज़्यादा नकारात्मक भावनाएँ आईं।

इसी बीच, दीवार पर बैठी मक्खी (फ़्लाई ऑन द वाल) समूह ने कुछ विपरीत कहानी पेश की।

जहाँ डूबने वाले भावनाओं के जाल में उलझ गए, वहाँ दूरियाँ काफ़ी बढ़ गईं, जिन्होंने उन्हें बेहतर महसूस कराया। ''मैं बहस को अधिक स्पष्ट रूप से देखने में सक्षम था,'' एक व्यक्ति ने लिखा। ''शुरुआत में मैंने ख़ुद के साथ बेहतर सहानुभूति महसूस की, लेकिन बाद में मैंने यह समझना शुरू किया कि मेरे मित्र को क्या महसूस हो रहा होगा। यह तर्कहीन हो सकता है, लेकिन मैं उसकी प्रेरणा को समझता हूँ।'' उनकी सोच पहले अधिक स्पष्ट और अधिक जटिल थी, और निश्चित तौर पर वे घटनाओं को किसी तीसरे-पक्ष के अवलोकनकर्ता के नज़रिए से देख रहे थे। वे एक रचनात्मक कहानी के साथ अनुभव से उबरने में सक्षम थे। इस प्रयोग ने यह साक्ष्य उपलब्ध कराए कि अपने अनुभवों को समझने के लिए एक क़दम पीछे हटना अपनी आंतरिक आवाज़ की टोन में बदलाव के लिए फ़ायदेमंद हो सकता है।

जल्द ही, और अधिक अध्ययनों में, हम और अन्य लोगों ने पाया कि इस तरह से ज़ूम आउट करना, तनाव के प्रति लोगों के 'लड़ो या भागो' वाली कार्डियोवस्कुलर प्रतिक्रिया पर भी अंकुश लगाता है, दिमाग़ में भावनात्मक गतिविधियों को कम करता है, और लोगों को उकसाए जाने पर भी कम शत्रुता और आक्रामकता का अनुभव करने के लिए प्रेरित करता है–एक ऐसी स्थिति जो कि बकबक को बढ़ावा देने के सर्वथा अनुकूल

है। हमने यह भी पाया कि यह दूरी बनाने की तकनीक ना केवल कॉलेज के विद्यार्थियों के यादृच्छिक संग्रहों पर काम करती है, बल्कि उन लोगों के साथ भी जो आंतरिक–आवाज़ की पीड़ा के अधिक चरम रूपों से जूझ रहे हैं। उदाहरण के लिए अवसाद से ग्रसित लोग और यहाँ तक कि अपने बच्चों के दर्दनाक कैन्सर के उपचार का सामना कर रहे अत्यधिक चिंतित माता–पिता। फिर भी, इस बिंदु पर हमारे निष्कर्ष अभी भी सीमित थे। वे केवल इस बात से संबंधित थे कि दूरी किस प्रकार *पल* में हमें प्रभावित करती है। हम यह भी जानना चाहते थे कि क्या इसका स्थायी प्रभाव होता है, यह लोगों के दुश्चिंता में बिताए जाने वाले समय को कम कर सकता है।

यह पता चला कि इस सवाल की खोज में जुटने वाले हम अकेले नहीं थे।

हमारे आरंभिक काम के प्रकाशित होने के थोड़े समय बाद ही, फ़िलिप वर्दुइन के नेतृत्व में बेल्जियम की ल्यूवेन यूनिवर्सिटी के शोधकर्ताओं के एक समूह ने इस बात को जानने के लिए अध्ययनों का एक बुद्धिमत्तापूर्ण सेट तैयार किया कि क्या, प्रयोगशाला से बाहर, दैनिक जीवन में लोगों की दूरी क़ायम करने की प्रवृत्ति, इस बात को प्रभावित करती है कि उनके भावनात्मक एपिसोड कितने लंबे चलेंगे।

उन्होंने पाया कि किसी अवलोकनकर्ता के नज़रिए को अपनाकर दूरी बनाने से लोगों के नकारात्मक मूड की अवधि कम होती है, जो वे किसी ऐसी घटना के बाद अनुभव करते हैं, जिसकी वज़ह से उन्हें गुस्सा आता है या दुख होता है। दूरी क़ायम करने से मानसिक बकबक की आग बुझ जाती है, इससे पहले कि वह किसी लंबे संघर्ष में बदले।

हालाँकि दूरी के इस घटते गुण का एक अनापेक्षित परिणाम हो सकता है। दूरी से नकारात्मक के साथ ही सकारात्मक अनुभव भी छोटे हो जाते हैं। दूसरे शब्दों में, यदि आपको अपने काम पर कोई प्रमोशन मिलता है और आप पीछे जाकर यह याद करने लगते हैं कि पद, प्रतिष्ठा और धन जीवन में कोई मायने नहीं रखते, क्योंकि आख़िरकार हम सभी को एक न एक दिन मर जाना है, तो जिन ख़ुशियों के आप हक़दार हैं, वे तिरोहित हो जाएँगी। तो सबक़ यह है कि यदि आप सकारात्मक अनुभवों को बनाए रखना चाहते हैं, तो अंतिम काम जो आप करना चाहेंगे वह है किसी दीवार पर बैठी मक्खी की तरह बनना। ऐसे मामलों में दूर उड़ जाएँ।

इस समय तक, यह बात स्पष्ट हो गई है कि जब हम भावनात्मक अनुभवों के बारे में सोचते हैं तो या तो हम सभी मनोवैज्ञानिक रूप से डूब जाते हैं या मनोवैज्ञानिक दूरी क़ायम करने के लिए तत्पर होते हैं, हालाँकि हम किसी भी तरफ़ बँधते नहीं है। हमारी प्रवृत्ति हमारी आंतरिक आवाज़ के पैटर्न को आकार देती है, लेकिन सौभाग्य से हमारे पास अपने दृष्टिकोण को सचेत रूप से बदलने की क्षमता भी होती है।

हमारे और वर्दुइन के काम के साथ ही, उसी समय प्रकाशित हुए कुछ अन्य अध्ययनों ने हमारी समझ को इस बात से दूर करना शुरू किया कि दूरी लोगों को अपनी भावनाओं पर नियंत्रण करने में मदद करने में क्या भूमिका निभा सकती है। उदाहरण के लिए स्टैनफ़ोर्ड के शोधकर्ताओं ने, एक अलग किए गए अवलोकनकर्ता के दृष्टिकोण को अपनाने को समय के साथ दुश्चिंताओं के कम होने से जोड़ा है। अटलांटिक के पार, कैंब्रिज के शोधकर्ताओं ने पाया कि लोगों को ''बड़ी तसवीर देखने'' के लिए शिक्षित करने से उनकी दख़लंदाज़ सोच (जो कार्यकारी क्रियाकलापों को ख़त्म करती है) और दर्दनाक यादों से बचाव में कमी आई। अन्य प्रयोगों ने दर्शाया कि यहाँ तक कि किसी ऐसी छवि का आकार छोटा करना, जो किसी की कल्पना में परेशानी पैदा करती है, उससे लोगों द्वारा उसे देखने के बाद होने वाली परेशानी में कमी आई।

फिर भी अन्य कामों ने शिक्षा की तरफ़ ले जाने की अवधारणा को लागू किया, जिससे पता चला कि किस प्रकार नौवीं कक्षा के विद्यार्थियों को बड़े-चित्रों पर ध्यान केंद्रित करना स्कूल के काम करने की वजह बनता है-उदाहरण के लिए, स्कूल में अच्छा करने पर ज़ोर देने से उन्हें एक वयस्क के रूप में अपनी मनमाफ़िक नौकरी पाने और समाज में योगदान देने में मदद मिलेगी-उन्हें अधिक जीपीए अर्जित करने और उबाऊ लेकिन महत्त्वपूर्ण कार्य करने के लिए प्रेरणा मिलेगी। इस प्रकार दूरी, हमें बेहतर मुक़ाबला करने में मदद करती है, ना केवल उन भावनाओं के साथ जो हम द्वारा व्यथित करने वाली परिस्थितियों से अनुभव करते हैं, बल्कि काम और पढ़ाई के बोझ से पैदा होन वाली हताशा और ऊब की रोज़मर्रा की छोटी लेकिन महत्त्वपूर्ण चुनौतियों के साथ भी।

इन सभी ने हमें यह सिखाया है कि एक क़दम वापस लेना रोज़मर्रा के विभिन्न संदर्भों में अपनी मानसिक बकबक का प्रबंधन करने में मदद

करने के लिए लोगों की मदद करने में प्रभावी साबित हो सकता है। लेकिन हम जल्द ही यह भी जान जाएँगे कि मानसिक दूरी हासिल करने का भी किसी अन्य महत्त्वपूर्ण चीज़ के लिए एक सकारात्मक प्रभाव पड़ता है : और वो है ज्ञान।

सोलोमन का विरोधाभास

यह लगभग 1010 ई.पू. की बात थी। यरुशलम में बतशेबा नामक औरत का मातृत्व संबंधी सपना अंततः सच हो गया था। अपने पहले बच्चे को शिशु रूप में खोने के बाद, अब उसने दूसरे बच्चे को जन्म दिया था : एक स्वस्थ लड़का जिसका नाम उसने रखा सोलोमन। जैसा कि बाइबल हमसे कहती है, यह कोई सामान्य बच्चा नहीं था। डेविड का बेटा (गोलियथ फ़ेम का), सोलोमन बड़ा हुआ और बड़ा होकर यहूदियों का राजा बना। एक अद्वितीय नेतृत्वकर्ता, उसका सम्मान सिर्फ़ सैन्य क्षमता और आर्थिक कुशाग्रता के लिए नहीं, बल्कि उसके विवेक के लिए भी किया जाता था। उसकी सभा को देखने के लिए लोग दूर-दूर से यात्रा करके आते थे।

एक प्रसिद्ध विवाद जिसे उसने सुलझाया वह था एक बच्चे के ऊपर दो महिलाओं का दावा। उसने सलाह दी कि दोनों महिलाएँ बच्चे को दो बराबर हिस्सों में काट लें, जैसे ही उनमें से एक महिला ने इसका विरोध किया, उसने पहचान लिया कि वही बच्चे की असली माँ थी। हालाँकि भाग्य के विडम्बनापूर्ण खेल में जब, सोलोमन के अपने जीवन की बात आई तो वह इतना समझदार नहीं था। वह कामुक और अदूरदर्शी था, उसने विभिन्न धर्मों की सैकड़ों महिलाओं से शादी की और उन्हें ख़ुश करने के लिए बहुत प्रयास किए, विस्तृत मंदिरों और तीर्थों का निर्माण किया ताकि वे अपने देवताओं की पूजा कर सकें। इस सबने अंततः उसे अपने स्वयं के परमेश्वर और उन लोगों से अलग कर दिया, जिन पर उसने शासन किया था, जो अंततः 930 ई.पू. में उसके राज्य को अंत की ओर ले गया।

राजा सोलोमन की सोच में यह असमानता अपने आपमें बकबक का एक उदाहरण है, जो मानव मन की एक मूलभूत विशेषता का प्रतीक है, हम ख़ुद को उसी दूरी और अंतर्दृष्टि से नहीं देखते हैं, जिसके साथ हम दूसरों को देखते हैं। उपलब्ध तथ्यों से पता चलता है कि यह बाइबिल के रूपक से

परे है, हम सभी इसके प्रति संवेदनशील हैं। मेरे सहयोगी और मैं इस पूर्वाग्रह को ''सोलोमन के विरोधाभास'' के रूप में संदर्भित करते हैं, हालाँकि राजा सोलोमन किसी भी तरह से एकमात्र ऋषि नहीं हैं, जिनका नाम इस घटना के संदर्भ में लिया जा सके।

अमेरिकन इतिहास के सबसे बुद्धिमान माने जाने वाले व्यक्ति अब्राहम लिंकन से जुड़ी एक अल्पज्ञात कहानी को लेते हैं, 1841 में वे पेशेवर और रोमांटिक दोनों रूप से अपनी पहचान बना रहे थे, जिस हद तक वह चाहते थे, उन्होंने अभी तक ख़ुद को एक वकील के रूप में स्थापित नहीं किया था। वह अपनी मंगेतर, मैरी के लिए अपनी भावनाओं के बारे में संदेह से भी परेशान थे, क्योंकि उन्हें किसी दूसरी महिला से प्यार हो गया था। अपनी समस्याओं में डूबे हुए, वे अवसाद में डूब गए या जिसे एक इतिहासकार ने ''लिंकन की उदासी'' कहा है।

अगले वर्ष, जब भविष्य के राष्ट्रपति ने अपनी आशा और स्पष्टता को पुनः प्राप्त करना शुरू कर दिया था, उनके एक अच्छे दोस्त, जोशुआ स्पीड, अपनी सगाई के बारे में इसी तरह के संदेह में पड़ गए। अब एक अलग भूमिका में, लिंकन स्पीड को मुखर रूप से सलाह देने में सक्षम थे, जो वह अपनी स्थिति के संबंध में सुव्यवस्थित करने में सक्षम नहीं थे। उन्होंने स्पीड को बताया कि प्रेम के बारे में उनके विचार समस्या थे, ना कि वह महिला जिससे वे शादी के लिए अनुबंधित थे। लिंकन ने बाद में इसे प्रतिबिंबित किया, जैसा कि डोरिस किर्न्स गुडविन ने अपनी पुस्तक *टीम ऑफ़ राइवल्स* में लिखा है, कि ''क्या वह अपने ख़ुद के उलझे हुए प्रेमालाप को समझने के साथ-साथ स्पीड को भी समझता था, वह 'स्पष्टता के माध्यम' से आगे बढ़ सकता था।''

इससे पहले कि हम देखें कि दूरी कैसे ज्ञान की ओर ले जा सकती है, यह पूछने के लायक़ है कि वास्तव में व्यावहारिक रूप से ज्ञान क्या है। मनोविज्ञान जैसे कठिन क्षेत्र में, ज्ञान जैसी अनाकार-प्रतीत होने वाली अवधारणा को पहली बार में परिभाषित करना कठिन प्रतीत होता है। बहरहाल, वैज्ञानिकों ने इसकी मुख्य विशेषताओं की पहचान की है। विवेक में किसी समस्या विशेष को सुलझाने में मन का तार्किक रूप से रचनात्मक उपयोग करना शामिल है : जिनमें अनिश्चितताएँ हैं। तर्क के बुद्धिमान रूप कई अर्थों में ''बड़ी तसवीर'' को देखने से संबंधित हैं : अपने स्वयं के

ज्ञान की सीमाओं को पहचानना, जीवन के विभिन्न संदर्भों से अवगत होना और समय के साथ वे कैसे प्रकट हो सकते हैं, अन्य लोगों के दृष्टिकोण को स्वीकार करना, और विरोधी दृष्टिकोणों को समेटना इसमें शामिल होते हैं।

हालाँकि सामान्य रूप से हम विवेक का संबंध अधिक उम्र के साथ जोड़ते हैं, क्योंकि जितना अधिक आप जीते हैं उतनी ही अधिक अनिश्चितता आपने अनुभव की होगी और उससे सीखा होगा, अनुसंधान इंगित करता है कि आप लोगों को उनकी उम्र की परवाह किए बिना बुद्धिमानी से सोचना सिखा सकते हैं - एक दूरी हासिल करके।

एक अध्ययन को लें, जो इगोर ग्रॉसमैन और मैंने 2015 में किया था। हमने लोगों को एक असमंजसपूर्ण स्थिति के साथ प्रस्तुत किया और उनसे यह भविष्यवाणी करने के लिए कहा कि यह भविष्य में कैसे सामने आएगा। प्रतिभागियों के एक समूह को यह कल्पना करने के लिए कहा गया था कि उनके साथी ने उन्हें धोखा दिया है, जबकि दूसरे समूह ने कल्पना की थी कि एक दोस्त के साथ वही हो रहा है–यह मनोवैज्ञानिक दूरी बनाने का एक व्यावहारिक तरीक़ा था।

जबकि कुछ लोग समझ सकते हैं कि यह पता लगाने के लिए कि आपके साथी ने आपको धोखा दिया है, नाराज़गी सबसे बुद्धिमत्तापूर्ण प्रतिक्रिया है, हमारी दिलचस्पी इस बात में थी कि क्या समझदारी से प्रतिक्रिया करने से संघर्ष बढ़ने के बजाय दूरी कम होगी। जैसा कि हमने उम्मीद की थी, लोग ज़्यादा समझदार थे, जब उन्होंने कल्पना की कि समस्या किसी और के साथ हो रही है। उन्होंने महसूस किया कि धोखा देने वाले व्यक्ति के साथ समझौता करना अधिक महत्त्वपूर्ण था, और वे उस व्यक्ति के दृष्टिकोण को सुनने के लिए भी अधिक उदार थे।

सोलोमन के विरोधाभास से बचने के लिए लोग दूरी का उपयोग एक जाल रचना के रूप में कैसे कर सकते हैं, इसका एक और उदाहरण चिकित्सा निर्णय लेने पर किए गए शोध से सामने आता है। आपके स्वास्थ्य के बारे में एक महत्त्वपूर्ण निर्णय लेने की तुलना में कुछ संदर्भ अधिक बकबक को उकसाने वाले–और परिणाममूलक हैं। शारीरिक दर्द या बीमारी के बारे में अनिश्चितता, मृत्यु की परवाह नहीं करना, हमेशा चिंता से भरी हुई बातें करना, जो हमारे निर्णय को धूमिल कर सकती हैं और हमें ख़राब

निर्णय लेने के लिए प्रेरित करती हैं, विडंबना यह है कि यह हमारे स्वास्थ्य को और ख़राब कर देती हैं ।

एक बड़े पैमाने पर किए गए प्रयोग में, वैज्ञानिकों के एक समूह ने लोगों को एक विकल्प दिया : कुछ नहीं करें और कैन्सर से मरने की 10 प्रतिशत संभावना हो या एक ऐसा नया उपचार कराएँ, जिसमें आपके मरने की संभावना 5 प्रतिशत हो। ज़ाहिर है, दूसरा विकल्प बेहतर है, क्योंकि मौत का ख़तरा 5 फ़ीसदी कम है। और फिर भी, पूर्व में किए गए शोध के ही अनुरूप यह दर्शाता है कि जब लोग अपने स्वास्थ्य की बात करते हैं तो लोग अक्सर कुछ नहीं करना चुनते हैं, 40 प्रतिशत प्रतिभागियों ने अधिक जीवन को जोख़िम में डाल देने वाले विकल्प का चयन किया। लेकिन – और यह एक बड़ा लेकिन है, जब उन्हीं लोगों को किसी और के लिए यह निर्णय लेने के लिए कहा गया, तो केवल 31 प्रतिशत ने ग़लत चुनाव किया। जब आप इस प्रतिशत अंतर को प्रति वर्ष 18 मिलियन कैन्सर के निदान की संख्या के संदर्भ में फ्रेम करते हैं – जो कि 1.5 मिलियन से अधिक लोगों को हर साल जोड़ता है, जो उपचार के अपने सर्वोत्तम तरीक़े को तोड़ सकते हैं। लेकिन मानसिक दूरी की कमी के कारण उत्पन्न ज्ञान की यह कमी हमारे जीवन के अन्य क्षेत्रों को भी प्रभावित कर सकती है।

नोबेल पुरस्कार विजेता मनोवैज्ञानिक और *थिंकिंग, फ़ास्ट ऐंड स्लो* के लेखक डेनियल कनमैन ने लिखा है कि उनके सबसे अधिक जानकारीपूर्ण अनुभवों में से एक का संबंध इस बात को सीखने से था कि कैसे "अंतर्दृष्टि" से बचा जाए और और कैसे "बाह्य दृष्टि" को स्वीकार किया जाए। जैसा कि उन्होंने इसे गढ़ा, एक अंतर्दृष्टि आपकी सोच को आपकी परिस्थितियों तक सीमित कर देती है। क्योंकि आप नहीं जानते हैं कि आप क्या नहीं जानते, यह अक्सर संभावित बाधाओं के बारे में ग़लत भविष्यवाणियों का कारण बनता है। दूसरी ओर, बाह्य दृष्टि में संभावनाओं का एक व्यापक दृष्टांत और इस प्रकार अधिक सटीकता शामिल होती है। आप बाधाओं को बेहतर ढंग से समझने और उसके अनुसार तैयारी करने में सक्षम हो जाते हैं।

यद्यपि कनमैन के विचार भविष्य की सटीक भविष्यवाणी करने से संबंधित हैं, शोध से पता चलता है कि स्वयं से बाहर क़दम रखने की क्षमता–मानसिक दूरी कहने का एक और तरीक़ा– निर्णय लेने में आम तौर

पर अधिक सहायक होता है। यह हमें पिछली जानकारी का अधिभार प्राप्त करने में मदद कर सकता है – उदाहरण के लिए जब हम कार ख़रीदारी के दौरान विपरीत विशेषताओं और क़ीमतों का मूल्यांकन कर रहे हैं – ताकि हम स्पष्टता प्राप्त कर सकें। यह ''नुक़सान से बचने'' की अवधारणा को वापस ले सकता है, कनमैन ने इस तथ्य का ज़िक्र करते हुए इस धारणा को लोकप्रिय किया कि लोग लाभ की तुलना में नुक़सान के प्रति अधिक संवेदनशील होते हैं। इसके अतिरिक्त, यह लोगों को अधिक समझौता करने वाला और वैकल्पिक विचारों को सहन करने के लिए तैयार कर सकता है। 2008 के अमेरिकी राष्ट्रपति चुनाव से ठीक पहले किए गए एक अध्ययन में, इगोर और मैंने पाया कि लोगों को एक ऐसे भविष्य की कल्पना करने के लिए कहा गया, जिसमें उनके चुने हुए उम्मीदवार दूर के परिप्रेक्ष्य में चुनाव हार गए (हमने उनसे यह कल्पना करने के लिए कहा कि वे दूसरे देश में रह रहे हैं।) इस कल्पना ने ऐसे लोगों को अपने राजनीतिक विचारों में कम उग्र और विरोधी उम्मीदवार का समर्थन करने वाले लोगों के साथ सहयोग करने के विचार के लिए अधिक उदार बना दिया।

दूरी के ये सकारात्मक पारस्परिक और ज्ञान-बढ़ाने वाले प्रभाव इस कौशल को जीवन के दूसरे क्षेत्र के लिए अमूल्य बनाते हैं जहाँ हम अक्सर आंतरिक-आवाज़ रेंटिंग का अनुभव करते हैं : जैसे हमारे रोमांटिक रिश्ते। मेरे सहयोगी इज़लेम और मैंने सोचा कि अंतरंग-साथी सद्भाव में दूरी कैसे कारक हो सकती है। इसलिए इक्कीस दिनों में हमने लोगों द्वारा अपने रोमांटिक साथी के साथ लड़ाई में हर बार दूरी बनाने की प्रवृत्ति की रूपरेखा तैयार की। हमने पाया कि क्या लोग अपने रिश्तों में समस्याओं के बारे में सोचते समय उनसे ''दूर'' थे या उनमें पूरी तरह ''डूबे'' हुए थे, उन्होंने कैसे तर्क दिए। जब रिश्तों में पूरी तरह डूबे रहने वाले व्यक्ति के साथी ने शांति से तर्क दिया, तो ऐसे व्यक्ति ने भी उसी तरह से जवाब दिया – समान धैर्य और करुणा के साथ। लेकिन एक बार जब उनके साथी गुस्से या तिरस्कार का मामूली संकेत दिखाने लगे, तो रिश्तों में डूबे रहने वालों ने भी उसी तरह से जवाब दिया। जहाँ तक दूरियों की बात है तो उनके साथी जब शांति से बात करते थे तो वे भी शांत रहते थे। लेकिन भले ही उनके साथी ने काम किया हो, फिर भी वे समस्या को हल करने में सक्षम थे, जिससे संघर्ष आसान हो गया।

एक बाद में किया गया प्रयोग इस शोध को और भी आगे लेकर गया, जिसमें यह दर्शाया गया था कि जोड़ों को यह सिखाया गया कि जब वे आपस में किसी बात पर असहमत हों तो इस असहमति पर ध्यान केंद्रित करने के बजाय उससे दूरी बना लें अन्यथा उनके रोमांस में गिरावट आ जाएगी। एक साल के ऐसे सत्र में, दूरी के परिप्रेक्ष्य से उनके टकरावों पर 21 मिनट व्यतीत करने पर यह सामने आया कि ऐसे जोड़ों ने आपस में साथ रहकर कम नाख़ुशी का अनुभव किया। यदि वास्तव में प्रेम एक औषधि नहीं है, तो दूरी प्रेम की लौ को बुझने से बचाती है।

ये सभी शोध यह दर्शाते हैं कि हमारे द्वारा स्वयं के साथ की जाने वाली बातचीत की प्रकृति को बदलने के लिए पीछे हटना कितना उपयोगी हो सकता है। फिर भी अधिक व्यापक रूप से, यह भी दिखाता है कि हम किस तरह से सबसे अधिक बकबक करने वाली परिस्थितियों के बारे में बुद्धिमानी से तर्क कर सकते हैं-जिनमें अनिश्चितता शामिल है और जिनके लिए ज्ञान की ज़रूरत होती है। लेकिन इस सारे काम के बारे में मेरे लिए जो बात मेरे मर्म को छूती है वह यह है कि यह दर्शाता है कि मनोवैज्ञानिक दूरी पाने के कितने तरीक़े हैं, हमारा दिमाग़ हमें परिप्रेक्ष्य हासिल करने के लिए कितने विकल्प देता है। लेकिन कभी-कभी हमें ज्ञान से ज़्यादा की ज़रूरत होती है। जैसा कि ट्रेसी ने हार्वर्ड में सीखा, हमें नई कहानियों की आवश्यकता है-काल्पनिक कथाएँ जो दूरियों का भी समावेश करती हैं-जिन्हें हम अपने दिमाग़ में निहित टाइम मशीन की शक्ति का उपयोग करके बनाते हैं।

समय यात्रा और कलम की शक्ति

वहाँ ट्रेसी थी, जो हर रात अपने हॉस्टल के कमरे में बैठी, अपने पेंसिल इरेज़र को कुतरती रहती थी, अपने मुँहासों से तड़पती थी, उसकी आंतरिक आवाज़ निराशा के साथ प्रशिक्षण में एक प्रच्छन्न प्रतिनिधि और एक कुलीन विश्वविद्यालय में छात्रवृत्ति पर निर्भर एक अकेली छात्रा होने की विभाजित माँगों के द्वंद्व के बीच घूमती हुई घुट रही थी। असहाय रूप से अपनी चिंता में डूबी, उसने आख़िरकार हार्वर्ड और एनएसए के चिकित्सकों से बात की। उसकी निराशा के लिए, तो काउंसलर ने भी वास्तव में मदद नहीं की। वह हमेशा की तरह अकेली रह गई या उसने कुछ किया?

एक शौक के रूप में शुरू किया, लेकिन उसे लगा कि यह उसकी मदद कर सकता है, तो ट्रेसी ने एक पारिवारिक इतिहास परियोजना शुरू की। वह लोगों और घटनाओं की लंबी शृंखला से मोहित हो गई थी, जिसने उसे अस्तित्व में लाया था। इसलिए स्कूल से छुट्टी के दौरान, जब उसे एनएसए में रहने की आवश्यकता नहीं थी, उसने अपने अतीत की कहानियों का पीछा किया। ऐसा करने के लिए वह रिश्तेदारों के साथ उनकी मोटरसाइकिल पर पीछे सवार होकर मिशिगन झील के आसपास और कैलिफ़ोर्निया में मेरिट झील के किनारे पर गई, अपनी दो चाचियों के साथ फ्रेंच क्वार्टर की चिपचिपी सड़कों पर भटकी, और सेंट्रल टेक्सास में अपने पूर्वजों के जले हुए खेतों में सड़क के नीचे बने क़ब्रिस्तान में उनकी क़ब्रों पर लगे पारिवारिक शिलालेख को रगड़कर साफ़ किया।

जैसे ही उसके रिश्तेदारों ने उसे बताना शुरू किया, ट्रेसी ने कलामाज़ू, मिशिगन में रहने वाले पहले अफ्रीकी अमेरिकी परिवारों में से एक का हिस्सा होने के संघर्षों के बारे में सुना। उसने जाना कि उसकी परदादी वूडू परम्परा को मानने वाली थीं और एक श्वेत व्यक्ति, उसके परदादा के साथ रिश्ते में थीं और उसने उन प्रार्थनाओं के बारे में सीखा, जो उसने बुरी आत्माओं को दूर भगाने के लिए की थीं। और सावधानीपूर्वक लेकिन लगातार प्रयास करने के बाद उसने अंततः संयुक्त राज्य अमेरिका में अपने परिवार के अतीत के सबसे दर्दनाक और दमनकारी अध्यायों के बारे में जानने के लिए अलग-अलग रिश्तेदारों से बात की। उसने पुष्टि की कि वह दासों की परपोती थी और उसे पता चला कि उनमें से एक उसके परदादाओं को पीट-पीट कर मार डाला गया था, जबकि दूसरे को कॉन्फ़ेडरेट सेना में शामिल कर लिया गया था। उसने यह भी पाया कि वह जॉर्ज वाशिंगटन की वंशज थी।

ट्रेसी ने अपने परिवार के इतिहास में जितनी गहरी खोज की, हार्वर्ड लौटने पर उसने ख़ुद को उतना ही शांत महसूस किया। एक ओर, जैसा कि उसने अपने पूर्वजों की विरासत के बारे में जाना, वह दुनिया को दिखा रही थी कि दासों के वंशज दुनिया के सबसे प्रतिष्ठित संस्थानों में से एक में सफलता प्राप्त कर सकते हैं। हार्वर्ड में उसकी कठिनाइयों के बावजूद, इस ऐतिहासिक परिप्रेक्ष्य ने उसे एक विहंगम दृश्य दिया कि वह कितनी दूर आ गई है, यहाँ तक कि उसे यह भी लगने लगा कि उसके पूर्वजों को उस

पर गर्व होगा। साथ ही, अपने पूर्वजों द्वारा सहे गए कष्टों के बारे में जानने से भी उन्हें अपने परीक्षणों और क्लेशों के परिप्रेक्ष्य में रखने में उसे मदद मिली। उसके मन में, ग्रेड नहीं बनाने की चिंता और जिसे वह चाहती थी, अपने पूर्वजों की पीड़ा की तुलना में उसे डेट करने में सक्षम नहीं होने के कारण दासों के रूप में दूर रहने का अनुभव हुआ होगा। वह ना केवल अपने जीवन की बल्कि जीवन की पीढ़ियों की दीवार पर एक मक्खी बन गई थी। पूर्वजों की लंबी लाइन जो ट्रान्स अटलांटिक स्लेव क्रॉसिंग से बच गए और अंततः समय के साथ संयुक्त राज्य में फले-फूले। इसने नाटकीय रूप से उसकी आंतरिक आवाज़ को शांत कर दिया। कई अध्ययनों ने वैज्ञानिक रूप से उस बात का समर्थन किया है, जो ट्रेसी ने व्यक्तिगत रूप से अनुभव की थी, यह खुलासा करते हुए कि किसी के दिमाग़ में रणनीतिक रूप से समय यात्रा करने की क्षमता सकारात्मक व्यक्तिगत कथाओं को बनाने के लिए एक उपकरण हो सकती है, जो नकारात्मक आंतरिक संवादों को पुनर्व्यवस्थित करती है।

लेकिन मानसिक समय यात्रा के लाभ वर्तमान के बारे में एक सकारात्मक कहानी को एक साथ बुनने के लिए अतीत के एक विहंगम दृष्टिकोण को अपनाने तक ही सीमित नहीं हैं। आप भविष्य में एक उपकरण जिसे टेम्पोरल डिस्टेंसिंग कहा जाता है के जरिये मानसिक रूप से समय की यात्रा करके भी लाभान्वित हो सकते हैं। अध्ययनों से पता चलता है कि जब लोग एक कठिन अनुभव से गुज़र रहे होते हैं, तो उनसे यह कल्पना करने के लिए कहा जाता है कि अब से दस साल बाद वे इसके बारे में कैसा महसूस करेंगे, यह कल के बजाय, अपने अनुभव को परिप्रेक्ष्य में रखने का एक और उल्लेखनीय प्रभावी तरीक़ा हो सकता है। ऐसा करने से लोगों को यह समझ में आता है कि उनके अनुभव अस्थायी हैं, यह उन्हें आशा प्रदान करता है।

एक निश्चित अर्थ में, तब अस्थाई दूरी जिस चीज़ हो बढ़ावा देती है वह ज्ञान के पहलुओं में से एक है, यह समझ कि दुनिया लगातार प्रवाह में है और परिस्थितियाँ बदलने जा रही हैं। जब नकारात्मक अनुभवों की बात आती है तो जीवन की उस विशेषता को पहचानना काफ़ी हद तक राहत देने वाला हो सकता है। इसने पिछली सदी की सबसे अधिक बकबक वाली घटना- 2020 कोविड-19 महामारी से निपटने में मेरी मदद की।

जब स्कूल बंद हो गए थे और क्वारेंटीन प्रभावी होने लगे थे, बाहर की दुनिया ख़ामोश होती जा रही थी और मेरे मन में लाखों दूसरे लोगों की तरह बकबक शुरू हो चुकी थी। क्या सोशल डिस्टेंसिंग से मेरे बच्चों की सेहत पर असर पड़ेगा? मैं हफ़्तों तक घर से बाहर निकले बिना कैसे जीवित रहूँगा? क्या अर्थव्यवस्था कभी सुधरेगी? एक बार महामारी समाप्त होने के बाद मैं कैसा महसूस करूँगा? इस पर ध्यान केंद्रित करने से मुझे अहसास हुआ कि हम जिस दौर से गुज़र रहे थे वह अस्थायी था। जिस तरह हमारी प्रजातियों के लंबे इतिहास में अनगिनत महामारियाँ आईं और चली गईं? उसी तरह अंततः कोविड-19 का ख़तरा भी टल जाएगा। इसने मेरे भीतर की आवाज़ को बुलंद कर दिया। मेरे सहयोगी इज़लेम ने पाया कि अस्थायी दूरी लोगों को किसी प्रियजन के नुक़सान जैसे प्रमुख तनावों का प्रबंधन करने में मदद करती है, लेकिन अधिक मामूली पर अभी भी महत्त्वपूर्ण उपाय हैं, जैसे काम की समय-सीमा कम करना। और सबसे अच्छी बात यह है कि यह तकनीक ना केवल आपको बेहतर महसूस कराती है, यह रिश्तों और तर्कों पर कम दोषारोपण और अधिक क्षमा के साथ बेहतर बनाकर आपकी लव लाइफ़ को भी बेहतर बनाती है।

अपने पारिवारिक इतिहास प्रोजेक्ट के साथ, ट्रेसी ने अपने कॉलेज के वर्षों की प्रगति के साथ अपने पास एक पत्रिका भी रखी। यह भी दूरी हासिल करने का एक माध्यम बना। हालाँकि निश्चित रूप से पत्रकारिता लिखित शब्द के रूप में लंबे समय से रही है, फिर भी यह केवल कुछ दशकों से हुआ है कि अनुसंधान ने मनोवैज्ञानिक सांत्वना को प्रकाशित करना शुरू कर दिया है। इस काम का अधिकांश भाग मनोवैज्ञानिक जेम्स पेनेबेकर द्वारा प्रस्तुत किया गया है; जी हाँ, उनके नाम में ही ''पेन'' शब्द है।

एक लंबे और प्रतिष्ठित करियर के दौरान, उन्होंने दिखाया कि लोगों को उनके साथ क्या हुआ। यह विमर्श तैयार करने के लिए उनसे उनके परेशान करने वाले सबसे नकारात्मक अनुभवों को 15 से 20 मिनट लिखने के लिए कहिए, यदि आप ऐसा करते हैं तो यह, उन्हें बेहतर महसूस करने के लिए प्रेरित करता है, डॉक्टर के पास कम जाएँ और अपना प्रतिरक्षा तंत्र स्वस्थ रखें। एक कथाकार के दृष्टिकोण से अपने अनुभवों पर ध्यान केंद्रित करके, जिसे एक कहानी बनानी होती है, पत्रकारिता हमारे अनुभवों से दूरी

बनाती है। हम इससे कम बँधे हुए महसूस करते हैं। ट्रेसी ने वर्षों तक जर्नल किया, और इससे उसे बहुत मदद मिली।

उसके आंतरिक संवादों को शांत करने की उसकी आविष्कारशील क्षमता के लिए धन्यवाद, हार्वर्ड में ट्रेसी के अध्ययन के सीनियर ईयर के अंत तक उसके मुँहासे कम हो गए थे, उसकी घबराहट कम हो गई थी, और उसके ग्रेड में स्टार जड़ गए थे, उसने अपनी बकबक को वश में कर लिया था। हार्वर्ड से स्नातक करने के बाद उसने एनएसए के लिए अपना काम शुरू किया। उसने अगले आठ साल दुनिया भर के संघर्षपूर्ण क्षेत्रों में गुप्त मिशनों पर काम करने में बिताए। अपने क्षेत्र के अंतर्गत सैकड़ों घंटे की उन्नत भाषा प्रशिक्षण के साथ, वह धारा प्रवाह फ्रेंच और अरबी बोलती थी और अपने विभिन्न कार्यों की बारीकियों में बहुत ही अच्छी तरह से घुलमिल जाती थी, जिनमें से कई अभी भी गोपनीय हैं। उसके द्वारा तैयार किए गए ख़ुफ़िया कार्य का उपयोग यूएसए सरकार के उच्चतम स्तरों को वाइट हाउस तक जानकारी देने के लिए किया जाता था। कई मायनों में, जब पहली बार हाई स्कूल में उसने एनएसए के बारे में जाना तो वह उस गतिशील सिनेमाई जीवन को जी रही थी जिसकी उसने कल्पना की थी। तब से आज तक, ट्रेसी अभी भी एक जर्नल रखती है और अब वह एक आइवीलीग विश्वविद्यालय में प्रोफ़ेसर है; और अब सरकार के लिए काम नहीं करती है।

एक मनोवैज्ञानिक होने के बारे में *अजीब बात*, विशेष रूप से ऐसे व्यक्ति के लिए जो आंतरिक आवाज़ को नियंत्रित करने का अध्ययन करता है, वह यह है कि इससे कोई फ़र्क़ नहीं पड़ता कि आपके शोध का कितना गहन परिणाम आएगा, आप स्वयं होने से बच नहीं सकते।

कहने का तात्पर्य यह है कि जब मैं "अंदर जाता हूँ" तब भी मैं खो सकता हूँ, इस सबके बावजूद मुझे पता है कि कैसे दूरी तय करनी है। मेरा पीछा करके मुझे क्षति पहुँचाने वाले का धमकी भरा पत्र मिलने पर मेरे साथ क्या हुआ, यह समझाने का कोई दूसरा तरीक़ा नहीं है। मुझे अपनी बकबक को शांत करने के लिए विभिन्न प्रकार के स्वयं से दूरी बनाने वाले उपकरणों के बारे में पता था– एक फ़्लाई ऑन द वॉल परिप्रेक्ष्य को अपनाना, एक अलग पर्यवेक्षक के दृष्टिकोण को ग्रहण करना, यह कल्पना करना कि मैं भविष्य में कैसा महसूस करूँगा, एक पत्रिका में लिखना और इसी तरह। और अभी तक ...

मैं डूबा हुआ था
मैं बस बकबक कर रहा था
मैं सुलेमान के विरोधाभास जी रहा था।

मैं बस इतना कर सकता था कि अपनी घबराई हुई आंतरिक आवाज़ को मौखिक रूप से बता सकता था। स्वाभाविक रूप से, इसने मेरी पत्नी और मेरे बीच तनाव पैदा कर दिया, और यहाँ तक कि उसका दूर का दृष्टिकोण भी मुझे अपने संवाद से बाहर नहीं निकाल सका। मेरी बकबक इतनी तीव्र थी कि ऐसा लगा जैसे कोई रास्ता नहीं है। अचानक मुझे रास्ता मिल गया। मैंने अपना नाम बताया।

4

जब मैं - तुम बन गया

यह सुबह के तीन बजे थे और मैं अपना पायजामा पहने हुए बैठा अपने घर के दफ़्तर की खिड़की से रात को देख रहा था। मैं अंधेरे में कुछ भी नहीं देख पा रहा था, लेकिन मेरे दिमाग़ में मुझे पत्र भेजने वाले का परेशान करने वाला और विक्षिप्त चेहरा बहुत स्पष्ट रूप से दिखाई दे रहा था, जिसे मैंने *डेक्सटर* और जो फ़िल्में मैंने देखीं थीं उनकी मदद से अपनी कल्पना में गढ़ा था।

बहुत देर बाद मैं खिड़की से मुड़ा।

बिना यह जाने कि मैं क्या कर रहा था, मैं अपनी मेज़ के पास टहलता रहा और फिर बैठ गया और मैंने अपना कंप्यूटर खोला। किसी तरह, अपने डर की गहराई में भी, मुझे अहसास हुआ कि यह नहीं चल सकता। नींद की कमी मुझे थका रही थी, मैं खाना नहीं खा रहा था और मुझे काम पर ध्यान केंद्रित करने में परेशानी हो रही थी। इस धुंधली आँखों की स्थिति में, मैं फिर से ''अंदर'' गया, जितना कि मैं इस गड़बड़ी से बाहर निकलने का रास्ता खोज सकता था। पिछले दिनों में आत्मनिरीक्षण ज़्यादा नहीं हुआ था, लेकिन मैंने अपना दिमाग़ समस्या पर केंद्रित किया।

एक बॉडीगार्ड कैसा रहेगा? मैंने मन में सोचा, *जो प्रोफ़ेसरों की रक्षा करने में माहिर हो।*

पीछे देखने पर यह जितना हास्यास्पद लगता है पहले उतना नहीं लगता था। लेकिन जैसे ही मैंने मिडवेस्ट में भयभीत शिक्षाविदों का बचाव

करने के लिए विशेष रूप से प्रशिक्षित अंगरक्षकों की तरह अपनी अँगुलियों को तैयार करना शुरू किया, कुछ हुआ। मैं रुक गया, मैं अपने कंप्यूटर से पीछे हट गया, और अपने मन में कहा, *एथन, तुम क्या कर रहे हो? यह पागलपन है!*

फिर कुछ अजीब हुआ, मुझे ऐसा लगा जैसे मेरे सिर में मेरा ही नाम सुनाई दे रहा है और मैं अपने नाम से ख़ुद को ही संबोधित कर रहा हूँ, इस तरह जैसे मैं किसी और से बातचीत कर रहा हूँ, और जैसे इसी आवाज़ ने मुझे तुरंत पीछे हटने की इज़ाज़त दी। अचानक मैं अपनी स्थिति पर अधिक निष्पक्ष रूप से ध्यान केंद्रित करने में सक्षम हो गया। यह धारणा कि एक कुटीर उद्योग नेवीसील प्रमाणित अंगरक्षकों के साथ प्रोफ़ेसरों की रक्षा के लिए विकसित किया गया था, एक विचार जो कुछ समय पहले काफ़ी उचित लग रहा था, अब यह स्पष्ट हो गया कि यह वास्तव में क्या था, यह एक *पागलपन* था।

एक बार जब मुझे यह अहसास हो गया, तो दूसरों ने तुरंत इसका अनुसरण किया। *घर को चलाने में बेसबाल का बल्ला कैसे मददगार हो सकता है?* मैंने सोचा। *आपके पास एक अत्याधुनिक अलार्म सिस्टम है। सिवाय इसके कि आपको पहली बार ऐसा पत्र मिला है और कुछ भी विचलित करने वाला नहीं है। यह शायद सिर्फ़ एक धोखा था। तो आपको किस बात की चिंता है? अपने जीवन का आनंद वैसे ही लें जैसे आप पहले लेते थे। अपने परिवार, छात्रों और शोध के बारे में सोचें। बहुत से लोगों को धमकियाँ मिलती हैं, जो कि कुछ भी नहीं है। आपने बदतर परिस्थितियों को प्रबंधित किया है। आप इससे निपट सकते हैं।*

एथन, मैंने अपने आपसे कहा। *सोने जाओ।*

जैसे ही ये विचार खुले घाव पर लार की तरह फैलने लगे, मैं अपने कार्यालय से अपने शयन कक्ष की ओर चल पड़ा। मेरे दिल की धड़कन धीमी हो गई और मेरी भावनाओं का भार बदल गया। मुझे हल्का महसूस हुआ। और जब मैं चुपचाप अपनी पत्नी के बगल में बिस्तर पर आ गया, तो मैं कुछ ऐसा करने में सक्षम था, जिसे मैं पहली बार पत्र प्राप्त करने के बाद से करना चाहता था, मैंने अपनी आँखें बंद कर लीं, अपने दाँतों को भींचे बिना, अपने शयनकक्ष के दरवाज़े को फँसाए बिना, मेरे लिटिल लीग बेसबॉल बैट को पकड़े बिना, और मैं सुबह तक गहरी नींद सोता रहा।

मैंने अपना ही नाम कहकर अपने आपको बचा लिया था, अपने शत्रुतापूर्ण शिकारी से नहीं, बल्कि स्वयं से।

उस रात के बाद के दिनों और उसके बाद के हफ़्तों में, मैं सोचता रहा कि क्या हुआ था। एक ओर असुविधाजनक विडंबना यह थी कि मैं एक मनोवैज्ञानिक था, जो आत्म-नियंत्रण में माहिर था और फिर भी मैंने अपना आत्म-नियंत्रण खो दिया था, मैंने अपनी तर्कसंगतता पर कभी ध्यान नहीं दिया, हालाँकि थोड़ा बहुत दिया था। दूसरी ओर, वैज्ञानिक रूप से दिलचस्प अवलोकन था कि मैंने किसी अन्य व्यक्ति के रूप में ख़ुद से बात करके अपनी भावनाओं और आंतरिक बातचीत पर किसी तरह नियंत्रण हासिल कर लिया था। आम तौर पर, किसी के लिए अपने नाम का उपयोग सनकीपन, संकीर्णता या कभी-कभी मानसिक बीमारी से जुड़ा होता है, लेकिन मैंने इनमें से किसी के साथ अपनी पहचान नहीं बनाई। मेरे लिए कम से कम संकट के उस क्षण में, मैं किसी तरह अपनी अंतरात्मा की आवाज़ को वश में करने में सफल रहा था - अपनी अंतरात्मा की आवाज़ के साथ।

और मैंने बिना मतलब के ऐसा किया था।

मनोविज्ञान में एक क्लासिक खोज है, जिसे आवृत्ति भ्रम कहा जाता है। यह एक नया शब्द सीखने, कहने, और फिर अचानक इसे हर जगह देखने के सामान्य अनुभव का वर्णन करता है। वास्तव में, शब्द-या हाल ही में आपने जो भी नया अवलोकन किया है - वह हमेशा एक सामान्य आवृत्ति के साथ आपके वातावरण में मौजूद रहा है - आपका मस्तिष्क पहले इसके प्रति संवेदनशील नहीं था, इसलिए यह एक मानसिक भ्रम पैदा करता है।

मेरे साथ भी कुछ ऐसा ही हुआ था, जब मैंने यह महसूस किया था कि ज़बरदस्त भावनात्मक तनाव के एक पल के दौरान मैंने ख़ुद से बात की थी। अपने आप से बात करने वाले लोगों के लिए मेरे दिमाग़ में पैटर्न पहचान सॉफ़्टवेयर सक्रिय था, जैसे कि वे किसी और के साथ संवाद कर रहे थे। उनके नाम और अन्य ग़ैर-प्रथम पुरुष सर्वनाम का उपयोग कर रहे थे। अगले कुछ महीनों में, फिर वर्षों में, मैंने कई अलग-अलग संदर्भों में इसके अधिक से अधिक उल्लेखनीय उदाहरण देखे।

धमकी भरा पत्र 2011 के वसंत में आया था, लेकिन पहला मामला जिसने मेरा ध्यान खींचा वह वास्तव में 2010 की गर्मियों में बास्केटबॉल सुपरस्टार लेब्रोन जेम्स की याद थी। निक्स के आजीवन प्रशंसक

के रूप में, मुझे एक निष्कपट आशा थी कि वह मेरी कमज़ोर टीम को छुड़ाने के लिए न्यू यॉर्क आएगा। इसके बजाय, वह ईएसपीएन पर यह घोषणा करने के लिए दिखाई दिया कि मियामी हीट के लिए खेलने के लिए एक ऊँचा दाँव लगाते हुए वह अपनी घरेलू टीम क्लीवलैंड कैवेलियर्स को छोड़ रहा है, जिसने उसके करियर की शुरुआत से ही उसके करियर का पोषण किया था, मियामी हीट में उसका प्रवेश अपने आप में एक कठिन निर्णय था। ''एक चीज़ जो मैं नहीं करना चाहता था, वह भावनात्मक निर्णय था,'' लेब्रॉन ने ईएसपीएन कमेंटेटर माइकल विल्बन को समझाया। एक दूसरे विभाजन के बाद, अपने लक्ष्य को स्पष्ट करने के ठीक बाद, भावनात्मक निर्णय लेने से बचने के लिए उसने अपने बारे में, मैं के स्थान पर अपने नाम का उपयोग करना शुरू किया : ''और मैं वह करना चाहता था, जो लेब्रॉन जेम्स के लिए सबसे अच्छा था और लेब्रोन जेम्स उसे ख़ुश करने के लिए क्या करने जा रहा है।''

कुछ साल बाद, मुझे जॉन स्टीवर्ट के साथ द *डेली शो* में भावी नोबेल शांति पुरस्कार विजेता मलाला यूसुफ़जई का एक वीडियो मिला। 2012 की गर्मियों में, चौदह वर्षीय मलाला अपने परिवार के साथ पाकिस्तान की स्वात घाटी में रह रही थी, जब उसे यक़ीनन सबसे तनावपूर्ण ख़बरों में से एक मिली, जिसकी कल्पना की जा सकती है – तालिबान ने लड़कियों के शिक्षा के अधिकार के बारे में उसकी मुखर वकालत के लिए सज़ा के रूप में उसकी हत्या करने की क़सम खाई थी। जब स्टीवर्ट ने उससे पूछा कि उसने अपने ख़िलाफ़ ख़तरे के बारे में जानने के लिए क्या प्रतिक्रिया दी, तो मलाला ने सरलता से खुलासा किया कि ख़ुद को कोच के लिए अपना नाम देना महत्त्वपूर्ण था। अपने अनुभव को पहले व्यक्ति के बारे में बताना शुरू करने के बाद, जब उसने कहानी सुनाई और अपने सबसे डरावने क्षण में पहुँची, तो उसने स्टीवर्ट से कहा, ''मैंने ख़ुद से पूछा–मलाला अब आप क्या करोगी? तब मैंने ख़ुद को जवाब दिया – 'मलाला, बस एक जूता लो और उसे मारो'...लेकिन फिर मैंने कहा, 'अगर तुम किसी तालिब को जूता मारोगे तो तुममें और तालिब में कोई फ़र्क़ नहीं रह जाएगा।'''

उदाहरण केवल पॉप संस्कृति के संदर्भों में ही नहीं, जैसे कि अभिनेत्री जेनिफ़र लॉरेंस ने *न्यू यॉर्क टाइम्स* के एक रिपोर्टर के साथ भावनात्मक साक्षात्कार के दौरान ख़ुद से कहने के लिए रुकते हुए कहा, ''ठीक है,

अपने आपको सँभाल लो, जेनिफ़र।'' लेकिन इसमें भी ऐतिहासिक उदाहरण जो सादी दृष्टि में छिपे थे। तीसरे व्यक्ति के रूप में अपने बारे में बात करने के लिए पहले से ही एक शब्द था, ''अधर्म,'' जिसका उपयोग अक्सर साहित्यिक युक्ति का वर्णन करने के लिए किया जाता था, जूलियस सीज़र ने गैलिक युद्धों पर अपने काम का वर्णन करने के लिए इसका उपयोग किया था, जिसमें उन्होंने भाग लिया था। उन्होंने ''मैं'' शब्द के बजाय अपने स्वयं के नाम और सर्वनाम ''वह'' का उपयोग करके अपने बारे में लिखा। और फिर 1918 में प्रकाशित अमेरिकी इतिहासकार हेनरी एडम्स की पुलित्ज़र पुरस्कार विजेता आत्मकथा भी है, जिसे उन्होंने पूरी तरह से तीसरे व्यक्ति के रूप में कहा है। इस शैलीगत दृष्टिकोण को ध्यान में रखते हुए, उन्होंने *माई एजुकेशन* या कुछ इसी तरह पुस्तक का शीर्षक नहीं रखा, उन्होंने इसे *द एजुकेशन ऑफ़ हेनरी एडम्स* कहा।

इस समय तक मैंने अपनी टिप्पणियों को पहले ही साझा कर दिया था कि कैसे लोग अपने स्वयं के नाम और दूसरे और तीसरे व्यक्ति के सर्वनामों का उपयोग मेरे छात्रों और सहकर्मियों के साथ ख़ुद से बात करने के लिए करते हैं। नतीजतन, प्रयोगशाला में बातचीत चल रही थी, और हमने भाषा और दूरी के बीच संबंधों की जाँच करना शुरू कर दिया था। हमारे पास एक मज़बूत अंतर्ज्ञान था कि अपने स्वयं के नाम का उपयोग करना। अपने स्वयं के सिर में चुपचाप, अर्थात् अपने आपसे उन तरीक़ों से बात नहीं करना जो भौंहों को ऊपर उठाते हैं और सामाजिक मानदंडों को बाधित करते हैं। *यह एक ऐसा उपकरण था, जो लोगों को उनकी आंतरिक आवाज़ को नियंत्रित करने में मदद करता था।*

बेशक, मेरे सामने जितने भी ''सबूत'' आए थे, वे सभी उपाख्यान थे। यह किसी भी चीज़ का वैज्ञानिक प्रमाण नहीं था, हालाँकि यह मानव व्यवहार में एक सामान्य पैटर्न का सुझाव देता था। वर्षों से मैं और मेरे साथी स्वयं के साथ दूरियों के तरीक़ों का अध्ययन कर रहे थे, फिर भी हमने जिन सभी तकनीकों का खुलासा किया था, उनमें समय और एकाग्रता दोनों की आवश्यकता थी, जबकि संकट के क्षण में मानसिक रूप से अपने आप से बात करने के लिए किसी के नाम का उपयोग नहीं किया गया था। क्या अपने आप से इस तरह बात करना जैसे कि आप कोई और हों, यह दूरी का अपना रूप हो सकता है?

अपना नाम कहिए

"क्या आप गंभीर हैं?" हमारे प्रयोग में भाग लेने वाले ने पूछा।

"हाँ," प्रयोगकर्ता ने उससे कहा। "मेरे पीछे आओ।"

वह उसे दालान के नीचे ले गई।

अन्य स्वयंसेवकों की तरह जो हमारी प्रयोगशाला में आए थे, उन्हें केवल इतना पता था कि वह भाषा और भावना पर एक प्रयोग में भाग लेने जा रहे हैं। अध्ययन के लिए आने तक स्वयंसेवकों में से कोई भी नहीं जानता था कि हम जिस पद्धति का उपयोग करेंगे, वह सबसे शक्तिशाली तकनीकों में से एक है, जो वैज्ञानिकों के पास प्रयोगशाला में लोगों को तनाव देने के लिए हमारे पास है, हमने उन्हें तैयारी के लिए पर्याप्त समय दिए बिना दर्शकों के सामने बोलने के लिए कहा। ऐसा करने में, हमें इस बात की बेहतर समझ हासिल करने की उम्मीद थी कि हमारे अपने नामों; और "आप" जैसे अन्य ग़ैर-प्रथम-पुरुष सर्वनाम का उपयोग करके ख़ुद को कैसे चुपचाप संदर्भित करना लोगों को हमने जैसी परिस्थितियों की कल्पना की उनमें अपनी मुखर आंतरिक आवाज़ को नियंत्रित करने में मदद कर सकता है।

जब वे पहुँचे तो हमने स्वयंसेवकों से कहा कि उन्हें एक समूह के सामने पाँच मिनट का भाषण देना होगा कि वे अपने सपनों की नौकरी पाने के लिए योग्य क्यों हैं। फिर हम उन्हें एक छोटे-से खिड़की रहित कमरे में ले गए, जहाँ उनके पास बिना कोई नोट लिए अपनी प्रस्तुतियाँ तैयार करने के लिए पाँच मिनट का समय था। हमारा विचार यह था कि अगर हम कुछ प्रतिभागियों को भाषण से पहले ख़ुद को सोचते हुए गैर-प्रथम-पुरुष भाषा का उपयोग करने के लिए कहें, तो उनके पास अधिक मानसिक दूरी होगी, जिससे उन्हें अपने उत्साह को प्रबंधित करने में मदद मिलेगी।

हमारी अवधारणा केवल मेरे अनुभव या मलाला, लेब्रोन जेम्स और किसी और के शब्दों पर आधारित नहीं थी। पिछले शोध ने संकेत दिया था कि प्रथम-व्यक्ति-एकवचन सर्वनाम का अधिक उपयोग, आई-टाक नामक एक घटना, नकारात्मक भावना का एक विश्वसनीय चिह्न अंकित करने वाला है। उदाहरण के लिए क़रीब पाँच हज़ार प्रतिभागियों के साथ दो देशों में छह प्रयोगशालाओं में किए गए एक बड़े अध्ययन ने आई-टॉक

और नकारात्मक भावनाओं के बीच एक मज़बूत सकारात्मक संबंध का खुलासा किया। एक अन्य अध्ययन से पता चला है कि आप लोगों के मेडिकल रिकॉर्ड में भविष्य में अवसाद की घटनाओं की भविष्यवाणी उनके फ़ेसबुक पोस्ट में आई-टॉक की मात्रा की गणना करके कर सकते हैं। यह सब कहना है कि "मैं," "मुझे" और "मेरा" जैसे प्रथम व्यक्ति एकवचन सर्वनामों का उपयोग करके स्वयं से बात करना भाषाई विसर्जन का एक रूप हो सकता है।

एक स्वाभाविक प्रश्न उठ खड़ा होता है- क्या होगा यदि आप ना केवल प्रथम पुरुष के रूप में अपने बारे में सोचने की किसी व्यक्ति की प्रवृत्ति को कम करते हैं, बल्कि वास्तव में उन्हें ख़ुद को संदर्भित करते हैं जैसे कि वे किसी और के साथ बातचीत कर रहे थे, हमारा विचार था कि द्वितीय और तृतीय पुरुष को अमल में लाने के साथ-साथ अपने नाम का इस्तेमाल करने से भावनात्मक दूरी भी पैदा हो जाती है, क्योंकि इससे आपको ऐसा लगता है कि जैसे आप किसी दूसरे व्यक्ति से बात कर रहे थे, जबकि आप ख़ुद से बात कर रहे थे। उदाहरण के लिए *अपने बारे में सोचने के बजाय, मैंने आज अपने सहकर्मी को क्यों उकसाया?* एक व्यक्ति सोच सकता है, *एथन ने आज अपने सहकर्मी को क्यों उकसाया?*

भाषण के लिए पाँच मिनट की तैयारी अवधि समाप्त होने के बाद, हमने प्रतिभागियों को बेतरतीब ढंग से दो समूहों में विभाजित किया, एक जिसमें उन्होंने पहले व्यक्ति सर्वनाम 'मैं' का उपयोग करके अपने आने वाले भाषण के आसपास की चिंताओं पर प्रतिबिंबित किया, और दूसरा जिसमें उन्होंने ऐसा ही किया, लेकिन केवल ग़ैर प्रथम व्यक्ति सर्वनाम और अपने स्वयं के नाम का उपयोग किया। यह सब हो जाने के बाद हाल के नीचे उनकी प्रस्तुतियाँ देने के लिए उन्हें जजों के एक पैनल के सामने ले जाया गया, जिन्हें कठोर चेहरे के भाव बनाए रखने के लिए प्रशिक्षित किया गया था और जहाँ उनके ठीक सामने एक बड़ा वीडियो कैमरा था, जो ध्यान भंग कर रहा था। यह शो टाइम था।

जैसा कि हमने भविष्यवाणी की थी, जिन प्रतिभागियों ने दूरस्थ आत्म-चर्चा का इस्तेमाल किया था, उन्होंने बताया कि उन्होंने अपने भाषण देने के बाद उन प्रतिभागियों की तुलना में कम शर्म और शर्मिंदगी

का अनुभव किया, जो अपने आप में ही डूबे हुए आत्म-चर्चा का इस्तेमाल कर रहे थे। उन्होंने बाद में अपने प्रदर्शन के बारे में भी कम बताया। अपने मानसिक अनुभवों के विवरण में, उन्होंने अपनी घबराहट या कार्य की कठिनाई को उजागर करने के बजाय कहा कि उनकी आंतरिक आवाज़ इस तथ्य पर केंद्रित थी कि वास्तविक परिणाम का कुछ भी वास्तव में दाँव पर नहीं था।

उल्लेखनीय रूप से, जैसा कि हमने वीडियो को कोड किया और प्रयोग के डाटा को गहराई से खँगाला, ये केवल प्रतिभागियों की भावनात्मक प्रतिक्रियाएँ नहीं थीं, जो भिन्न थीं। प्रतिभागियों के भाषणों के वीडियो देखने वाले न्यायाधीशों ने संकेत दिया कि दूरस्थ आत्म-चर्चा समूह के लोगों ने भी जो काम उन्हें दिया गया था उसमें बेहतर प्रदर्शन किया।

हमने दिमाग़ में छिपे एक अनूठे डिस्टेंसिंग टूल को उजागर किया था- *दूरस्थ आत्म-चर्चा।* जैसा कि हमारे प्रयोगों और अन्य ने बाद में प्रदर्शित किया, प्रथम पुरुष ''मैं'' से द्वितीय पुरुष ''आप'' या तृतीय पुरुष ''वह'' में स्थानांतरण भावनात्मक दूरी प्राप्त करने के लिए एक कार्यतंत्र प्रदान करता है। दूरस्थ आत्म-चर्चा, मानव भाषा के ताने-बाने में अंतर्निहित एक मनोवैज्ञानिक कटाव है। और अब हम जानते हैं कि इसके कई लाभ हैं।

अन्य प्रयोगों से पता चला है कि दूरस्थ आत्म-चर्चा लोगों को बेहतर प्रथम प्रभाव बनाने की अनुमति देती है, तनावपूर्ण समस्या समाधान कार्यों पर प्रदर्शन में सुधार करती है, और बुद्धिमान तर्क की सुविधा प्रदान करती है, और फ़्लाई-ऑन-द-वॉल डिस्टेंसिंग जैसी रणनीतियाँ तैयार करती है। यह तर्कसंगत सोच को भी बढ़ावा देता है। उदाहरण के लिए 2014 में जब इबोला संकट अपने चरम पर था, कुछ लोग संयुक्त राज्य अमेरिका में छूत के बारे में भयभीत थे। इसलिए हमने पूरे संयुक्त राज्य के लोगों के साथ इंटरनेट पर एक अध्ययन चलाया। हमने पाया कि जो लोग इबोला के बारे में चिंतित थे और उन्हें ''मैं'' का उपयोग करने से दूर जाने के लिए अपने स्वयं के नामों का उपयोग करने के लिए कहा गया था, यह प्रतिबिंबित करने के लिए कि भविष्य में इबोला का डर कैसे चलेगा, चिंता नहीं करने के लिए और अधिक तथ्य-आधारित कारण मिले, जो चिंता और जोख़िम धारणा में कमी की भविष्यवाणी कर रहे थे। उन्होंने यह नहीं सोचा था

कि इस बीमारी को वश में करने की भी संभावना है, जो वास्तविकता का अधिक सटीक प्रतिबिंब और उनकी पहले से घबराई हुई आंतरिक आवाज़ों को बंद करने वाला था।

यह शोध यह भी दिखा रहा था कि दूरस्थ आत्म-संवाद के निहितार्थ सबसे अधिक बकबक को उकसाने वाले परिदृश्यों में से एक के साथ कैसे व्यवहार किया जाए, इसके बारे में उनकी मदद कर रहे थे, मैंने जिनका अध्ययन किया था : दूरस्थ आत्म-संवाद में लोगों को मेरे द्वारा अध्ययन किए गए बकबक को उत्तेजित करने वाले परिदृश्यों में से एक से निपटने में मदद करने के लिए निहितार्थ हो सकते हैं – दूसरों के लिए हमारे प्यार और हमारे नैतिक सिद्धांतों के बीच चयन करना। उदाहरण के लिए एक व्यक्ति जिसे हम जानते हैं, एक अपराध करता है, और हमें यह तय करने के लिए मज़बूर किया जाता है कि उनकी रक्षा की जाए या उन्हें दंडित किया जाए। अध्ययनों से पता चलता है कि जब यह आंतरिक संघर्ष होता है, तो लोगों को उनकी रिपोर्ट करने के बजाय उनकी रक्षा करने की काफ़ी अधिक संभावना होती है, एक ऐसी घटना जिसे हम रोज़मर्रा के जीवन में बार-बार निश्चित निर्णय के रूप में देखते हैं, उदाहरण के लिए विश्वविद्यालय प्रशासक और जिमनास्टिक अधिकारी जो बच्चे से छेड़छाड़ करने वाले चिकित्सक लैरी नासर को रोक सकने में असमर्थ रहे, जिसे बाद में दोषी ठहराया गया।

अगर कुछ लोगों की रक्षा करने के लिए हमें प्रेरित करने का कारण यह है कि हम उनके इतने क़रीब हैं, तो इसका मतलब यह होगा कि दूरस्थ आत्म-चर्चा में संलग्न होने से इन सुरक्षात्मक प्रवृत्तियों को कम करने की अनुमति मिलनी चाहिए, जिससे हम ख़ुद से और हमारे साथ साझा किए गए रिश्तों से पीछे हट सकें। निश्चित रूप से, कई प्रयोगों में, हमने ठीक यही पाया है। उदाहरण के लिए एक अध्ययन में, मैंने और मेरे छात्रों ने लोगों से स्पष्ट रूप से कल्पना करने के लिए कहा कि कोई प्रिय व्यक्ति अपराध करता है, जैसे गुप्त रूप से किसी अन्य व्यक्ति के क्रेडिट कार्ड का उपयोग करना, और फिर एक पुलिस अधिकारी द्वारा संपर्क किया जाना, जो पूछता है कि क्या उन्होंने कुछ देखा है। जिन प्रतिभागियों ने इस बात पर विचार किया कि उन्हें अपने नाम का उपयोग करके क्या करना चाहिए; (उदाहरण के लिए, *मारिया यह निर्णय लेते समय किन तथ्यों पर विचार कर*

रही है – पुलिस अधिकारी को गंभीर अपराधों की रिपोर्ट करने की अधिक संभावना थी।)

हालाँकि इन निष्कर्षों ने दूरस्थ आत्म-संवाद की शक्ति का प्रदर्शन किया, लेकिन इसने इसके एक और गुण का पता नहीं लगाया, जो इसे बहुत मूल्यवान बना देता है : वह है इसकी गति। अपने आप को शांत करने के लिए अपना नाम कहने के बारे में मुझे सबसे दिलचस्प बात यह लगी कि यह कितना आसान था। आम तौर पर, हमारी भावनाओं को नियंत्रित करने में समय लगता है। ज़रा उन प्रयासों के बारे में सोचिए जो समय के साथ मानसिक यात्रा में यह कल्पना करने में लगते हैं कि आप कल अपने आपको अलग कैसे महसूस करेंगे, या वे प्रयास जो अपने विचारों और भावनाओं पर विचार करने के लिए एक जर्नल प्रविष्टि लिखने में लगते हैं। या यहाँ तक कि अपनी आँख बंद करके अपने अतीत के किसी अनुभव को देखने के लिए उसमें डूब जाते हैं। फिर भी, उन्हें जिस प्रयास की आवश्यकता होती है, उसके कारण उन्हें एक क्षण में लागू करना हमेशा आसान नहीं होता है। अब मेरे अनुभव के बारे में सोचिए। मैंने केवल अपना नाम कहा था, और इसने मेरी आंतरिक आवाज़ को बिलकुल अलग प्रक्षेप पथ पर डाल दिया, यह लगभग उस दिशा को बदलने जैसा था, जब कोई ट्रेन वाई-जंक्चर में आती है। कई अन्य भावना-नियमन रणनीतियों के विपरीतए दूरस्थ आत्म-संवाद त्वरित और शक्तिशाली प्रतीत होता है। यह कैसे हो सकता है?

भाषाविज्ञान में, ''शिफ़्टर्स'' व्यक्तिगत सर्वनाम; जैसे ''मैं'' और ''आप'' जैसे शब्दों को संदर्भित करता है, जिसका अर्थ इस बात पर निर्भर करता है कि कौन बोल रहा है। उदाहरण के लिए यदि दानी पूछता है, ''क्या *आप* मुझे केचप दे सकते हैं?'' और माया जवाब देती है-''ज़रूर *आप* लो।'' जिस व्यक्ति को ''आप'' संबोधित करते हैं, वह बदल जाता है। यह शुरू में माया को संदर्भित करता है, लेकिन फिर दानी को। अधिकांश बच्चे यह समझ लेते हैं कि जब तक वे दो वर्ष के हो जाते हैं तब तक भाषा इस तरह से काम करती है और मिलीसेकेंड के भीतर इस तरह से अविश्वसनीय रूप से तेज़ी से परिप्रेक्ष्य बदल सकते हैं।

शिफ़्टर्स की अवधारणा दर्शाती है कि हमारे दृष्टिकोण को बदलने के लिए कुछ शब्द कितने शक्तिशाली हो सकते हैं। हमारा विचार यह था कि

दूरस्थ आत्म-संवाद एक समान तंत्र के माध्यम से संचालित हो सकता है। परिप्रेक्ष्य में एक आभासी स्वचालित बदलाव का उत्पादन करने के लिए न्यूनतम प्रयास की आवश्यकता होती है। भाषा और मनोवैज्ञानिक दूरी पर इस लेंस का उपयोग करते हुए, मिशिगन स्टेट यूनिवर्सिटी के मनोवैज्ञानिक जेसन मोजर और मैंने यह मापने के लिए एक प्रयोग तैयार किया कि कितनी जल्दी दूरस्थ आत्म-चर्चा काम करती है। लेकिन हमने लोगों की अंतरात्मा की आवाज़ सुनने के बजाय उनके दिमाग़ की तरफ़ देखा।

अपने प्रयोग में, हमने प्रतिभागियों से यह सोचने के लिए कहा कि जब भी उन्होंने डूबी हुई भाषा; *(मैं क्या महसूस कर रहा हूँ)*, या दूर की भाषा; *(जेसन फ़ीलिंग क्या है?)* का उपयोग करते हुए एक परेशान करने वाली तसवीर देखी तो उन्हें कैसा लगा। जैसा कि उन्होंने ऐसा किया, हमने एक इलेक्ट्रोएन्सेफ़लोग्राम मशीन का उपयोग करके उनके दिमाग़ की विद्युत गतिविधि की निगरानी की, जो यह निर्धारित करने का एक उपयोगी साधन प्रदान करती है कि मस्तिष्क में विभिन्न मनोवैज्ञानिक ऑपरेशन कितनी जल्दी काम करते हैं।

परिणामों ने संकेत दिया कि प्रतिभागियों ने मस्तिष्क में बहुत कम भावनात्मक गतिविधि प्रदर्शित की जब उन्होंने विचलित करने वाली तसवीरों को देखने के बाद अपनी भावनाओं को प्रतिबिंबित करने के लिए दूरस्थ भाषा का उपयोग किया। लेकिन महत्त्वपूर्ण खोज यह थी कि प्रतिभागियों को दूरी की राहत महसूस करने में कितना समय लगा। हमने देखा कि लोगों द्वारा नकारात्मक तसवीर देखने के एक सेकेंड के भीतर भावनात्मक गतिविधि में बदलाव आते हैं।

एक छोटा-सा सेकेंड। यही वह था।

हमारे लिए समान रूप से रोमांचक, हमें यह सुझाव देने के लिए कोई सबूत नहीं मिला कि इस तरह का आत्म-संवाद लोगों के कार्यकारी कार्यों से आगे निकल गया। यह महत्त्वपूर्ण था, क्योंकि अधिक प्रयासपूर्ण दूरस्थ तकनीकें एक प्रकार का कैच 22 बनाती हैं, जब हमारी बकबक गुलज़ार होती है, तो यह हमें उन तंत्रिका संसाधनों से हटा देती है, जिन्हें हमें ध्यान केंद्रित करने, दूरी प्राप्त करने और अपनी आंतरिक आवाज़ पर नियंत्रण हासिल करने की आवश्यकता होती है। फिर भी दूरस्थ आत्म-संवाद इस पहेली को दूर कर देता है। यह कम प्रयासों में बहुत अधिक परिणाम देता है।

यदि हम अपने बारे में सोचने के लिए उपयोग किए जाने वाले शब्दों को बदलने से तनाव से निपटने के लिए अति-गति की दूरी प्रदान करते हैं, तो इसका कारण यह था कि यह हमारी आंतरिक आवाज़ की धारा को भी प्रभावित करना चाहिए। जैसा कि यह पता चला है, दूरस्थ आत्म-चर्चा हम सभी की क्षमता का उपयोग करके ऐसा कर सकती है, वह क्षमता है तनाव के स्त्रोतों को ख़तरों के बजाय चुनौतियों के रूप में व्याख्या करने की क्षमता। यह देखने के लिए कि यह कैसे काम करती है, आइए एक पुराने पड़ोसी को देखें।

हासिल करो फ़्रेड

यदि आप यूनाइटेड स्टेट्स में 1968 और 2001 में बड़े हुए हैं या इस समय में आप बच्चे थे, तो आपको फ़्रेड रोजर्स की मखमली आवाज़ याद होगी, जो उनके 30 मिनट के महान टेलीविज़न कार्यक्रम *मिस्टर रोजर्स नेबरहुड* में सुनाई देती थी। लेकिन उनके शांत व्यक्तित्व के नीचे, रॉजर्स की आंतरिक आवाज़ हमें बाक़ी लोगों की तरह ही पीड़ा दे सकती थी। हम यह जानते हैं, क्योंकि उनके भीतर के आलोचक ने अपने शो को करने से तीन साल के ब्रेक से लौटने के तुरंत बाद 1979 में ख़ुद को लिखे गए एक पत्र में उनके भीतर का आलोचक मुखर रूप से सामने आया है :

> क्या मैं अपने आप से मज़ाक़ कर रहा हूँ कि मैं फिर से एक स्क्रिप्ट लिखने में सक्षम हूँ? क्या मैं सचमुच डिक्सी की सीटी बजा रहा हूँ? मैं सोचता हूँ। अगर मैं इसके लिए नीचे नहीं उतरता तो मैं वास्तव में कभी नहीं जान पाऊँगा। क्यों नहीं... मैं स्वयं पर विश्वास करता हूँ। वास्तव में इसके बारे में यही सब है... मैं अब सृजन की और पीड़ा से नहीं गुज़रना चाहता। **आख़िरकार ये साल उतने ही ख़राब हैं, जितने कभी थे।** मुझे आश्चर्य है कि क्या हर रचनात्मक कलाकार सृजन की कोशिश कर रहे शापितों की यातनाओं से गुज़रता है? ओह! ठीक है! समय आता है और अब है, जब मुझे यह करना है। **इसे हासिल कर लो, फ़्रेड। इसे हासिल कर लो।**

रोजर्स का अनायास ही अपनी और आकर्षित करने वाला यह संवेदनशील पत्र एक प्रकार की बकबक की कलाकृति प्रदान करता है, जैसे हम उनकी बदलती आंतरिक आवाज़ को सामने की पंक्ति में बैठ कर सुन रहे हों।

पत्र का पहला तीन चौथाई हिस्सा एक आंतरिक संवाद प्रस्तुत करता है, जो आत्मसंदेह, आत्म-आलोचना और यहाँ तक कि निराशा से भरा हुआ है। लेकिन जैसे-जैसे पत्र आगे बढ़ता है, आप रोज़र्स को अपनी स्थिति के बारे में सोचने के दूसरे तरीक़े की ओर बढ़ते हुए देख सकते हैं। उसका आंतरिक आलोचक फ़ीका पड़ने लगता है, क्योंकि वह पहचानता है कि उसकी असुरक्षा की परवाह किए बिना उसे काम से निपटना होगा। ''वह समय आ गया है ...जब मुझे यह करना है।'' और फिर वह करता है। वह ख़ुद को यह बताने के लिए कि वह वास्तव में अपना शो लिख सकता है, दूरस्थ भाषा का उपयोग करता है, अपने नाम का उपयोग करता है। और परिप्रेक्ष्य में उस बदलाव के साथ वह एक बार फिर बाईस वर्षों के लिए काम पर वापस आ गया, साथ ही साथ वह रास्ते की कठिनाइयों के बारे में भी बता रहा था, जिसका हम सभी एक भारी स्थिति का सामना करते समय करते हैं।

मनोवैज्ञानिकों ने दिखाया है कि जब आप लोगों को तनावपूर्ण स्थितियों में रखते हैं, तो वे सबसे पहले ख़ुद से; आमतौर पर अवचेतन रूप से, दो प्रश्न पूछते हैं - इन परिस्थितियों में मेरे लिए क्या आवश्यक है और क्या जो ज़रूरी है उसके लिए मेरे पास व्यक्तिगत संसाधन हैं, जिससे मैं सामना कर सकूँ, यदि हम स्थिति को स्कैन करते हैं और यह निष्कर्ष निकालते हैं कि हमारे पास चीज़ों को सँभालने के लिए आवश्यक साधन नहीं हैं, तो यह हमें तनाव को ख़तरे के रूप में मूल्यांकन करने के लिए प्रेरित करता है। दूसरी ओर, यदि हम स्थिति का मूल्यांकन करते हैं और यह निर्धारित करते हैं कि हमारे पास पर्याप्त रूप से प्रतिक्रिया करने के लिए क्या है, तो हम इसे एक चुनौती के रूप में समझते हैं। जिस तरह से हम ख़ुद से कठिन परिस्थितियों के बारे में बात करना चुनते हैं, उससे हमारी आंतरिक आवाज़ पर बहुत फ़र्क़ पड़ता है। और आश्चर्यजनक रूप से, चुनौती का जितना अधिक रचनात्मक ढाँचा तैयार किया जाता है, उससे अधिक सकारात्मक परिणाम प्राप्त होते हैं। मिस्टर रोजर्स के मामले में, इसने

उन्हें सृजन की कठिनाई को स्वीकार करने और फिर सृजन जारी रखने की अनुमति दी।

कई अध्ययन इस बात का समर्थन करते हैं कि मिस्टर रोजर्स के पत्र में क्या शामिल है। गणित की परीक्षा देने से लेकर दबाव से भरी परिस्थितियों में प्रदर्शन करने से लेकर रूढ़िबद्धता के विषाक्त प्रभावों का सामना करने तक, लोग सोचते हैं, महसूस करते हैं और बेहतर प्रदर्शन करते हैं जब वे तनाव को ख़तरे के बजाय चुनौती के रूप में सामने रखते हैं। लेकिन जैसा कि मिस्टर रोजर्स द्वारा स्वयं को प्रेरित करने के लिए अपने स्वयं के नाम का उपयोग करने से पता चलता है, दूरस्थ आत्म-संवाद वह निर्णायक धक्का हो सकता है, जो आपको चुनौती स्वीकार करने की मानसिकता के मार्ग पर ले जाता है।

अनुसंधान से पता चलता है कि दूरस्थ आत्म-संवाद लोगों को तनावपूर्ण स्थितियों पर अधिक चुनौती-उन्मुख शब्दों में विचार करने के लिए प्रेरित करता है, जो उन्हें स्थिति को भयावह करने के बजाय, आप इसे कर सकते हैं, जैसी सलाह देने के लिए प्रोत्साहित करते हैं। उदाहरण के लिए मेरे सहयोगियों और मेरे द्वारा किए गए एक अध्ययन में, हमने लोगों को डूबे हुए या दूरस्थ आत्म-संवाद का उपयोग करके आगामी तनावपूर्ण घटना के बारे में अपने गहन विचारों और भावनाओं के बारे में लिखने के लिए कहा। पचहत्तर प्रतिशत प्रतिभागी जिनके निबंधों ने चुनौती-उन्मुख सोच के उच्चतम स्तर को प्रकट किया, वे दूरस्थ आत्म संवाद समूह में थे। इसके विपरीत, 67 प्रतिशत प्रतिभागी जिनके निबंधों ने ख़तरे के प्रति उन्मुख सोच के उच्चतम स्तर का खुलासा किया, वे डूबे हुए आत्म-चर्चा समूह में थे।

यह देखने के लिए कि यह वास्तव में प्रतिभागियों के दिमाग़ के भीतर किस तरह काम करता है, विचार करें कि डूबे हुए समूह के एक व्यक्ति ने क्या लिखा : *मुझे डर है कि अगर मैं एक साक्षात्कार के दौरान गड़बड़ करता हूँ तो मुझे नौकरी नहीं मिलेगी। और मैं हमेशा किसी न किसी तरह से गड़बड़ करता हूँ। मुझे नहीं पता कि क्या कहना है, और मैं हमेशा अविश्वसनीय रूप से नर्वस रहता हूँ। मैं घबराहट के फ़ीडबैक लूप में समाप्त हो जाता हूँ, जिससे ख़राब साक्षात्कार घबराहट पैदा करते हैं। अगर मुझे नौकरी मिल भी जाती है, तो भी मुझे लगता है कि मुझे इंटरव्यू से डर लगता है।*

इस बीच, दूरस्थ भाषा वाले समूह की आंतरिक आवाज़ें काफ़ी भिन्न थीं। एक प्रतिभागी ने एक डेट की प्रत्याशा में महसूस की जा रही असुरक्षा को दर्शाते हुए लिखा, *एरन, आपको धीमा होने की ज़रूरत है। यह एक डेट है, हर कोई घबरा जाता है। अरे भगवान, तुमने ऐसा क्यों कहा, तुम्हें इसे वापस लेने की ज़रूरत है। आओ यार, इसे एक साथ खींचें। आप ऐसा कर सकते हैं।*

हालाँकि आपको यह देखने के लिए केवल लोगों के विचारों की सामग्री की जाँच करने की आवश्यकता नहीं है कि भाषा हमारे अनुभवों को चुनौतियों या ख़तरों के रूप में देखने की प्रवृत्ति को कैसे प्रभावित करती है। आप इसे लोगों के शरीर में भी देख सकते हैं। चुनौती और ख़तरे के मनोवैज्ञानिक अनुभव में अद्वितीय जैविक हस्ताक्षर हैं। जब आप किसी व्यक्ति को ख़तरनाक स्थिति में डालते हैं, तो उसका दिल उसके पूरे शरीर में तेज़ी से रक्त पंप करना शुरू कर देता है। एक चुनौती के बारे में भी यही सच है। दोनों अवस्थाओं के बीच एक महत्त्वपूर्ण अंतर यह है कि शरीर में रक्त ले जाने वाली धमनियों और शिराओं की उलझन कैसे प्रतिक्रिया करती है। जब कोई व्यक्ति ख़तरे की स्थिति में होता है तो उनका रक्त संवहन तंत्र सिकुड़ जाता है, जिससे उनके रक्त के प्रवाह के लिए कम जगह बच पाती है, जिससे समय के साथ रक्त वाहिकाएँ फट सकती हैं और दिल का दौरा पड़ सकता है। इसके विपरीत, जब लोग चुनौती मोड में होते हैं, तो उनका रक्त संवहन तंत्र शिथिल हो जाता है, जिससे रक्त पूरे शरीर में आसानी से गति कर पाता है।

लिंड सेस्ट्रीमर, मार्क सीरी, और बफ़ेलो विश्वविद्यालय में उनके सहयोगियों ने जानना चाहा कि क्या दूरस्थ आत्म-संवाद लोगों के हृदय प्रणाली के कार्य करने के तरीक़े में इस तरह से बदलाव लाएगा। अधिक सरलता से कहें तो दूरस्थ आत्म-संवाद के माध्यम से, क्या आप ना केवल अपने दिमाग़ को, बल्कि अपने शरीर को भी किसी स्थिति को धमकी के रूप में देखने की बजाय उसे चुनौतीपूर्ण रूप में देखने के लिए राज़ी कर सकते हैं? निश्चित रूप से, जिन प्रतिभागियों को सार्वजनिक भाषण देने से पहले तनाव पर प्रतिबिंबित करने के लिए अपने नाम का उपयोग करने के लिए कहा गया था, उन्होंने चुनौती-मोड वाली कार्डियो वैस्कुलर प्रतिक्रिया प्रदर्शित की थी। डूबे हुए भाषा समूह के लोगों ने एक जैविक ख़तरे की प्रतिक्रिया प्रदर्शित की थी।

यदि दूरस्थ आत्म-चर्चा वयस्कों की मदद कर सकती है, तो यह आश्चर्य करना स्वाभाविक है कि क्या इससे बच्चों को भी लाभ हो सकता है। माता-पिता होने के महान कार्यों में से एक है अपने बच्चों को यह सिखाना कि कठिन, लेकिन महत्त्वपूर्ण परिस्थितियों में कैसे बने रहें, जैसे कि उन्हें अध्ययन में मदद करने के तरीक़े खोजना। इस प्रश्न को ध्यान में रखते हुए, मनोवैज्ञानिक स्टेफ़नी कार्लसन और रेचल वाइट ने बैटमैन प्रभाव के रूप में जाने जानी वाली खोज की।

एक प्रयोग में उनके पास बच्चों का एक समूह था, जिन्हें वेश बदलकर दिखावा करना था कि वे एक सुपर हीरो थे, क्योंकि इसे थकाऊ होम वर्क को पूरा करने के अनुभव को अनुकरण करने के लिए डिज़ाइन किया गया था। बच्चों को दिए गए चरित्र की भूमिका ग्रहण करने के लिए कहा गया और फिर उनसे पूछा गया कि वे चरित्र के नाम का उपयोग करके कार्य पर कैसा प्रदर्शन कर रहे थे। उदाहरण के लिए अध्ययन में एक लड़की जो डोरा एक्सप्लोरर होने का नाटक कर रही थी, उसे ख़ुद से पूछने का निर्देश दिया गया था – ''क्या डोरा पढ़ाई के दौरान कड़ी मेहनत कर रही है?'' कार्लसन और वाइट ने पाया कि जिन बच्चों ने ऐसा किया वे उन बच्चों की तुलना में अधिक समय तक टिके रहे, जिन्होंने अपने अनुभव को सामान्य तरीक़े से ''मैं'' के रूप में बताया। (एक तीसरे समूह के बच्चे जिन्होंने अपने नाम का इस्तेमाल किया, उन्होंने भी मैं-समूह से बेहतर प्रदर्शन किया।)

इस घटना को और भी अधिक तनावपूर्ण परिस्थितियों में लेते हुए, बच्चों के साथ किए गए एक अन्य शोध ने माता-पिता के देहांत के बाद स्वस्थ मुक़ाबला करने के साथ दूरस्थ आत्म-संवाद को जोड़ा है। उदाहरण के लिए एक बच्चे ने कहा – ''चाहे कुछ भी हो, उनके पिता उनसे प्यार करते थे, और उन्हें जो कुछ हुआ उसके बारे में सोचना होगा... वे अच्छी यादों को थामे रह सकते हैं, और बुरे लोगों को जाने दे सकते हैं।'' इसके विपरीत, जिन बच्चों ने अधिक डूबी हुई भाषा का इस्तेमाल किया, उनमें अभिघातजन्य तनाव के लक्षणों की अधिक घटनाएँ और अधिक परिहार, अस्वास्थ्यकर मुक़ाबला था। एक बच्चे ने दिल से कहा, ''अभी भी इसे देखता हूँ उसने अंत में कैसे देखा। काश! उसे दर्द नहीं होता। मैं परेशान हूँ कि वह इस तरह मर गया।''

ये सभी निष्कर्ष इस बात पर प्रकाश डालते हैं कि आत्मनिरीक्षण के दौरान हम जिन शब्दों का उपयोग करते हैं, उनमें एक छोटा-सा बदलाव विभिन्न प्रकार के डोमेन में बकबक को नियंत्रित करने की हमारी क्षमता को कैसे प्रभावित कर सकता है। इस उपकरण से जुड़े लाभों को देखते हुए, यह पूछने लायक़ है कि क्या अन्य प्रकार का दूरस्थ आत्म-संवाद मौजूद है जो लोगों को उनकी भावनाओं को प्रबंधित करने में मदद करने में समान रूप से प्रभावी है। मेरे सहयोगियों और मुझे पता चला कि इस तरह के अतिरिक्त बदलाव मौजूद हैं, लेकिन उनका उपयोग इतना सूक्ष्म, व्यापक और निर्बाध है कि आप उन्हें नोटिस करने में लगभग असफल हो सकते हैं।

सार्वभौमिक "आप"

हालाँकि धमकी भरा पत्र प्राप्त करने के बाद मैंने जो बकबक अनुभव की, वह असहनीय थी, इससे पहले कि मैं अपना नाम ख़ुद से कहता, एक क्षण था जिसने मुझे राहत दी, भले ही केवल अस्थायी रूप से, जब मैं जिस पुलिस अधिकारी से मिला, उसने मुझे बताया कि तथ्य यह है कि इस तरह की धमकियाँ सार्वजनिक करियर वाले लोगों के लिए एक सामान्य घटना है और ऐसी अधिकांश धमकियाँ लगभग हमेशा बिना किसी घटना के ख़त्म हो जाती हैं। मैं यह सोचकर डूब गया कि मैं गहरे ख़तरे में था, मुझे यह पत्र एक रोमांचक चुनौती की तरह नहीं लगा। इस जानकारी ने मेरे डर को मिटा नहीं दिया। लेकिन इस जानकारी ने आशा की एक किरण प्रदान की।

इसने मुझे कम अकेला महसूस कराया।

एक शक्तिशाली मनोवैज्ञानिक आराम है, जो अनुभवों को सामान्य करने से आता है, यह जानने से कि आप जो अनुभव कर रहे हैं वह आपके लिए अद्वितीय नहीं है, बल्कि कुछ ऐसा है, जो हर कोई अनुभव करता है-जो कि अप्रिय है, यह सिर्फ़ जीवन की चीज़ें हैं। जब हम दुःख, रिश्ते की अशांति, पेशेवर असफलताओं, माता-पिता के संघर्ष, या अन्य प्रकार की प्रतिकूलताओं से गुज़र रहे होते हैं, तो हम अक्सर अकेले पीड़ा महसूस करते हैं, जैसे कि हम अपनी समस्याओं पर ज़ूम करते हैं। फिर भी जब हम दूसरों के साथ बात करते हैं और सीखते हैं कि उन्होंने इसी तरह की चुनौतियों का सामना किया है, तो हम महसूस करते हैं कि अनुभव कितना

कठिन है, यह अन्य लोगों के साथ होता है, जो तत्काल परिप्रेक्ष्य देता है। *यदि अन्य लोग इस कठिनाई से गुज़रे हैं, हमारी आंतरिक बातचीत अब हमारे साथ तर्क करती है, तो मैं भी ऐसा कर सकता हूँ।* जो असाधारण लगा, वह वास्तव में सामान्य लगने लगता है। इससे राहत मिलती है।

अब क्या होगा यदि अन्य लोगों को विपरीत परिस्थितियों पर क़ाबू पाने या उनकी विशेषज्ञता से लाभ उठाने के बारे में सुनने के माध्यम से हमारे अनुभवों को सामान्य करने के बजाय, हम उसी प्रभाव से दूरस्थ आत्म-चर्चा का एक रूप ढूँढ़ सकते हैं, मेरा मतलब यह है कि क्या भाषा की संरचना में कुछ ऐसा बनाया जा सकता है, जो हमें अपने व्यक्तिगत अनुभवों के बारे में अधिक सार्वभौमिक शब्दों में सोचने में मदद करे?

मई 2015 में, सिलिकॉन वैली के उद्यमी और फ़ेसबुक की सीओओ ओशेरिल सैंडबर्ग के पति डेविड गोल्डबर्ग की मैक्सिको में छुट्टी के दौरान ट्रेडमिल पर हुई एक दुर्घटना में दुखद रूप से मृत्यु हो गई थी। इसके बाद, सैंडबर्ग तबाह हो गई थी। गोल्डबर्ग के साथ ही मानो उनका जीवन भी चला गया था, जैसे कि उसका भविष्य ही उसके हाथों से छीन लिया गया हो। अपने पति की मृत्यु के बाद, शेरिल ने दुःख के भयंकर ज्वार का सामना करने के तरीक़ों की तलाश की, जो उसे अपनी गिरफ़्त में लेकर उसे चूसे डाल रहा था। उसने इस बारे में लिखना शुरू किया कि वह किस दौर से गुज़र रही है एक समझने योग्य विकल्प, क्योंकि जैसा कि हम जानते हैं- अभिव्यंजक लेखन उपयोगी भावनात्मक दूरी हासिल करने का एक प्रभावी साधन है। फिर भी उसने कम से कम एक प्रविष्टि में इस्तेमाल किए गए शब्दों के साथ जिसे उसने फ़ेसबुक पर प्रकाशित करने का फ़ैसला किया। उसने कुछ विचित्र भी किया। सैंडबर्ग की पोस्ट में सटीक शब्दों पर ध्यान दें; जिन्हें मैंने यहाँ इटेलिक फ़ोन्ट में दिया है :

> मुझे लगता है कि जब त्रासदी होती है, तो यह एक विकल्प प्रस्तुत करती है। *आप* शून्य के आगे झुक सकते हैं, वह ख़ालीपन जो *आपके* दिल, *आपके* फेफड़ों को भर देता है, *आपकी* सोचने या साँस लेने की क्षमता को सीमित कर देता है। या *आप* अर्थ खोजने का प्रयास कर सकते हैं।

पहली नज़र में, उसके द्वारा द्वितीय पुरुष ''आप'' और ''आपके'' का दोहराव वाला उपयोग आपको अजीब लग सकता है। वह अपने स्वयं के अनुभव को बताने के लिए सबसे स्वाभाविक शब्द का उपयोग किए बिना कल्पना करने योग्य सबसे दर्दनाक व्यक्तिगत अनुभवों में से एक के बारे में लिख रही है- ''मैं'' इसके बजाय - वह ''आप'' शब्द पर निर्भर करती है, लेकिन इस अर्थ में नहीं जैसे कि हमने पहले चर्चा की है कि जैसे वह ख़ुद को सीधे संबोधित कर रही थी, जैसे वह किसी और से बात कर रही थी। वह अपनी कठिनाई की सार्वभौमिक प्रकृति का आह्वान करने के बजाय इस शब्द का उपयोग कर रही है। यह ऐसा है जैसे वह कह रही थी, ''शून्य में *कोई भी* दे सकता है, वह ख़ालीपन जो *सभी* के दिलों को भर देता है, हर *किसी* के फेफड़े, *हर किसी की* सोचने या साँस लेने की क्षमता को सीमित कर देता है। या *कोई भी* अर्थ खोजने की कोशिश कर सकता है।''

सैंडबर्ग इस तरह से ''आप'' शब्द का उपयोग करने वाली अकेली नहीं हैं। अगर हम अपने आस-पास देखें, तो हम रोज़मर्रा के भाषणों में, टॉक शो और रेडियो पर, गाने के बोल में इसी तरह के उपयोग पा सकते हैं। वास्तव में, एक बार जब आप इस घटना को नोटिस करते हैं, तो एथलीटों के साक्षात्कार पढ़ना कठिन हो जाता है, जो ख़राब खेलों के बारे में बात करते हैं या राजनेता अपने अनुभव को अधिक व्यापक रूप से फ्रेम करने के लिए इस तरह से ''आप'' के उपयोग पर ध्यान दिए बिना बाधाओं के बारे में साक्षात्कार करते हैं।

बेशक, सवाल यह है कि हम ऐसा क्यों करते हैं। हम एक ऐसे शब्द का उपयोग क्यों करते हैं, जो आम तौर पर किसी और को संदर्भित करने के लिए उपयोग किया जाता है - आप अपने स्वयं के गहन भावनात्मक अनुभवों के बारे में बात करने के लिए? मेरे सहयोगी सूज़न गेलमैन और एरियाना ऑरवेल और मैं इस विशिष्ट उपयोग को ''सामान्य 'आप''' या ''सार्वभौमिक 'आप''' कहते हैं और हमने पाया है कि यह एक अन्य प्रकार की भाषाई हैक है, जो मनोवैज्ञानिक दूरी को बढ़ावा देती है।

पहली बात जो हम सार्वभौमिक आपके बारे में जानते हैं, वह यह है कि लोग इसका उपयोग उन मानदंडों के बारे में बात करने के लिए करते हैं जो सभी पर लागू होते हैं, व्यक्तिगत पसंद पर नहीं। उदाहरण के लिए, यदि कोई बच्चा पेंसिल पकड़कर पूछता है, ''आप इसके साथ क्या करते

हैं?'' एक वयस्क आमतौर पर जवाब देगा – ''आप इसके साथ लिखते हैं'' (वह यह नहीं कहेगा, ''मैं इससे लिखता हूँ।'') इसके विपरीत, यदि वही बच्चा एक पेंसिल पकड़कर पूछता है, ''आपको इसके साथ क्या करना पसंद है?'' एक वयस्क आम तौर पर व्यक्तिगत प्रथम पुरुष के रूप में कहने के चलन का अनुसरण करते हुए कहेगा – ''मैं इससे लिखता हूँ।'' दूसरे शब्दों में ''आप'' शब्द का सामान्य उपयोग हमें इस बारे में बात करने की अनुमति देता है कि चीज़ें आम तौर पर कैसे कार्य करती हैं– ना कि हमारी विशिष्ट स्वभावगत प्रवृत्तियों के बारे में।

हम यह भी जानते हैं कि लोग नकारात्मक अनुभवों को समझने के लिए ''सार्वभौमिक आप'' का उपयोग करते हैं कठिन घटनाओं के बारे में सोचने के लिए स्वयं के लिए अद्वितीय नहीं, बल्कि सामान्य रूप से जीवन की विशेषता के बारे में सोचते हैं, जैसा कि सैंडबर्ग ने अपने फ़ेसबुक पोस्ट में किया था। उदाहरण के लिए एक अध्ययन में हमने लोगों को निर्देश दिया कि वे या तो एक नकारात्मक अनुभव को फिर से जीएँ या उन सबक़ों के बारे में सोचें जो वे घटना से सीख सकते हैं। प्रतिभागियों के सार्वभौमिक ''आप'' का उपयोग करने की लगभग पाँच गुना अधिक संभावना थी, जब वे अपने नकारात्मक अनुभव से सीखने की कोशिश कर रहे थे, जब उन्होंने जो कुछ भी हुआ था उसे दोहराया। इसने उनकी व्यक्तिगत प्रतिकूलताओं को आम तौर पर दुनिया के काम करने के तरीक़े से जोड़ा। जिन प्रतिभागियों को उनके अनुभव से सीखने के लिए कहा गया था, उन्होंने इस तरह के वक्तव्य लिखे – ''आप एक क़दम पीछे हटते हैं और शांत हो जाते हैं, तो कभी-कभी हम चीज़ों को एक अलग दृष्टिकोण से देखते हैं और आप वास्तव में उन लोगों से बहुत कुछ सीख सकते हैं, जो चीज़ों को आपसे अलग देखते हैं।''

इस प्रकार के सामान्यीकरण हमें उस परिप्रेक्ष्य के साथ प्रदान किए जाते हैं, जिसमें हमारे पास बकबक में फँसने की कमी होती है। वे हमें हमारे अनुभवों से सबक़ सीखने में मदद करते हैं, जो हमें बेहतर महसूस करने में योगदान करते हैं। दूसरे शब्दों में – भाषण में सार्वभौमिक ''आप'' का हमारा उपयोग मनमाना नहीं है। यह एक और भावना प्रबंधन गैजेट है जो मानव भाषा प्रदान करती है। तो मेरे ख़ुद से बात करने और सो जाने के बाद *क्या हुआ?*

*

अगली सुबह, मैं उठा और जीवन सामान्य हो गया। मैंने अपनी पत्नी के साथ नाश्ते पर बात की कि उसने दिन के लिए क्या योजना बनाई है, काम पर जाने से पहले मेरी बेटी के साथ खेला, और उन सभी छात्रों और शोध के लिए वापस आया, जिन्हें मैंने पिछले तीन दिनों में उपेक्षित किया था। दूरस्थ आत्म-चर्चा ने मेरी बकबक को प्रबंधित करने की मेरी क्षमता को बदल दिया था। और जैसा कि मुझे सताने वाले ने देखा होगा कि वह अब मुझे परेशान नहीं कर सकता उस धमकी भरे पत्र के लेखक ने मुझे फिर कभी परेशान नहीं किया पर फिर भी एक परेशान करने वाला विचार मेरे साथ रहा।

पत्र मिलने के बाद मैंने कई लोगों से बात की थी, जब मैं बकबक की चरम पर था। मैं मदद के लिए पहुँचा। और बिना किसी अपवाद के, मित्रों, परिवार और सहकर्मियों के साथ मेरी बातचीत ने मुझे महसूस कराया कि वे मेरे साथ हैं। लेकिन उन्होंने मुझे स्थिति के बारे में बेहतर महसूस नहीं कराया। उन्होंने मेरी आंतरिक आवाज़ को शांत नहीं किया, जिस तरह से दूरस्थ आत्म-संवाद ने किया था।

इस विसंगति का कारण हमें मानव मन के महान रहस्यों में से एक के बारे में बताता है। आंतरिक आवाज़ की तरह ही, दूसरे लोग भी एक ज़बरदस्त संपत्ति हो सकते हैं, लेकिन जितनी बार हम महसूस करते हैं, वे एक दायित्व भी हो सकते हैं।

5

दूसरे लोगों की शक्ति और संकट

फ़रवरी, 2008 में गुरुवार को नॉर्दन इलिनॉय विश्वविद्यालय के परिसर में त्रासदी तेज़ी से और बिना किसी चेतावनी के आ गई, जब स्टीवन काज़मिएर्ज़क नामक मानसिक बीमारी के इतिहास वाले एक सत्ताईस वर्षीय युवक ने एक व्याख्यान कक्ष का दरवाज़ा खोला जहाँ भू-विज्ञान की कक्षा चल रही थी। एक शॉटगन और तीन हथगोलों के साथ, वह उस मंच पर चला गया जहाँ से प्रोफ़ेसर व्याख्यान दे रहे थे। कक्षा में बैठे 119 छात्रों ने भ्रम, फिर अविश्वास, फिर आतंक को देखा, क्योंकि अप्रत्याशित अतिथि ने उन पर बंदूक चलाई, उसके बाद उनके प्रोफ़ेसर पर एक और विस्फोट हुआ। फिर उसने उन पर फिर से गोलियाँ चला दीं। अलग-अलग बंदूकों से पचास से अधिक राउंड दागने के बाद, उसने उनमें से एक को ख़ुद पर घुमाकर और अपनी जान ले कर भगदड़ का अंत किया। कुछ ही मिनट बाद, पुलिस इस भीषण हादसे वाले जगह पर पहुँच गई थी। इक्कीस लोग घायल हो गए और पाँच लोग मारे गए, जिनमें काज़मीएर्ज़क शामिल नहीं था। विश्वविद्यालय और डेकाल्ब का छोटा शहर, जहाँ यह स्थित है, तबाह हो गए थे।

त्रासदी के बाद, समुदाय ने सार्वजनिक निगरानी की, लेकिन कई छात्रों ने अपनी भावनाओं को ऑनलाइन व्यक्त करने, फ़ेसबुक और स्मारक

वेबसाइटों पर पोस्ट करने और चैटमैसेजिंग कार्यक्रमों का उपयोग करके जो कुछ हुआ था, उसके बारे में बात करने को चुना।

इलिनॉय विश्वविद्यालय अर्बाना-शैंपेन में डेकाल्ब के दक्षिण में एक सौ सत्तर मील की दूरी पर, मनोवैज्ञानिक अमांडा विकरी और आर. क्रिसफ्रैली ने उत्तरी इलिनॉय त्रासदी को एक हृदयविदारक लेकिन मूल्यवान अवसर के रूप में देखा जो वास्तविक समय में दुःख और भावनात्मक साझाकरण को समझने के लिए अनुसंधान की एक पंक्ति को आगे बढ़ाने के लिए पहले से ही इस दिशा में काम कर रहे थे। विज्ञान में हमें कभी-कभी सबसे दर्दनाक अनुभवों को देखने की आवश्यकता होती है, जो लोगों को इस तरह की घटनाओं को नेविगेट करने में मदद करने के तरीक़े के बारे में कुछ मूल्यवान सीखने के लिए सहन करते हैं। ऐसा करने के लिए विनम्रता और करुणा दोनों के साथ-साथ वैज्ञानिक पद्धति के प्रति प्रतिबद्धता और अंतर्दृष्टि उत्पन्न करने की इसकी क्षमता है, जो अधिक से अधिक लाभान्वित करती है। यह वह कार्य था, जिसे विकरी और फ्रैली ने डेकाल्ब में हुई अंधाधुंध फ़ायरिंग के लिए निर्धारित किया था।

उन्होंने इस अध्ययन को उत्तरी इलिनॉय के बड़ी संख्या में छात्रों को एक अध्ययन में भाग लेने के लिए ईमेल करके शुरू किया कि वे इस स्थिति का कैसे मुक़ाबला कर रहे थे। दस महीने पहले, वर्ज़ीनिया टेक में एक बंदूकधारी ने और भी विनाशकारी भगदड़ मचा दी थी, जिसमें बत्तीस लोग मारे गए थे और इसी तरह एक शोकग्रस्त समुदाय को पीछे छोड़ दिया था। उस हमले के तुरंत बाद विकरी और फ्रैली ने वर्ज़ीनिया टेक के छात्रों के एक समूह से संपर्क किया था। अब उनके पास एक तसवीर प्राप्त करने के लिए एक साथ दो नमूने थे कि कैसे बचे लोग भावनाओं के परिणामस्वरूप एक तड़प से उबर पाए।

गोलीबारी के दो हफ़्ते बाद, दो नमूनों में लगभग तीन चौथाई छात्रों ने अवसाद या अभिघातजन्य तनाव के लक्षण प्रदर्शित किए। यह अपेक्षित था। उनमें से अधिकांश अपने जीवन के सबसे परेशान करने वाले अनुभव से जूझ रहे थे। इलिनॉय और वर्ज़ीनिया दोनों में जिस तरह की त्रासदियों से छात्र गुज़रे थे, वह एक व्यक्ति के दुनिया को देखने के नज़रिए को चुनौती देता है।

जब ऐसा होता है, तो कुछ लोग दर्द को कुंद करने के लिए अपनी दर्दनाक यादों पर ध्यान केंद्रित करने से बचने की कोशिश करते हैं। लेकिन

अन्य सक्रिय रूप से उनकी भावनाओं को समझने की कोशिश करते हैं, और ऐसा करने का एक प्रमुख तरीक़ा दूसरों के साथ संवाद करना है, जो कि छात्रों ने किया है। और उनमें से अस्सी प्रतिशत जो हुआ उसके बारे में बात करने और पढ़ने के लिए एक फ़ेसबुक समूह में शामिल हुए। इस बीच 78 प्रतिशत ने इसके बारे में ऑनलाइन बातचीत की, और 74 प्रतिशत ने अपने सेलफ़ोन का उपयोग करके इसके बारे में संदेश भेजा।

अधिकांश छात्रों ने पाया कि यह अपनी बकबक को आराम देने का तरीक़ा है। इसने उन्हें अपने विचारों और भावनाओं को दूसरों के साथ व्यक्त करने की अनुमति दी, जो एक समान अनुभव से निपट रहे थे, जो सामान्यीकरण का एक मूल्यवान रूप हो सकता है। जैसा कि वर्ज़ीनिया टेक के एक छात्र ने कहा, "मुझे अकेलेपन का सामना करना पड़ता है, तो मैं फ़ेसबुक पर लॉग इन कर सकता हूँ या किसी को आईएम भेज सकता हूँ, और मैं लोगों से थोड़ा और जुड़ा हुआ महसूस करूँगा।"

इसमें से कोई भी विशेष रूप से आश्चर्यजनक नहीं था। जैसा कि हम पहले से ही जानते हैं, लोग स्वाभाविक रूप से दूसरों के साथ अपने विचार साझा करने के लिए तैयार होते हैं, जब वे बकबक से जूझ रहे होते हैं और सोशल मीडिया और वर्चुअल कनेक्टिविटी के अन्य रूप ऐसा करने के लिए सुविधाजनक रास्ते प्रदान करते हैं। इन हादसों के दो महीने बाद अध्ययन समाप्त होने पर विकरी और फ्रैली ने जो खोजा वह आश्चर्यजनक था।

जबकि वर्ज़ीनिया टेक और नॉर्दन इलिनॉय विश्वविद्यालय के छात्रों ने सोचा कि दूसरों के प्रति अपनी भावनाओं को व्यक्त करने से उन्हें बेहतर महसूस होता है, जिस हद तक उन्होंने अपनी भावनाओं को साझा किया, वह वास्तव में उनके अवसाद और अभिघातजन्य तनाव के लक्षणों को प्रभावित नहीं करता था।

इस सबसे– भावनात्मक होना, लेखन से जुड़ना और याद रखना, यह उनके लिए फ़ायदेमंद नहीं था।

अरस्तू से फ़्रायड तक

उसी वर्ष जब उत्तरी इलिनॉय नरसंहार हुआ था, एक संबंधित अध्ययन प्रकाशित किया गया था, जिसमें 11 सितंबर के हमलों के मद्देनजर संयुक्त

राज्य में रहने वाले लोगों के राष्ट्रीय स्तर पर प्रतिनिधि नमूने के भावनात्मक लचीलेपन की जाँच की गई थी। शोधकर्ताओं ने जाँच की कि क्या ट्विन टॉवर्स के गिरने के बाद दस दिनों के दौरान देश भर में रहने वाले दो हज़ार से अधिक लोगों ने 9/11 के बारे में अपनी भावनाओं को व्यक्त करने का विकल्प चुना था। फिर उन्होंने अगले दो वर्षों में प्रतिभागियों के शारीरिक और मानसिक स्वास्थ्य पर नज़र रखी। वे जिस मानव व्यवहार को देख रहे थे, वह जटिल था, लेकिन उनका प्रश्न सरल था, क्या भावनाओं को साझा करना इस बात को प्रभावित करता है कि हम समय के साथ कैसा महसूस करते हैं?

उन्होंने जो पाया वह उल्लेखनीय रूप से विकरी और फ्रैली की खोज के अनुरूप था।

जिन लोगों ने 9/11 के ठीक बाद अपने विचारों और भावनाओं को साझा किया, उन्हें अच्छा नहीं लगा। वास्तव में, कुल मिलाकर, उन्होंने अध्ययन में उन लोगों से भी बदतर प्रदर्शन किया, जिन्होंने इस बारे में खुलकर बात नहीं की कि वे कैसा महसूस करते हैं। उन्होंने अधिक बकबक का अनुभव किया और अधिक टालमटोल करने में लगे रहे। इसके अलावा, जिन लोगों ने अपनी भावनाओं को व्यक्त करने का विकल्प चुना, उनमें से सबसे अधिक साझा करने वाले लोगों में सामान्य क्लेश और सबसे ख़राब शारीरिक स्वास्थ्य उच्चतम स्तर पर था।

एक बार फिर भावनाओं को साझा करने से कोई फ़ायदा नहीं हुआ। इस मामले में, यह आहत करने वाला था।

बेशक, कॉलेज की गोलीबारी और 9/11 दोनों ही असाधारण हिंसा के दुर्लभ कृत्य थे, जो आपको यह सोचने के लिए प्रेरित कर सकते हैं कि दुखद घटनाओं के मद्देनज़र दूसरों के साथ केवल भावनाओं को साझा करना अनुपयोगी है। यह हमें बेल्जियम के मनोवैज्ञानिक बर्नार्ड राइम के काम पर वापस लाता है।

मानव व्यवहार में मौलिक पैटर्न को याद करें, जिसे राइम ने उजागर किया था। जब लोग परेशान होते हैं, तो वे अपनी भावनाओं को दूसरों के साथ साझा करने के लिए दृढ़ता से प्रेरित होते हैं, भावनाएँ जेट ईंधन की तरह काम करती हैं, जो हमें अन्य लोगों से हमारे दिमाग़ में प्रवाहित होने वाले विचारों और भावनाओं के बारे में बात करने के लिए प्रेरित करती

हैं। लेकिन इस खोज के साथ, उन्होंने कुछ समान रूप से महत्त्वपूर्ण और निश्चित रूप से अधिक आश्चर्यजनक बातों को अनावृत किया, जो इस बात की पुष्टि करती हैं कि प्रमुख त्रासदियों के भावनात्मक नतीजों पर ये अध्ययन अलग-अलग मामले नहीं हैं।

एक के बाद एक किए गए अध्ययन में, राइम ने पाया कि हमारे नकारात्मक अनुभवों के बारे में दूसरों से बात करने से हमें किसी भी सार्थक तरीक़े से ठीक होने में मदद नहीं मिलती है। निश्चित रूप से, अपनी भावनाओं को दूसरों के साथ साझा करने से हम उन लोगों के क़रीब और अधिक समर्थित महसूस करते हैं जिनके साथ हम खुलते हैं। लेकिन हममें से ज़्यादातर लोग जिस तरह से एक-दूसरे से बात करते और सुनते हैं, वह हमारी बकबक को कम करने के लिए बहुत कम है। अक्सर, वे इसे बढ़ा देते हैं।

कई अन्य लोगों के साथ, राइम की खोज, पारंपरिक ज्ञान के साथ नाटकीय रूप से टकराती है। अक्सर लोकप्रिय संस्कृति में हमसे कहा जाता है, बात करना आपको बेहतर महसूस कराता है। बहुत से स्वयं सहायता साहित्य हमें यह बताते हैं, जैसा कि हमारे आस-पास के कई लोग करते हैं। हम सुनते हैं कि अपनी भावनाओं को बाहर निकालना स्वस्थ है और दूसरों का समर्थन करना अनिवार्य है। यह इतना आसान नहीं है, हालाँकि ऐसे कारण हैं, जिनकी वजह से ऐसा प्रतीत हो सकता है।

यह विचार कि दूसरों के साथ नकारात्मक भावनाओं के बारे में बात करना हमारे लिए अच्छा है, यह अभी का ही विकास नहीं है। यह दो हज़ार से अधिक वर्षों से पश्चिमी संस्कृति का हिस्सा रहा है। इस दृष्टिकोण के शुरुआती समर्थकों में से एक अरस्तू थे, जिन्होंने सुझाव दिया था कि लोगों को एक दुःखद घटना को देखने के बाद अपनी भावनाओं से ख़ुद को शुद्ध करने की ज़रूरत है, एक प्रक्रिया जिसे उन्होंने रेचन कहा। लेकिन इस अभ्यास ने वास्तव में दो सहस्त्राब्दी बाद तक अधिक व्यापक रूप से कर्षण प्राप्त नहीं किया। जैसा कि 1890 के दशक के अंत में यूरोप में आधुनिक मनोविज्ञान जीवन में तेज़ी से प्रवेश कर रहा था, सिगमंड फ्रायड और उनके गुरु जोसेफ़ ब्रेउर ने अरस्तू के विचार को आगे बढ़ाया और तर्क दिया कि एक स्वस्थ दिमाग़ के मार्ग के लिए लोगों को अपने आंतरिक जीवन के अंधेरे दर्द को प्रकाश में लाने की आवश्यकता होती है। आप

इसे भावनाओं के हाइड्रोलिक मॉडल के रूप में सोच सकते हैं, उबलते केतली से निकलने वाली भाप की तरह मज़बूत भावनाओं को मुक्त करने की आवश्यकता होती है।

जबकि ये सांस्कृतिक जाल हमें छोटी उम्र से अपनी भावनाओं के बारे में दूसरों से बात करने का आग्रह करते हैं, हमारी आंतरिक आवाज़ को हवा देने के लिए अंतर्निहित ड्राइव वास्तव में हमारे विकास के पहले चरण में हमारे दिमाग़ में प्रत्यारोपित होती है, जब हम डोलते हुए, चिल्लाते हुए, बच्चे होते हैं।

नवजात शिशुओं के रूप में, ख़ुद की देखभाल करने या अपनी भावनाओं को प्रबंधित करने में असहाय, हम अपने देखभाल करने वालों को अपने संकट का संकेत देते हैं, आमतौर पर छोटे बंशी (या कम से कम मेरी बेटियों की तरह) रोते हुए। जब हम अपनी ज़रूरतों को पूरा कर लेते हैं और ख़तरे की भावना बीत जाती है, तो हमारे शारीरिक उत्तेजना का स्तर सामान्य हो जाता है। इस प्रक्रिया में शामिल होने से कार्यवाहक के प्रति लगाव स्थापित होता है, जो अक्सर शिशु के शब्दों को समझने से पहले ही बच्चे से बात करता है।

समय के साथ, हमारा तेज़ी से विकसित हो रहा दिमाग़ भाषा हासिल कर लेता है और हमारे देखभाल करने वाले हमें कारण और प्रभाव के बारे में बताते हैं, हमारी समस्याओं का समाधान कैसे करें और हमारी भावनाओं से कैसे निपटें। यह ना केवल हमें यह प्रबंधित करने के लिए उपयोगी जानकारी प्रदान करता है कि हम कैसा महसूस करते हैं, यह हमें कहानी कहने के उपकरण भी प्रदान करता है जो हमें अपने अनुभवों के बारे में दूसरों से बात करने के लिए चाहिए। यह एक स्पष्टीकरण है कि संचार बकबक के साथ इतना क्यों जुड़ा हुआ है और अन्य लोगों की तलाश के साथ बकबक इतना क्यों जुड़ा हुआ है।

सौभाग्य से, एक कारण है कि हमें दूसरों से मिलने वाला समर्थन अक्सर उल्टा पड़ता है और इस घटना को रोकने का एक तरीक़ा है। अन्य लोग हमारी बकबक को वश में करने में हमारी मदद करने के लिए एक अमूल्य साधन हो सकते हैं, और इसी तरह हम दूसरों की मदद भी कर सकते हैं। लेकिन किसी भी साधन की तरह, इसका लाभ उठाने के लिए हमें यह जानने की ज़रूरत है कि इसका सही तरीक़े से उपयोग कैसे किया

जाए, और समर्थन देने और प्राप्त करने के मामले में, वह ज्ञान दो बुनियादी ज़रूरतों को समझने से शुरू होता है, जो सभी मनुष्यों की होती हैं।

सह-चिंतन का जाल

जब हम परेशान होते हैं और असुरक्षित या आहत या अभिभूत महसूस करते हैं, तो हम अपनी भावनाओं को बाहर निकालना चाहते हैं और चाहते हैं कि हमें सांत्वना मिले, हमारी बात मानी जाए और हमें समझा जाए। यह तत्काल सुरक्षा और जुड़ाव की भावना प्रदान करता है और हमारी मूलभूत आवश्यकता को पूरा करता है। नतीजतन, पहली चीज़ जो हम आमतौर पर दूसरों में तलाशते हैं, जब हमारी आंतरिक आवाज़ नकारात्मकता में डूब जाती है, वह है हमारी *भावनात्मक* ज़रूरतों की पूर्ति।

जब किसी ख़तरे का सामना करने पर मनुष्य मुख्य रक्षात्मक प्रतिक्रिया करता है तब वह अक्सर या तो उसके बारे में सोचता है या उनसे भाग जाने के बारे में। जब हम तनाव में होते हैं, तो हम भाग जाते हैं या आसन्न लड़ाई के लिए तैयार हो जाते हैं। हालाँकि यह प्रतिक्रिया एक व्यापक मानव प्रवृत्ति की विशेषता है, शोधकर्ताओं ने एक और तनाव-प्रतिक्रिया प्रणाली का दस्तावेज़ीकरण किया है, जिसमें कई लोग ख़तरे में पड़ने पर संलग्न होते हैं एक ''ढल जाने'' और ''मित्रता कर लेने'' की प्रतिक्रिया। वे समर्थन और देखभाल के लिए अन्य लोगों की तलाश करते हैं।

एक विकासवादी दृष्टिकोण से, इस दृष्टिकोण का मूल्य इस तथ्य से आता है कि एक की तुलना में दो लोगों द्वारा एक शिकारी को भगाने की अधिक संभावना होती है। ज़रूरत के समय एक साथ बैंडिंग करने से ठोस फ़ायदा हो सकता है। इस विचार का समर्थन करते हुए, अनुसंधान इंगित करता है कि तनाव में रहते हुए दूसरों के साथ जुड़ना हमें सुरक्षा और जुड़ाव की भावना प्रदान करता है। यह तनाव को कम करने वाली जैव रासायनिक प्रतिक्रियाओं के एक झरने को शुरू कर देता है, जिसमें प्राकृतिक रूप से उत्पादित ओपिओइड के साथ-साथ ऑक्सीटोसिन तथाकथित कडल हार्मोन शामिल है, और मनुष्यों की मूलभूत आवश्यकता को पूरा करता है। और निश्चित रूप से, हम ऐसा करने के एक प्रमुख तरीक़े की बात कर रहे हैं। सक्रिय रूप से सुनने और सहानुभूति के प्रदर्शन के माध्यम से, जो

हमारी बकबक पर हमें सलाह देते हैं, वे इन ज़रूरतों को पूरा कर सकते हैं। एक प्रकार की राहत प्रदान करते हुए, उन्हें संतुष्ट करना पल भर में अच्छा महसूस कर सकता है। लेकिन यह समीकरण का सिर्फ़ आधा भाग है। ऐसा इसलिए हैं, क्योंकि हमें अपनी *संज्ञानात्मक* आवश्यकताओं को भी संतुष्ट करने की आवश्यकता है।

जब हम बकबक से निपटने लगते हैं, तो हम एक पहेली का सामना करते हैं, जो हल करने की माँग करती है। अपनी आंतरिक आवाज़ से बाधित होकर आपस में टकराते हुए, हमें कभी-कभी समस्या के माध्यम से काम करने, बड़ी तसवीर देखने और कार्रवाई की सबसे रचनात्मक कार्यप्रणाली पर निर्णय लेने के लिए बाहरी मदद की आवश्यकता होती है। यह सब केवल एक सहायक व्यक्ति की देखभाल करने वाली उपस्थिति और सिर्फ़ सुनने के द्वारा संबोधित नहीं किया जा सकता है। हमें अक्सर दूसरों की ज़रूरत होती है, जो हमें दूरी बनाने, सामान्य करने और अपने अनुभवों के बारे में सोचने के तरीक़े को बदलने में मदद करें। ऐसा करके, हम अपनी भावनाओं को ठंडा होने देते हैं, वे हमें मृत-अंत की अफ़वाह से बाहर निकालती हैं और हमारी मौखिक धारा को पुनर्निर्देशित करने में हमारी सहायता करती हैं।

फिर भी यही कारण है कि मदद करने की अपनी विशाल क्षमता के बावजूद भावनाओं के बारे में बात करना अक्सर उल्टा पड़ता है। जब हमारे दिमाग़ बकबक में नहाते हैं, तो हम अपने परिचित लोगों पर अपनी भावनात्मक ज़रूरतों को पूरा करने के लिए एक मज़बूत पूर्वाग्रह प्रदर्शित करते हैं। दूसरे शब्दों में, जब हम परेशान होते हैं, तो हम व्यावहारिक समाधान खोजने के बजाय सहानुभूति प्राप्त करने पर अधिक ध्यान केंद्रित करते हैं।

यह दुविधा समीकरण के सहायक पक्ष पर एक अनुरूप समस्या से जटिल होती है। जिन लोगों को हम मदद के लिए खोजते हैं, वे हमारे संज्ञानात्मक लोगों पर हमारी भावनात्मक ज़रूरतों को प्राथमिकता देते हैं। वे हमारे दर्द को देखते हैं और सबसे पहले हमें प्यार और मान्यता प्रदान करने का प्रयास करते हैं। यह स्वाभाविक है, देखभाल करने का इशारा है, और कभी-कभी अल्पावधि में भी उपयोगी होता है। लेकिन अगर हम संकेत देते हैं कि हम अधिक संज्ञानात्मक सहायता चाहते हैं, तो शोध दर्शाता है कि हमारे वार्ताकार इन संकेतों को याद करते हैं। प्रयोगों के एक सेट ने

प्रदर्शित किया कि जब सहायता प्रदाताओं को स्पष्ट रूप से संज्ञानात्मक आवश्यकताओं को संबोधित करने के लिए सलाह देने के लिए कहा जाता है, तब भी वे मानते हैं कि लोगों की भावनात्मक ज़रूरतों को संबोधित करना अधिक महत्त्वपूर्ण है। और यह पता चला है कि उन भावनात्मक ज़रूरतों को पूरा करने के हमारे प्रयास अक्सर उन तरीक़ों से पीछे हट जाते हैं जो हमारे दोस्तों को और भी बुरा महसूस कराते हैं

यहाँ पता चलता है कि बात करना कैसे ग़लत है।

यह प्रदर्शित करने के लिए कि वे भावनात्मक समर्थन की पेशकश करने के लिए हैं, लोगों को आमतौर पर यह पता लगाने के लिए प्रेरित किया जाता है कि वास्तव में हम किन चीज़ों से परेशान हैं, हमारे साथ क्या हुआ, समस्या का कौन, क्या, कब, कहाँ, क्यों है। वे हमें जो महसूस हुआ उससे संबंधित करने के लिए कहते हैं और उन्हें विस्तार से बताते हैं कि क्या हुआ। और यद्यपि वे सहानुभूति व्यक्त करते हैं और संचार करते हैं जब हम बताते हैं कि क्या हुआ, यह आमतौर पर हमें उन भावनाओं और अनुभवों को फिर से जीने के लिए प्रेरित करता है, जिन्होंने हमें पहली जगह में समर्थन की तलाश करने के लिए प्रेरित किया है, एक घटना जिसे सह-चिंतन कहा जाता है।

सह-चिंतन महत्त्वपूर्ण बिंदु है, जहाँ समर्थन रहस्यमय रूप उकसाने लगता है। जो लोग हमारी परवाह करते हैं, वे हमें अपने नकारात्मक अनुभव के बारे में अधिक बात करने के लिए प्रेरित करते हैं, जिससे हम और अधिक परेशान हो जाते हैं, वे और भी अधिक प्रश्न पूछते हैं। एक दुष्चक्र शुरू हो जाता है, जिसमें चूसा जाना बहुत आसान होता है, ख़ासकर क्योंकि यह अच्छे इरादों से प्रेरित होता है।

व्यवहार में, सह-चिंतन पहले से ही जलती हुई आंतरिक आवाज़ की आग पर लकड़ी का लट्ठा फेंकने के बराबर है। कथा का पुनर्मूल्यांकन अप्रियता को पुनर्जीवित करता है और हमें चिंतित रखता है। जबकि हम उन लोगों द्वारा अधिक जुड़े और समर्थित महसूस करते हैं, जो हमें इस तरह से अपने दुःखद अनुभवों से संलग्न करते हैं, यह हमें एक योजना तैयार करने या समस्या को रचनात्मक रूप से फिर से तैयार करने में मदद नहीं करता है। इसके बजाय, यह हमारी नकारात्मक भावनाओं और जैविक ख़तरे की प्रतिक्रिया को बढ़ावा देता है।

हानिकारक सह-चिंतनशील गतिशीलता अन्यथा स्वस्थ, सहायक संबंधों से निकलती है, क्योंकि हमारी भावनात्मक, आंतरिक आवाज़ यांत्रिकी वास्तव में हाइड्रोलिक सिस्टम की तरह नहीं हैं, जैसा कि फ्रायड और अरस्तू और पारंपरिक ज्ञान सुझाव देते हैं। भाप बाहर निकलने से अंदर के दबाव निर्माण से राहत नहीं मिलती है। ऐसा इसलिए है, क्योंकि जब हमारी आंतरिक आवाज़ की बात आती है, तो डोमिनोज़ का खेल अधिक उपयुक्त रूपक प्रदान करता है।

जब हम अपने अनुभव के नकारात्मक पहलू पर ध्यान केंद्रित करते हैं, तो यह एक संबंधित नकारात्मक विचार को सक्रिय करता है, जो एक और नकारात्मक विचार को सक्रिय करता है, और दूसरा, और इसी तरह। ये डोमिनोज़ एक ऐसे खेल में एक-दूसरे से टकराते रहते हैं जहाँ टाइलों की संभावित अनंत आपूर्ति होती है। ऐसा इसलिए है, क्योंकि भावनात्मक अनुभवों की हमारी यादें *संघवाद* के सिद्धांतों द्वारा शासित होती हैं, जिसका अर्थ है कि संबंधित अवधारणाएँ एक साथ जुड़ी हुई हैं हमारे दिमाग़ में।

इस विचार को स्पष्ट करने के लिए एक बिल्ली की कल्पना करने के लिए कुछ समय निकालें। जब आप ''बिल्ली'' शब्द पढ़ते हैं, तो आप शायद उन बिल्लियों के बारे में सोचते हैं, जिन्हें आपने जाना या देखा है, या वास्तव में उन्हें अपने दिमाग़ में चित्रित किया है। लेकिन आपके दिमाग़ में तब भी म्याऊँ की आवाज़, नरम फ़र और अगर आपको मेरी तरह एलर्जी है, तो छींकने के विचार आ रहे होंगे। अब इस सहयोगी तंत्रिका प्रभुत्व को लें और इसे अपनी भावनाओं के बारे में बात करने के दायरे में लागू करें। इसका मतलब यह है कि जब हमारे मित्र और प्रियजन हमें अपनी परेशानियों को विस्तार से बताने के लिए कहते हैं, तो संबंधित नकारात्मक विचार, विश्वास और अनुभव भी दिमाग़ में आते हैं, जो पुनःसक्रिय करते हैं कि हम कितना बुरा महसूस करते हैं।

स्मृति की साहचर्य प्रकृति, पूर्वाग्रह के साथ संयुक्त होने पर हमें संज्ञानात्मक लोगों पर भावनात्मक ज़रूरतों को प्राथमिकता देनी होती है, यही कारण है कि बात करना अक्सर हमारे परेशान आंतरिक संवादों को अधिक शांत स्थिति में उठाने में विफल रहता है। यह एक संभावित स्पष्टीकरण है कि क्यों नॉर्दन इलिनॉय और वर्जीनिया टेक के छात्रों ने सक्रिय रूप से अन्य लोगों के साथ अंधाधुंध गोलीबारी वाले हादसे के बाद इसके

बारे में अपने विचारों और भावनाओं को साझा किया, लेकिन इससे कोई उल्लेखनीय दीर्घकालिक लाभ नहीं मिला। और यही कारण है कि 9/11 के बाद राष्ट्रीय सर्वेक्षण में जिन लोगों ने अपनी भावनाओं को साझा किया, वे अधिक शारीरिक और मानसिक बीमारियों से पीड़ित हो सकते हैं। इन सभी बातों से, निश्चित रूप से एक ज़रूरी सवाल उठता है, हमें इस तरह बुरा महसूस कराने वाले सह-चिंतन का समाधान क्या है?

किर्क या स्पॉक?

भावना और अनुभूति के बीच तनाव के लिए मनोविज्ञान के क्षेत्र में आम आशुलिपि, जो हम महसूस करते हैं और जो हम सोचते हैं, के बीच कैप्टन किर्क और ऑफ़िसर स्पॉक के *स्टार ट्रेक* पात्रों का उपयोग करना है। किर्क पूरे दिलदार हैं, तीव्र और सम्मोहक भावनाओं के व्यक्ति हैं। वह आग हैं। इसके विपरीत, स्पॉक, वह प्यारा, नुकीले कान वाला आधा मानव आधा वालकैन, सबसे प्रमुख है, वह एक मस्तिष्क संबंधी समस्या समाधानकर्ता है, जो भावनाओं के विकर्षणों से मुक्त है। वह बर्फ़ है।

सह-चिंतन से बचने की कुंजी दो स्टारशिप एंटरप्राइज़ क्रू सदस्यों को मिलाना है। दूसरों का सहयोग करते समय हमें किर्क के आराम और स्पॉक की बुद्धि की पेशकश करने की आवश्यकता है।

सबसे प्रभावी मौखिक आदान-प्रदान वे हैं, जो समर्थन माँगने वाले व्यक्ति की सामाजिक और संज्ञानात्मक दोनों ज़रूरतों को एकसाथ पूरा करते हैं। सहानुभूति से बात करने वाला व्यक्ति आदर्श रूप से व्यक्ति की भावनाओं और प्रतिबिंबों को स्वीकार करता है, लेकिन फिर भी वह उसे उस स्थिति को परिप्रेक्ष्य में रखने में मदद करता है, जो उसके लिए कष्टकर रही है। इस तरह के दृष्टिकोणों का लाभ यह है कि आप परेशान लोगों को यह महसूस कराने में तो सक्षम हो जाते हैं कि आपको उनकी फ़िक्र है और आप उनसे जुड़े हुए हैं, फिर भी आप उन्हें उस तरह की व्यापक सलाह प्रदान करने के लिए प्रधान आधार कर सकते हैं, जो आप किसी ऐसे व्यक्ति के रूप में करते हैं जो उनकी बकबक में डूबा नहीं है और उन्हें ऐसी सलाह प्रदान करने के लिए विशिष्ट रूप से सुसज्जित हैं। वास्तव में, बाद का कार्य लोगों को उनकी आंतरिक आवाज़ का इस तरह से उपयोग करने में मदद

करने के लिए महत्त्वपूर्ण है, जिससे उन्हें समय के साथ कम बकबक का अनुभव हो।

समय निश्चित रूप से, हमारे जीवन में लोगों को परिप्रेक्ष्य-व्यापक समर्थन प्रदान करने की हमारी क्षमता में एक भूमिका निभाता है। अध्ययनों से लगातार पता चलता है कि भावनात्मक अनुभव की ऊँचाई के दौरान जब भावनाओं पर काम किया जाता है तो लोग अपनी भावनाओं को संज्ञानात्मक रूप से दोबारा नहीं बदलना पसंद करते हैं, वे बाद में हस्तक्षेप के अधिक बौद्धिक रूपों में शामिल होना चुनते हैं। यह वह जगह है जहाँ अन्य लोगों से बात करने में एक निश्चित कला चलन में आती है, क्योंकि आपको परेशान लोगों को उनकी भावनात्मक ज़रूरतों को और अधिक व्यावहारिक संज्ञानात्मक लोगों तक संबोधित करने के लिए कड़ाई से चलना चाहिए।

जैसे कि यह पता चला है, इस संतुलन अधिनियम के एक संस्करण को दशकों पहले न्यू यॉर्क पुलिस विभाग की बंधक वार्ता टीम द्वारा संहिताबद्ध किया गया था, जो ना केवल न्यू यॉर्क शहर में बल्कि दुनिया भर में विनाशकारी स्थितियों की एक शृंखला के बाद 1970 के दशक की शुरुआत में उभरा था। जिनमें से कुछ हैं - 1971 एटिका जेल दंगा, 1972 म्यूनिख़ ओलंपिक नरसंहार, और 1972 की फ़िल्म *डॉग डे आफ़्टरनून* में दिखाई गई ब्रुकलिन बैंक डकैती। हार्वे श्लॉसबर्ग नामक एक पुलिस अधिकारी और नैदानिक मनोवैज्ञानिक को नई इकाई के लिए प्लेबुक बनाने का काम सौंपा गया था, जिसका अनौपचारिक आदर्श वाक्य "मुझसे बात करो" बन गया। बल प्रयोग के स्थान पर अनुकंपा की आवश्यकता को प्राथमिकता देने के साथ-साथ उन्होंने धैर्य पर बल दिया। एक बार जब बंधकों को समझ में आ गया कि वे तत्काल ख़तरे में नहीं हैं, तो उनकी स्वायत्त ख़तरे की प्रतिक्रिया; संभवतः कम हो गई। इसने उनकी आंतरिक आवाज़ के नकारात्मक उन्माद को कम कर दिया, जिससे वार्ताकार को बातचीत को गतिरोध समाप्त करने की दिशा में स्थानांतरित करने की अनुमति मिली।

जैसे ही न्यू यॉर्क बंधक वार्ता टीम उठान पर थी और सभी जगह उसके काम का असर दिखाई दे रहा था, शहर ने बंधक स्थितियों के लिए ख़राब परिणामों में तत्काल कमी देखी। इस सफलता ने एफ़बीआई सहित दुनिया भर में क़ानून-प्रवर्तन एजेंसियों को इसी तरह के नियमों का पालन

करने के लिए प्रेरित किया। ब्यूरो ने अपना स्वयं का दृष्टिकोण विकसित किया जिसे व्यवहार परिवर्तन सीढ़ी मॉडल कहा जाता है। वार्ताकारों को मार्गदर्शन करने के लिए क़दमों की प्रगति, सक्रिय सुनना, सहानुभूति, तालमेल, प्रभाव, व्यवहार परिवर्तन। संक्षेप में, यह लोगों की सामाजिक-भावनात्मक ज़रूरतों को पूरा करने के लिए एक रोड मैप है, जो उन्हें उनकी संज्ञानात्मक क्षमताओं के समाधान की ओर ले जाता है।

जबकि क़ानून-प्रवर्तन वार्ताकार स्वाभाविक रूप से ख़तरनाक स्थितियों को कम करने और अपराधियों को गिरफ़्तार करने की कोशिश कर रहे हैं, उनका काम किसी ऐसे व्यक्ति को प्रशिक्षित करने के लिए कुछ समानताएँ रखता है, जिसकी हम किसी समस्या के बारे में परवाह करते हैं। दोनों ही मामलों में एक व्यक्ति है, जो सही प्रकार के मौखिक समर्थन से लाभान्वित हो सकता है।

जबकि ये सभी रणनीतियाँ इस बात पर लागू होती हैं कि आप अपने जीवन में लोगों को उनकी आंतरिक आवाज़ों को प्रबंधित करने में कैसे मदद करते हैं, वे भावनात्मक समर्थन के लिए आपके पास जाने वाले लोगों का चयन करते समय बेहतर विकल्प बनाने में भी आपकी मदद कर सकते हैं। जब उन्होंने आपको मान्य और समझा हुआ महसूस कराया, तो क्या उन्होंने व्यावहारिक समाधानों पर विचार-मंथन करने के लिए आपका मार्गदर्शन किया? या क्या वे अत्यधिक विवरण निकालते रहे और परेशान करने वाले अनुभव को दोहराते रहे जैसे वह ऐसा झटका है! मुझे विश्वास नहीं हो रहा है कि उसने ऐसा किया है। इस तथ्य को ध्यान में रखकर आप अक्सर यह निर्धारित कर सकते हैं कि किसी ने आपको उन पीड़ादायक घटनाओं में डूब जाने देने में या उनसे एक दूरी बनाने में मदद की है। सबसे अधिक संभावना है, यह दोनों का संयोजन होगा, जो इस बारे में बातचीत के लिए एक प्रारंभिक बिंदु हो सकता है कि अगली बार व्यक्ति आपकी बेहतर मदद कैसे कर सकता है। अपने ''बकबक सलाहकारों'' के साथ अन्य अनुभवों के बारे में सोचकर, आप यह भी सीमित कर सकते हैं कि कौन-से लोग किस समस्या के लिए सही हैं।

जबकि कुछ दोस्त, सहकर्मी और प्रियजन भावनात्मक प्रतिकूलताओं की एक विस्तृत श्रृंखला के लिए उपयोगी होंगे, जब समस्याएँ अधिक विशिष्ट होती हैं, तो विशिष्ट लोग अधिक सहायक हो सकते हैं। आपका

भाई पारिवारिक नाटक के माध्यम से आपको प्रशिक्षित करने के लिए सही व्यक्ति हो सकता है; या शायद संभवतः वह ग़लत व्यक्ति हो सकता है। आपका जीवनसाथी पेशेवर चुनौतियों के लिए सही बात करने वाला सलाहकार हो सकता है, या हो सकता है कि इस काम पर किसी अन्य विभाग का व्यक्ति हो। वास्तव में, अनुसंधान इंगित करता है कि जो लोग अपने समर्थन के स्त्रोतों में विविधता लाते हैं, विभिन्न ज़रूरतों के लिए अलग-अलग रिश्तों की ओर मुड़ते हैं, सबसे अधिक लाभ उठाते हैं। यहाँ सबसे महत्त्वपूर्ण बिंदु यह है कि एक बकबक-उत्तेजक घटना होने के बाद गंभीर रूप से सोचें और इस पर प्रतिबिंबित करें कि किसने आपकी मदद की या नहीं। इस तरह आप अपने सलाहकारों के बकबक बोर्ड का निर्माण करते हैं, और इंटरनेट युग में हम अभूतपूर्व नए संसाधन ऑनलाइन पा सकते हैं।

पत्रकार, सेक्स स्तंभकार, और कार्यकर्ता डैन सैवेज और उनके साथी टेरी मिलर का मामला एक शक्तिशाली उदाहरण है, जो सितंबर, 2010 में लगातार धमकाने के बाद एक और समलैंगिक किशोर के आत्महत्या करने की ख़बर का जवाब देने का रास्ता तलाश रहे थे। इस बार यह बिली लुकास नाम का पंद्रह वर्षीय बच्चा था, उसने इंडियाना के ग्रीन्सबर्ग में अपनी दादी के खलिहान में फाँसी लगा ली थी। सैवेज ने उसकी मौत के बारे में ब्लॉग किया था और एक पाठक ने यह कहते हुए एक टिप्पणी छोड़ दी थी कि वह चाहता था कि वह लड़के को बता सके कि चीज़ें और उसका जीवन, बेहतर हो जाएगा। इसने सैवेज और मिलर को ख़ुद के बारे में बात करते हुए फ़िल्माने के लिए प्रेरित किया, हालाँकि उनकी किशोरावस्था कठिन थी, लेकिन वे वयस्कों के रूप में ख़ुशहाल जीवन जीते थे, प्यार और अपनेपन की भावना से भरे हुए थे। उन्होंने वीडियो पोस्ट किया और एक हफ़्ते के भीतर यह वायरल हो गया। हज़ारों लोगों ने इसी तरह के वीडियो बनाए और देश भर में समलैंगिक किशोरों ने सैवेज को इस आशय के संदेश लिखे कि इससे वे और अधिक आशान्वित महसूस कर रहे हैं।

दस साल बाद -इस लेखन के रूप में- वह भावना जिसने उस पहले वीडियो को चलाया, वह केवल वायरल घटना से कहीं अधिक है। इट गेट्स बेटर एक अभिनव ग़ैर-लाभकारी संगठन और वैश्विक ज़मीनी स्तर का आंदोलन है। सत्तर हज़ार से अधिक लोगों ने अपनी प्रेरक कहानियों को साझा किया है, लगभग दस गुना अधिक लोगों ने समर्थन देने का

वादा किया है, और अनगिनत युवा समलैंगिक लोगों ने आराम, ताक़त और अपने जीवन को वास्तव में शुरू होने से पहले समाप्त नहीं करने के कारण पाए हैं। इट्स गेट्स बेटर ने कई भावनात्मक रूप से कमज़ोर लोगों की आंतरिक आवाज़ों को बचाया है, क्योंकि संक्षेप में यह सामान्यीकरण को बढ़ावा देने वाले एक डिस्टेंसिंग टूल के रूप में कार्य करता है- हर कोई इसे चुन सकता है, लेकिन हम सभी इसके और मानसिक समय यात्रा के माध्यम से इन्हें प्राप्त करते हैं। सबसे दिलचस्प बात यह है कि जो लोग वीडियो देखते हैं, उन्हें वास्तव में उन वक्ताओं की सलाह से लाभ उठाने या जानने की ज़रूरत नहीं है, एक सिद्धांत जो ऑनलाइन उपलब्ध सभी प्रकार के समान सामाजिक-समर्थन वीडियो पर लागू होता है। हम पहले से रिकॉर्ड किए गए अजनबियों के रूप में लोगों को बकबक के माध्यम से हमें प्रशिक्षित करने के लिए ढूँढ़ सकते हैं।

समर्थन के लिए हम किसके पास जाते हैं और जब हम बकबक से निपटते हैं तो किस प्रकार वे मौखिक रूप से हमारे साथ संलग्न होते हैं, इस बात की हमारी चर्चा ने थेरेपी और इसकी प्रभावशीलता को लेकर एक सवाल खड़ा किया, क्योंकि स्पष्ट रूप से इसमें ढेर सारी बातचीत शामिल होती है। क्या बातचीत उपचार करती है, जैसा कि कभी-कभी कहा जाता है, क्या वाक़ई ऐसा होता है?

ध्यान रखने वाली पहली बात तो यह है कि बातचीत के ज़रिए उपचार के असंख्य रूप हैं और अक्सर उनका दृष्टिकोण एक दूसरे से काफ़ी अलग होता है। उपचार के कई अनुभवजन्य तरीक़े से मान्य किए गए रूप जैसे कि संज्ञानात्मक व्यवहार थेरेपी ठीक उसी प्रकार की तकनीकों को अपनाती है जैसा कि हम इस पूरे अध्याय में चर्चा करते आ रहे हैं; वे क्लायंट्स को भावनात्मक समर्थन प्रदान करने के साथ ही महत्त्वपूर्ण रूप से उन्हें संज्ञानात्मक समस्या समाधान में संलग्न होने में मदद करती हैं।

फिर भी कुछ हस्तक्षेप बकबक को कम करने के लिए गहन भावनात्मक उत्सर्जन पर ध्यान केंद्रित करना जारी रखते हैं। इसका स्पष्ट उदाहरण : साइकोलॉजिकल डीब्रीफ़िंग, एक ऐसा दृष्टिकोण जो नकारात्मक अनुभव के तुरंत बाद भावनात्मक रूप से बोझ हल्का करने के मूल्य पर ज़ोर देता है, इसके फ़ायदों के ख़िलाफ़ बहस करने वाले भारी-भरकम सबूतों के बावजूद। इसका सार यह है कि यदि आप अपनी बकबक से निपटने

के लिए किसी दोस्त या प्रियजन के साथ आम बातचीत से अधिक की आवश्यकता महसूस करते हैं, इस बात को देखते हुए कि जो आप जानते हैं, अपने संभावित मानसिक-स्वास्थ्य प्रदाता का दृष्टिकोण जानने के लिए उनसे बातचीत करें और और पता करें कि क्या यह अनुभवजन्य रूप से समर्थित है या नहीं।

अदृश्य सहायता

अभी तक हमने जो कुछ भी खोजा है वह उन स्थितियों से संबंधित है, जिनमें लोग सहायता चाहते हैं। फिर भी हम सभी ऐसे लोगों को जानते हैं जो मानसिक बकबक का अनुभव करते हैं और कई बार मदद नहीं माँगते। हो सकता है कि वे समस्या को ख़ुद सुलझाने का प्रयास करते हों या इस बात को लेकर चिंतित होते हों कि मदद माँगने से लोगों का उनको देखने का नज़रिया या फिर उनका ख़ुद के प्रति दृष्टिकोण बदल जाएगा। लेकिन अक्सर हम किसी न किसी तरह की सहायता प्रदान करना चाहते हैं। आख़िरकार, जिन लोगों की हम परवाह करते हैं उन्हें मदद की आवश्यकता में देखना एक शक्तिशाली मासिक और न्यूरोबायोलॉजिकल अनुभव हो सकता है। इससे सहानुभूति उपजती है, जो हमें उनकी ओर से कार्य करने के लिए प्रेरित करती है।

हालाँकि ऐसी परिस्थितियों के तहत सावधानी ज़रूरी है। शोध बताते हैं कि बगैर माँगे सलाह देने का प्रयास करना ख़तरनाक हो सकता है, भले ही आप किर्क और स्पॉक की शक्तियों को आपस में मिलाने में कुशल हों। जब हम ग़लत समय पर सलाह देते हैं, तो उसका उलटा असर भी हो सकता है।

गणित के किसी सवाल से जूझ रही अपनी बेटी को वह सवाल कैसे हल करना है इसकी सलाह दने वाले किसी माता-पिता के अनुभव के बारे में सोचें। माता-पिता समस्या को गंभीरता से देखते हैं, किसी रोगी की तरह, स्पष्ट रूप से स्पष्टीकरण बिलकुल वही है, जो बच्ची को अपने असाइनमेंट में सफल होने और ख़ुद के बारे में बेहतर महसूस करने के लिए चाहिए। यह एक संज्ञानात्मक समाधान है, जो सकारात्मक भावनाओं की ओर ले जाता है, ठीक है? सिवाय इसके कि यह उस तरीक़े से नहीं होता है। जैसे ही माता-पिता समझाते हैं, बच्ची बिफर जाती है और क्रोधित हो जाती है।

एक साफ़-सुथरा गणितीय तर्क भावनात्मक कुतर्क में बदल जाता है और बहस की शुरुआत हो जाती है।

"मुझे पता है कि कैसे करना है!" बच्ची कहती है।

"लेकिन तुम्हें कठिनाई हो रही थी, इसलिए हम मदद करना चाहते थे," माता-पिता जवाब देते हैं।

"मुझे आपकी मदद नहीं चाहिए!"

बच्ची दौड़कर अपने कमरे में चली जाती है। माता-पिता भ्रमित हैं, आख़िर हुआ क्या?

(नोट : यह आत्म-अनुभव हो भी सकता है और नहीं भी।)

किसी व्यक्ति की ज़रूरत जाने बिना उसे मदद की पेशकश करना उस व्यक्ति कि *आत्म-सक्षमता* की भावना को कमतर कर सकता है-एक महत्त्वपूर्ण विश्वास कि हम चुनौतियों का सामना करने में सक्षम हैं। दूसरे शब्दों में, जब हम इस बात से अवगत हैं कि दूसरे लोग हमारी मदद कर रहे हैं, लेकिन हमने उनसे सहायता नहीं माँगी थी, हम इसका अर्थ यह लगाते हैं कि हम असहाय हैं या किसी प्रकार से अप्रभावी हैं - एक ऐसा अहसास जिस पर हमारी आंतरिक आवाज़ टिकी हो सकती है। *आत्म-सक्षमता* पर मनोवैज्ञानिक शोधों के लंबे इतिहास ने यह बताया है कि जब इसके साथ समझौता किया जाता है, तो ना केवल यह हमारे आत्म-सम्मान को नुक़सान पहुँचाती है, बल्कि इसके साथ ही हमारे स्वास्थ्य, निर्णय लेने की क्षमता और रिश्तों पर भी बुरा असर पड़ता है।

1990 के दशक के उत्तरार्ध में कोलंबिया के मनोवैज्ञानिक नियाल बोल्गर और उनके सहयोगियों ने न्यू यॉर्क बार एग्जाम का फ़ायदा उठाकर इस बात का परीक्षण किया कि दूसरों को सहायता प्रदान करने का लोगों का प्रयास कब ज़्यादा प्रभावशील होता है। जैसा कि वकील और उनके प्रियजन जानते हैं, बार, एक मानसिक बकबक और मंथन का परीक्षण होता है। बोल्गर ने जोड़ियों को नियुक्त किया, जिनमें से एक व्यक्ति बार में पढ़ता था और लगभग एक महीने से थोड़ा अधिक समय के बाद परीक्षार्थी से प्रश्नों के एक सेट का उत्तर देने के लिए कहा गया साथ ही यह भी बताने को कहा गया कि वे कितना चिंतित और निराश महसूस करते हैं, साथ ही उन्हें अपने पार्टनर का कितना सहयोग मिला। उन्होंने परीक्षार्थियों के पार्टनर्स से भी

बताने को कहा कि उन्होंने कितना सहयोग प्रदान किया। बोल्गर प्राथमिक रूप से इस बात में दिलचस्पी रखते थे कि क्या लोगों को सामाजिक सहयोग से मिलने वाले लाभ इस बात पर निर्भर करते थे कि वो इस तथ्य से अवगत हैं कि उनका साथी उनकी मदद करने का प्रयास कर रहा है।

अध्ययन से पता चला कि प्राप्तकर्ता की जानकारी के बग़ैर उसकी मदद करना, एक ऐसा तरीक़ा जिसे अदृश्य सहायता कहा जाता है, दूसरों की इस प्रकार मदद करने का फ़ॉर्मूला था, जिससे उन्हें ख़ुद से समस्याओं का सामना करने में संसाधनों की कमी के बारे में बुरा महसूस नहीं हो। अप्रत्यक्ष सहायता प्राप्त करने के परिणामस्वरूप, प्रतिभागियों ने कम निराश महसूस किया। व्यवहार में यह किसी भी प्रकार का गुप्त व्यवहारिक समर्थन हो सकता है, जैसे कि बग़ैर कहे घर के काम में मदद करना या किसी व्यक्ति को काम करने के लिए अधिक शांत स्थान प्रदान करना। या फिर इसमें कुशलतापूर्वक लोगों को परिप्रेक्ष्य का विस्तार करने वाली सलाह प्रदान करना उन्हें यह अहसास हुए बग़ैर कि यह जानबूझकर उन्हें निर्देशित की गई है। उदाहरण के लिए किसी दूसरे व्यक्ति से इनपुट के लिए कहना, जिसमें आपके मित्र या प्रियजन के लिए निहितार्थ हैं। ऐसा उस व्यक्ति की उपस्थिति में करना, जिसे इसकी आवश्यकता है (एक तरह की अदृश्य सलाह) या इस बारे में बात करके अनुभव को सामान्य करना कि कैसे अन्य लोगों ने इसी प्रकार के अनुभव का सामना किया है।

चूँकि बोल्गर का प्रथम प्रयोग इस डोमेन में अग्रणी था, इसलिए अन्य शोधों का अदृश्य सहायता को मान्यता देने तक ही रहा। उदाहरण के लिए शादियों पर एक अध्ययन में पाया गया कि अदृश्य समर्थन प्राप्त करने के दूसरे दिन पार्टनर्स अपने रिश्ते को लेकर अधिक संतुष्टि महसूस करते हैं। एक अन्य प्रयोग में पाया गया कि लोग अपने स्वयं के सुधार के लक्ष्यों को प्राप्त करने में तब अधिक सफल होते हैं यदि इन लक्ष्यों के प्रति उनके पार्टनर द्वारा प्रदान किया गया समर्थन राडार के भीतर प्रदान किया गया हो।

आगे के अनुसंधानों ने उन परिस्थितियों के बारे में जानकारी प्राप्त की जिनमें ऐसे अदृश्य समर्थन अधिक प्रभावी होते हैं : जब लोग मूल्यांकन के तहत होते हैं या उसके लिए तैयारी करते हैं। उदाहरण के लिए जब वे परीक्षा के लिए पढ़ाई करते हैं, साक्षात्कार के लिए तैयारी करते हैं या फिर किसी प्रस्तुतिकरण के लिए बात करने के बिंदुओं का अभ्यास करते

हैं। ऐसी अवधियों के दौरान लोग अधिक कमज़ोर महसूस करते हैं। इसके विपरीत, जब लोग अपनी बकबक को जितना जल्दी और प्रभावी ढंग से हो सके, प्रबंधित करना चाहते हैं, तो यह आवश्यक नहीं है कि इस बारे में छिपाकर या चतुराई से काम लिया जाए। इस मामले में किर्क और स्पॉक जैसी मिश्रित सीधी सलाह बहुत आवश्यक और उचित है और इसके सफल होने की अधिक संभावना है।

हमारे द्वारा चर्चा किए गए अदृश्य समर्थन के प्रकारों के साथ ही, एक और अन्य मार्ग है, जिसमें अप्रत्यक्ष रूप से उन लोगों की सहायता की जाती है, जो हमारे बहुत क़रीब हैं और जो ख़ुद को बकबक में डूबा हुआ पाते हैं, और यह पूरी तरह शब्द रहित है : स्नेहल स्पर्श।

स्पर्श दरअसल एक बहुत ही आधारभूत उपकरण है, जिसका इस्तेमाल हम उन लोगों की मदद के लिए करते हैं, जिनकी हम परवाह करते हैं और जिन्हें नकारात्मक आंतरिक वार्तालाप से बाहर निकालने की कोशिश करते हैं। भाषा की तरह यह बालपन से ही अपनी भावनाओं का प्रबंधन करने की हमारी क्षमता से अविभाज्य है, क्योंकि हम देखभालकर्ता हमारे गर्भ से निकलने के बाद हमें शांत करने के लिए प्यार भरा शारीरिक स्पर्श प्रदान करते हैं। शोध बताते हैं कि जब लोग अपने क़रीबी लोगों का स्वागत, प्यार भरा स्पर्श या आलिंगन महसूस करते हैं, तो वे अक्सर संकेत देते हैं कि वे सुरक्षित हैं, उन्हें प्रेम किया जा रहा है और समर्थन दिया जा रहा है। जिन लोगों को हम जानते हैं उनका देखभाल भरा शारीरिक संपर्क हमारे जैविक ख़तरे की प्रतिक्रिया को कम कर देता है, तनाव का मुक़ाबला करने की हमारी क्षमता को बेहतर करता है, रिश्तों में संतुष्टि को बढ़ाता है, और अकेलेपन की भावनाओं को कम करता है। यह दिमाग़ की रिवार्ड सर्किटरी को भी सक्रिय कर देता है और ऑक्सीटोसिन और एंडॉर्फ़िन्स जैसे तनाव घटाने वाले न्यूरोकेमिकल का रिसाव शुरू कर देता है।

स्नेहिल स्पर्श वास्तव में इतना शक्तिशाली है कि एक अध्ययन में पाया गया है कि महज एक सेकेंड का कंधे का स्पर्श कम आत्मविश्वास वाले लोगों को मृत्यु के प्रति कम चिंतित बना देता है और दूसरों से अधिक जुड़ाव पैदा करता है। इससे भी आश्चर्यजनक बात यह है कि टेडीबियर जैसी एक निर्जीव सजावटी, लेकिन आरामदायक वस्तु का स्पर्श भी फ़ायदेमंद हो सकता है। यह सबसे अधिक संभावित परिणाम हो सकता है कि दिमाग़

किसी कोमल खिलौने के स्पर्श की कोडिंग ठीक उसी प्रकार करता है, जिस प्रकार किसी पारस्परिक संपर्क की करता है। दरअसल, कई वैज्ञानिक त्वचा को एक सामाजिक अंग मानते हैं। इस संदर्भ में हमारा दूसरों के साथ संपर्क एक निरंतर ग़ैर-शाब्दिक बातचीत का हिस्सा है, जो हमारी भावनाओं को लाभ पहुँचा सकता है।

हम अपने दैनिक व्यवहार में लोगों से जो प्राप्त करते हैं या उन्हें प्रदान करते हैं वह आंतरिक आवाज़ के लिए आराम का एक समृद्ध पोर्टफ़ोलियो निर्मित करता है। ये तकनीकें कैसे काम करती हैं इस बारे में विज्ञान लगातार स्पष्ट होता जा रहा है, हालाँकि जिन लोगों से हम प्रेम करते हैं उन पर इसे लागू करना एक तरह की कला है, और निश्चित रूप से इसके लिए अभ्यास की आवश्यकता है।

आख़िरकार, दूसरों के साथ की जाने वाली हमारी बातचीत हमारी ख़ुद के साथ होने वाली बातचीत से उतनी अलहदा नहीं होती। वे हमें बेहतर या बदतर महसूस करवा सकती हैं। यह इस बात पर निर्भर करता है कि हम लोगों के साथ कैसे जुड़ते हैं, और वे हमारे साथ कैसे जुड़ते हैं, हम कम या अधिक बकबक का अनुभव करते हैं। यह संभावित रूप से उस समय से जारी है, जब हमारी प्रजातियों ने अपनी समस्याओं को साझा करना शुरू किया था। हालाँकि अभी हाल ही तक हम इसके भीतर के मनोवैज्ञानिक मैकेनिज़्म को नहीं समझ पाए थे।

हमारी युवा इक्कीसवीं सदी में भी, हमारे रिश्ते हमारी प्रजातियों और हमारी बकबक के लिए एक नए वातावरण में स्थानांतरित होना शुरू हो गए हैं, उसी स्थान पर जहाँ उत्तरी इलिनॉय और वर्ज़ीनिया टेक के विद्यार्थी अपनी-अपनी त्रासदियों के लिए गए थे : इंटरनेट। एक स्वाभाविक प्रश्न यह है कि जिस तरह से मौखिक समर्थन सफल और विफल होता है, हम सोशल मीडिया पर टेक्स्ट से, और डिजिटल संचार के अन्य प्रकारों के ज़रिए किस प्रकार ''बात'' करते हैं।

जबकि मनोविज्ञान अभी केवल इस प्रश्न से जूझना शुरू कर रहा है, हमें पहले ही कुछ संकेत दिख रहे हैं। उदाहरण के लिए 2010 के दशक के मध्य में मेरे सहकर्मी और मैं सोशल मीडिया के माध्यम से सह-चिंतन की

प्रकृति को बेहतर तरीक़े से समझना चाहते थे, इसलिए हमने उन लोगों से पूछा जो कंप्यूटर मैसेजिंग एप के माध्यम से किसी अन्य व्यक्ति के साथ चैट करने के परेशान करने वाले अनुभव से गुज़र रहे थे। जो बात वे नहीं जानते थे वह यह थी कि उनसे बात करने वाला व्यक्ति एक अदाकार था जो आधे प्रतिभागियों को इस बात के लिए उकसाने के लिए प्रशिक्षित था कि जो हो रहा है उसके बारे में बातें करना जारी रखें। जबकि बाक़ी आधे प्रतिभागियों को उसने आहिस्ता से ज़ूम आउट करने और बड़े चित्र पर ध्यान केंद्रित करने के लिए प्रोत्साहित किया।

निश्चित रूप से, जिन प्रतिभागियों को अपनी भावनाओं का पूर्वाभ्यास करने के लिए प्रेरित किया गया था, वे बातचीत के दौरान बहुत जल्द परेशान हो गए। उनकी नकारात्मक भावनाएँ कीबोर्ड पर बैठने से लेकर उनके जाने तक आसमान छूती रहीं। इसके विपरीत, जिन प्रतिभागियों को अदाकार ने ज़ूम आउट करने में मदद की, वे उतने ही शांत और नियंत्रित रहे जैसे वे पहली बार प्रयोगशाला में आने पर थे।

जब हम ऑनलाइन या ऑफ़लाइन सहायता माँगते हैं या देते हैं, तो हम अक्सर जिस चीज़ के बारे में नहीं सोचते हैं, वह यह है कि, निष्पक्ष रूप से, हमारे जीवन में लोग एक *सामाजिक वातावरण* बनाते हैं। हम जो सीख रहे हैं वह यह है कि आंतरिक आवाज़ के सकारात्मक परिणामों को अधिकतम करने के लिए उस वातावरण को कैसे नेविगेट किया जाए। हमारा परिवेश उसमें निवास करने वाले मनुष्यों से अलग नहीं है, और जब हम उन संसाधनों का उपयोग करते हैं जो दूसरों के साथ हमारे संबंधों में हमारे लिए उपलब्ध हैं, तो बहुत ही ज़्यादा फ़ायदे होते हैं। लेकिन अन्य लोग हमारे वातावरण का केवल एक पहलू हैं, जिसका उपयोग हम अपनी आंतरिक बातचीत को बेहतर बनाने के लिए कर सकते हैं।

हम टहलने के लिए बाहर जा सकते हैं, किसी संगीत कार्यक्रम में शामिल हो सकते हैं, या बस अपने रहने की जगह की साफ़-सफ़ाई सकते हैं, और इनमें से हर छोटे से छोटा काम भी हमारी बकबक पर आश्चर्यजनक प्रभाव डाल सकता है।

6

आउटसाइड इन

शिकागो हाउसिंग अथॉरिटी ने 1963 में, शहर के ऐतिहासिक ब्लैक साउथ साइड की ओर एक स्मारकीय परियोजना पर निर्माण पूरा किया : द रॉबर्ट टेलर होम्स। सोलह मंज़िलों वाली अट्ठाईस कॉन्क्रीट की इमारतों का एक विशाल सिंडिकेट, यह दुनिया के इतिहास में सबसे बड़ा सार्वजनिक आवासीय परिसर था।

आसपास के इलाक़ों में फैलती जा रही झुग्गी-झोपड़ियों की संख्या पर लगाम लगाने के लिए बनी द रॉबर्ट टेलर होम्स आवासीय परियोजना का नाम एक प्रमुख अश्वेत समुदाय के नेता और वास्तुविद रॉबर्ट टेलर के नाम पर रखा गया था, जिनका कुछ ही समय पहले निधन हुआ था। दुर्भाग्य से, इससे उनकी स्मृति को कोई सम्मान नहीं मिल पाया। रॉबर्ट टेलर होम्स ने ना केवल शिकागो में पहले से ही पनप रही अलगाववाद की भावना को और भड़काने का काम किया, बल्कि धीरे-धीरे उन्होंने समाज द्वारा सामना की जा रही चुनौतियों को और भी बढ़ा दिया।

1980 के दशक तक, द रॉबर्ट टेलर होम्स दर्जनों अमेरिकी शहरों में पहले से व्याप्त समस्याओं का अड्डा बन गए थे : गैंगवार, नशीली दवाएँ और डर, बीमारियों से घिरे हुए और नागरिक अधिकारों वंचित लोग। शहरी नवीनीकरण को लेकर एक भव्य, बहुप्रचारित प्रयास शहरी गिरावट का एक और उदाहरण बन गया था, जिसने अफ़्रीकी-अमेरिकियों को ग़ैर-आनुपातिक रूप से प्रभावित किया था।

यदि आप द रॉबर्ट टेलर होम्स में रहते थे, तो आपको इस बात को जानने के लिए टीवी देखने या अख़बार पढ़ने की आवश्यकता नहीं थी कि बीसवीं सदी के दूसरे भाग में अमेरिका में ग़रीबी और अलगाववाद का कितना विध्वंसकारी प्रभाव था। आपको बस अपने अपार्टमेंट से बाहर निकलकर देखने की ज़रूरत थी। लेकिन अपराध के इस वातावरण के भीतर, द रॉबर्ट टेलर होम्स के रहवासियों के जीवन को परिभाषित करने वाले दैनिक झंझावात के बीच जल्द ही एक असाधारण प्रयोग होने जा रहा था।

जब लोगों ने द रॉबर्ट टेलर होम्स में अपार्टमेंट के लिए आवेदन किया, तो उन्हें यह चुनने का विकल्प नहीं था कि वे किस बिल्डिंग में रहेंगे। उन्हें यादृच्छिक रूप से एक यूनिट आबंटित की गई। यह तरीक़ा लगभग उसी तरह का था जैसे वैज्ञानिक किसी प्रयोग के लिए अलग-अलग समूहों को विषय आबंटित करते हैं। परिणामस्वरूप इन अपार्टमेंट के रहवासियों को एक दूसरे से बिलकुल अलग नज़ारा देखने को मिलता था। कुछ यूनिट का मुँह खेतों की तरफ़ था जिसमें हरी घास और पेड़ लगे हुए थे जबकि कुछ यूनिट में रहने वाले लोगों को दरवाज़ा खोलते ही सीमेंट के भूरे खंबे नज़र आते थे।

1990 के दशक के उत्तरार्द्ध में, इस अनूठी परिस्थिति ने इलिनॉय यूनिवर्सिटी की असिस्टेंट प्रोफ़ेसर मिंगकुओ को एक अप्रत्याशित अवसर प्रदान किया। छोटे काले बाल, आँखों पर चश्मा और चेहरे पर गर्मजोशी भरी मुस्कान और मर्मज्ञ बुद्धि वाली मिंग की दिलचस्पी यह जानने में थी कि क्या रहवासियों के आसपास के भौतिक परिवेश, नशीली दवाओं और अपराध से भरे वातावरण में रहने के तनाव का मुक़ाबला करने की उनकी क्षमता को प्रभावित करते हैं। दूसरे कई वैज्ञानिकों की तरह ही वह एक ऐसे अनुसंधान में जुटी थी, जिसमें हरियाली से आच्छादित नज़ारों और लचीलेपन के बीच एक संबंध प्रदर्शित किया था।

ऐसे ही एक ख़ासतौर पर दिलचस्प अध्ययन में, पर्यावरण मनोवैज्ञानिक रोज़र उलरिच ने पाया कि गॉल ब्लैडर की सर्जरी के बाद जिन रोगियों को ऐसे कमरे दिए गए थे, जिनसे पर्णपाती पेड़ों से आच्छादित छोटे क्लस्टर का नज़ारा दिखता था, उन्होंने ऑपरेशन के बाद स्वास्थ्य बहाली में तेज़ी दिखाई, उन्हें कम दर्दनाशक दवाएँ देनी पड़ीं, और उनकी देखभाल करने

वाली नर्सों ने उन्हें भावनात्मक रूप से ज़्यादा लचीला पाया। इसके बजाय जिन रोगियों के कमरे के बाहर ईंटों की दीवार नज़र आती थी उनमें रिकवरी की रफ़्तार धीमी रही और भावनात्मक लचीलापन भी कम नज़र आया। लेकिन क्या हरियाली को देखने से लोगों को अमेरिका के सबसे शत्रुतापूर्ण वातावरण में से एक में बिताए गए शहरी जीवन में भी मदद मिल सकती है, यह पूरी तरह रहस्य था।

जब मिंग को द रॉबर्ट टेलर होम्स में मकान आबंटन की प्रक्रिया का पता चला, तो उन्होंने इसे मन (मस्तिष्क) पर पड़ने वाले प्रकृति के प्रभाव की जाँच करने के एक अवसर के रूप में देखा। तो मिंग और उनकी टीम उन अपार्टमेंट में गई कि आख़िर उन्हें वहाँ से अपने अध्ययन में क्या सहायता मिल सकती है। पहले, उन्होंने अठारह रॉबर्ट टेलर होम्स बिल्डिंग्स के आसपास के इलाक़े की तसवीरें खींचीं और हर बिल्डिंग के नज़ारे को उसमें मौजूद हरियाली के अनुसार कोड नंबर दिए। इसके बाद उन्होंने घर-घर जाकर अपने अध्ययन में शामिल होने के लिए प्रतिभागियों को नियुक्त किया, ये प्रतिभागी घर की प्रमुख महिला थीं। प्रतिभागियों के अपार्टमेंट में आयोजित पैंतालीस मिनट के सत्र के दौरान, मिंग की टीम ने इस बात को नोट किया कि वे कितने बेहतर तरीक़े से अपने जीवन के सबसे महत्त्वपूर्ण मुद्दों का प्रबंधन करते हैं : चाहे वह स्कूल में वापस जाना हो, अपने घर को कैसे सुरक्षित रखा जाए, और बच्चों का पालन पोषण कैसे किया जाए। उन्होंने प्रत्येक व्यक्ति की ध्यान केंद्रित करने की क्षमता का भी परीक्षण किया, इसके लिए उन्होंने यह मापा कि वे संख्याओं की एक पंक्ति में से वे कितने अंक याद कर सकते हैं और उनमें हेरफेर कर सकते हैं।

जब मिंग और उनकी टीम ने डेटा का विश्लेषण किया, तो उन्होंने पाया कि जो लोग हरियाली के नज़ारे वाले अपार्टमेंट में रहते थे उनकी ध्यान केंद्रित करने की क्षमता बेजान इमारतों के नज़ारे वाले अपार्टमेंट के रहवसियों की तुलना में काफ़ी अच्छी थी। उन्होंने चुनौतीपूर्ण फ़ैसले लेने में भी कम समय लिया और उन्हें कठिनाइयों का मुक़ाबला करने में भी कम दिक्कत हुई। दूसरे शब्दों में उनका व्यवहार अधिक सकारात्मक था; उनकी विचारधारा शांत और चुनौती का सामना करने में अधिक सक्षम थी। इसके अलावा मिंग के निष्कर्षों से यह भी पता चला कि द रॉबर्ट टेलर होम्स के निवासियों का व्यवहार और विचार अधिक सकारात्मक थे, क्योंकि वे

बेहतर तरीक़े से ध्यान केंद्रित करने में सक्षम थे। पेड़ और घास ने एक तरह से मानसिक विटामिन का काम किया और उनके द्वारा सामना किए जाने वाले तनाव का प्रबंधन करने की उनकी क्षमता को बढ़ाया।

मिंग के अध्ययन से जो परिणाम निकले वे अस्थायी नहीं थे। उनके अध्ययन के बाद के वर्षों में भी हरियाली से संबंधित कई खोजें हुई हैं। उदाहरण के लिए अठारह वर्षों के दौरान इंग्लैंड में दस हज़ार से भी अधिक लोगों से एकत्रित किए गए डेटा का उपयोग करके, वैज्ञानिकों ने पाया कि अधिक हरियाली वाले शहरी इलाक़ों में रहने वाले लोगों ने परेशानियों के कम स्तर और अधिक कुशलता का अनुभव किया। इस बीच 2015 में कैनेडा के टोरंटो शहर की हाई-रेज़ोल्यूशन सेटेलाइट छवियों के एक अध्ययन में पाया गया कि शहर के किसी इलाक़े में महज 10 पेड़ों की वृद्धि से लोगों के स्वास्थ्य में होने वाले सुधार की तुलना उनकी वार्षिक आय में 10,000 डॉलर की बढ़ोतरी होने या सात वर्ष अधिक युवा होने से की जा सकती है। अंत में एक अध्ययन, जिसमें इंग्लैंड में सेवानिवृत्ति की आयु से पहले की लगभग पूरी आबादी को शामिल किया गया - यानी लगभग 4.1 करोड़ लोग- उसमें यह खुलासा हुआ कि हरियाली के बीच रहने से लोगों के स्वास्थ्य का ग़रीबी के बावजूद कई नुक़सानदायक प्रभावों से बचाव हुआ। दूसरे मायनों में, हरियाली में थोड़ी-सी भी बढ़ोतरी एक तरह से उपचार का काम करती है, उम्र के बढ़ते प्रभावों को कम करती है और रोग प्रतिरोधक क्षमता को बढ़ाती है।

ये निष्कर्ष एक आकर्षक संभावना पैदा करते हैं : वह यह कि हम जो ख़ुद के साथ आंतरिक बातचीत करते हैं वह हमारे आसपास के भौतिक वातावरण से प्रभावित होती है। और यदि हम अपने परिवेश के बारे में समझदारी भरे चयन करते हैं, तो वे हमारी आंतरिक आवाज़ को नियंत्रित करने में मदद कर सकते हैं। लेकिन यह समझने के लिए कि ये कैसे काम करता है, सबसे पहले हमें यह जानने की आवश्यकता है कि प्रकृति के कौन से नज़ारे हमें प्रभावित कर सकते हैं।

प्रकृति की शक्ति

एक निश्चित अर्थ में रॉबर्ट टेलर होम्स के साथ शिकागो में मिंग का काम उसके या उलरिच के पित्ताशय की थैली के रोगियों के काम से शुरू नहीं

हुआ। बल्कि यह मानव मन और प्राकृतिक दुनिया के बीच बातचीत के बारे में एक वैज्ञानिक पति-पत्नी की जोड़ी की जिज्ञासा से उभर कर सामने आया।

1970 के दशक में मिशिगन विश्वविद्यालय के मनोवैज्ञानिक, स्टीफ़न और राचेल कपलान ने एक पेचीदा विचार को आगे बढ़ाना शुरू कर दिया था- कि प्रकृति एक प्रकार की बैटरी की तरह काम कर सकती है, जो मानव मस्तिष्क के पास सीमित चौकस भंडार को रिचार्ज करती है। उन्होंने इसे अटेंशन रेस्टोरेशन थ्योरी या एकाग्रता बहाली सिद्धांत कहा।

निश्चित रूप से, अधिकांश लोग जानते हैं कि एक चित्रकार की किसी कृति की तरह दिखाई देता सूर्यास्त, पहाड़ का दृश्य, जंगल में चलना, या समुद्र तट पर दिन आमतौर पर एक व्यक्ति को अच्छा महसूस कराता है, लेकिन क्या इसके अलावा वहाँ और भी कुछ होता है? कापलान ने सोचा कि वहाँ कुछ ऐसा होता है, जिसका संबंध मनुष्य की एकाग्रता में अंतर होता है और जिसे 100 साल से भी अधिक समय पहले संयुक्त राज्य अमेरिका में आधुनिक मनोविज्ञान के जनक में से एक विलियम जेम्स ने हमारे सामने रखा था। जेम्स ने हमारे द्वारा ध्यान देने के तरीक़ों को दो श्रेणियों में विभाजित किया- अनैच्छिक और स्वैच्छिक।

जब हम अनजाने में किसी चीज़ पर ध्यान देते हैं, तो ऐसा इसलिए होता है, क्योंकि हमारे ध्यान की वस्तु में एक स्वाभाविक रूप से पेचीदा गुण होता है जो हमें सहजता से उसकी ओर खींचता है। एक वास्तविक जीवन परिदृश्य में, आप कल्पना कर सकते हैं, जब आप शहर में यहाँ-वहाँ घूम रहे होते हैं तो सड़क के एक कोने में बैठकर एक प्रतिभाशाली संगीतकार कुछ बजा रहा है और आपका ध्यान उस ओर जाता है और आप उसे सुनने के लिए उसकी ओर बढ़ते हैं; और हो सकता है कि चलने से पहले आप शायद कुछ पैसे इंस्ट्रूमेंट केस में डाल दें। वास्तव में आपका ध्यान धीरे-धीरे एक प्रक्रिया द्वारा खींचा गया है, जिसे कपलान "सॉफ़्ट फ़ेसिनेशन" या कोमल सम्मोहन कहते हैं।

इसके विपरीत स्वैच्छिक ध्यान का संबंध हमारी इच्छा से है। यह उस अद्भुत क्षमता को पकड़ लेता है कि हम मनुष्यों को जो कुछ भी हम चाहते हैं उस पर हमारा ध्यान केंद्रित करना है, जैसे कि एक कठिन गणित समस्या या दुविधा जिस पर हम चिंतन करना बंद करने की कोशिश कर रहे हैं। नतीजतन, स्वैच्छिक ध्यान आसानी से समाप्त हो जाता है और इसे निरंतर

रिचार्जिंग की आवश्यकता होती है, जबकि अनैच्छिक ध्यान हमारे मस्तिष्क के सीमित संसाधनों को उतना नहीं जलाता है।

कापलान का मानना है कि प्रकृति हमारा अनैच्छिक ध्यान आकर्षित करती है, क्योंकि यह कोमल सम्मोहनों से व्याप्त है - ऐसे सूक्ष्म रूप से उत्तेजक गुणों से जो हमारे दिमाग़ को अनजाने में खींच लेते हैं। प्राकृतिक दुनिया बड़े पेड़ों, जटिल पौधों और छोटे जानवरों जैसी दिखाई देने वाली चीज़ों से हमारा ध्यान आकर्षित करती है। हम इन चीज़ों पर नज़र डाल सकते हैं, और अधिक प्रशंसा के लिए उनसे संपर्क कर सकते हैं, जैसे कि कोने पर बैठ कर साज बजा रहा संगीतकार, लेकिन हम उन पर सचेत होकर ध्यान केंद्रित नहीं कर रहे हैं जैसे कि हम भाषण के लिए बात करने वाले बिंदुओं को याद कर रहे थे या शहर के यातायात में गाड़ी चला रहे थे। इस तरह की गतिविधियाँ हमारे काम करने वाली कार्यबैटरी को ख़त्म कर देती हैं, जबकि प्रकृति को सहजता से अवशोषित करने से विपरीत होता है, यह तंत्रिका संसाधनों को अनुमति देता है, जो हमारे स्वैच्छिक ध्यान को रिचार्ज करने के लिए मार्गदर्शन करते हैं।

मिंग और उनके सहयोगियों ने शिकागो में जो अध्ययन किए, वे कपलान के विचारों का कड़ाई से परीक्षण करने के लिए डिज़ाइन किए गए थे और जैसा कि हम पहले ही देख चुके हैं उन्होंने नाटकीय सहायक साक्ष्य प्रस्तुत किए। अन्य प्रयोगों ने भी प्रकृति की शक्तियों का चित्रण किया है।

अब एन आर्बर में मेरे घर से कुछ ही ब्लॉक दूर पर 2007 में किए गए एक क्लासिक अध्ययन को लेते हैं, जब मार्क बरमन और उनके सहयोगी प्रतिभागियों को प्रयोगशाला में लाए और उनकी चौकस क्षमताओं पर उनका एक माँग परीक्षण किया। प्रतिभागियों ने संख्याओं के कई अनुक्रमों को सुना जो कि तीन से नौ अंक तक लंबी और अलग-अलग थीं, प्रतिभागियों से कहा गया कि वे इन संख्याओं को पीछे से दोहराना शुरू करें। आधे प्रतिभागी तब केवल एक घंटे के लिए स्थानीय वृक्षारोपण में टहलने के लिए निकले, जबकि अन्य आधे शहर एन आर्बर में एक ही समय के लिए एक भीड़भाड़ वाली सड़क पर चले गए। फिर वे वापस लैब में आए और अटेंशन टास्क को दोहराया। एक हफ़्ते बाद प्रतिभागियों के साथ परिस्थितियों की अदला-बदली की गई य प्रत्येक व्यक्ति को ऐसी जगह पर सैर के लिए जाना था, जहाँ वह पिछले सप्ताह नहीं गया हो।

परिणाम यह सामने आया कि जिन प्रतिभागियों ने प्राकृतिक वातावरण में सैर की थी उनके प्रदर्शन में काफ़ी सुधार हुआ लेकिन जिन्होंने घूमने के लिए शहरी क्षेत्र का चुनाव किया था उनके प्रदर्शन में कोई सुधार नहीं हुआ। संख्याओं के तार को उलटने और प्रयोगकर्ता को वापस दोहराने की उनकी क्षमता बहुत तेज़ थी। इसके अलावा, परिणाम इस बात पर निर्भर नहीं करता था कि प्रतिभागियों ने सुखद गर्मी या उदास सर्दियों के दौरान सैर की थी या नहीं। साल के किसी भी समय, प्रकृति की सैर ने शहरी लोगों की तुलना में उनका ध्यान अधिक आकर्षित किया था।

बरमन और उनके सहयोगी इन परिणामों को दूसरी आबादी में दोहराने के लिए आगे बढ़े। उदाहरण के लिए नैदानिक रूप से उदास प्रतिभागियों के साथ एक अध्ययन ने संकेत दिया कि प्रकृति की सैर ने उनके संज्ञानात्मक कार्य में सुधार किया और उन्हें ख़ुश महसूस करने के लिए प्रेरित किया। 900,000 से अधिक प्रतिभागियों के साथ एक अलग टीम द्वारा किए गए एक अन्य उपग्रह-इमेजरी अध्ययन में पाया गया कि जो बच्चे हरे भरे स्थानों के कम से कम जोख़िम के साथ बड़े हुए, उनमें वयस्कों के रूप में अवसाद और चिंता जैसे मनोवैज्ञानिक विकारों के विकास का जोख़िम 15 से 55 प्रतिशत तक अधिक था। यह सब शिकागो में मिंग के काम के साथ जुड़े हुए थे, उन्होंने सुझाव दिया कि प्रकृति के लाभ हमारे ध्यान भंडार तक ही सीमित नहीं थे। उन्होंने हमारी भावनाओं को भी बढ़ाया।

मानव भावनाओं पर प्रकृति के प्रभाव से यह समझ में आ गया कि लोगों को उनकी आंतरिक आवाज़ को प्रबंधित करने में मदद करने के लिए ध्यान बनाए रखने की क्षमता कितनी महत्त्वपूर्ण है। आख़िरकार, हमने जिन कई दूरस्थ तकनीकों की जाँच की है, वे मन को केंद्रित करने पर निर्भर करती हैं, यदि आप ध्यान केंद्रित नहीं कर सकते हैं, तो एक जर्नल ''समय यात्रा'' या फ़्लाई-ऑन-द-वॉल परिप्रेक्ष्य को अपनाना कठिन है। इसके अलावाए हमारी आंतरिक बातचीत को उन चीज़ों से दूर करने की क्षमता जो हमें परेशान कर रही हैं, या तनावपूर्ण परिस्थितियों के बारे में हम कैसे सोच रहे हैं, उसी तरह की आवश्यकता है कि हमारी कार्यकारी शक्ति बेकार नहीं जा रही है। लेकिन मिंग और अन्य वैज्ञानिकों ने कभी इस विचार का परीक्षण नहीं किया कि प्रकृति सीधे तौर पर भी वैचारिक मंथन को कम

कर सकती है। यह 2015 में कैलिफ़ोर्निया के पालो ऑल्टो में स्टैनफ़ोर्ड विश्वविद्यालय में हुआ था।

हरा-भरा, उपनगरीय पालो ऑल्टो अप्रिय भीड़-भाड़ वाले शिकागो से बहुत दूर है, हालाँकि इसमें कुछ व्यस्त सड़कें हैं। वहाँ के शोधकर्ताओं ने एक प्रयोग तैयार किया, जिसमें प्रतिभागियों को नब्बे मिनट की पैदल दूरी पर या तो भीड़भाड़ वाले रास्ते पर या स्टैनफ़ोर्ड के परिसर से सटे एक हरे-भरे स्थान से ले जाना था। जब वैज्ञानिकों ने अध्ययन के अंत में लोगों के विचार मंथन के स्तर की तुलना की, तो उन्होंने पाया कि प्रकृति के साथ चलने वाले समूह में प्रतिभागियों ने मस्तिष्क क्षेत्रों के नेटवर्क में कम बकबक और कम गतिविधि का अनुभव किया जो विचार मंथन का समर्थन करते हैं।

यहाँ के एक जन्मजात निवासी के रूप में, मुझे लगता है कि यहाँ एक पल के लिए रुकना ज़रूरी है। पिछली दो शताब्दियों में, मानव सभ्यता ने ग्रामीण क्षेत्रों से शहरी क्षेत्रों में एक विशाल प्रवास देखा है, और 2050 तक दुनिया की अनुमानित 68 प्रतिशत आबादी के शहरों में रहने की उम्मीद है। यदि आपके पास एक नागरिक जीवन है, तो यदि आप प्रकृति और हरे-भरे स्थानों तक कम पहुँच के साथ मानवता के इस विशाल दल का हिस्सा हैं, तो चिंतित होना स्वाभाविक है। जब मैंने पहली बार इस शोध के बारे में सीखा, तो मैं निश्चित रूप से निराश था। मैंने सोचा, कि क्या फ़िलाडेल्फ़िया के घने कांक्रीट वाले शहर में अपने पहले बिताए 28 साल का मतलब मेरे और मेरे ही तरह यहाँ के दूसरे निवासियों के लिए यह है कि - हमारे लिए स्वास्थ्य ख़राब होना, हमारी एकाग्रता भंग होना, और अधिक सोच-विचार में उलझे रहना ही हमारी नियति है?

शुक्र है कि इसका जवाब है, ''नहीं।'' अपने मन को ''हरा'' करने के लिए आपको प्रकृति से घिरे रहने की आवश्यकता नहीं है। याद रखें कि कपलान के ध्यान बहाली सिद्धांत में अंतर्निहित विचार यह है कि प्रकृति की सूक्ष्म अवधारणात्मक विशेषताएँ मस्तिष्क के लिए एक प्रकार की बैटरी के रूप में कार्य करती हैं। ख़ैर, जब आप शारीरिक रूप से प्रकृति के क़रीब होते हैं, तो दृश्य विशेषताएँ जो इस मनभावन नरम आकर्षण का निर्माण करती हैं, उनका यह प्रभाव नहीं होता है। फ़ोटो और वीडियो के माध्यम से प्राकृतिक दुनिया में सेकेंड हैंड एक्सपोज़र भी चौकस संसाधनों को पुनर्स्थापित करता

है। इसका मतलब यह है कि आप प्राकृतिक दृश्यों की तसवीरों या वीडियो को देखकर अपने शहरी परिवेश या किसी भी पर्यावरण में प्रकृति और उसके विविध लाभों को ला सकते हैं। जहाँ तक मानव मन का संबंध है, आभासी प्रकृति, अविश्वसनीय रूप से स्थिर प्रकृति है।

उदाहरण के लिए 2016 में प्रकाशित एक प्रयोग ने ख़तरनाक भाषण कार्य का उपयोग करने वाले प्रतिभागियों में तनाव को प्रेरित किया। बाद में उन्होंने पड़ोस की सड़कों का छह मिनट का एक वीडियो देखा, जो उनके हरे–भरे दृश्यों में भिन्न था। निचले छोर पर, प्रतिभागियों ने बिना किसी पेड़ वाली सड़क पर घरों का वीडियो देखा सबसे आख़िर में, वीडियो में पेड़ों की हरी–भरी छत्रछाया वाले पड़ोस को दिखाया गया था। प्रकृति के सबसे अधिक दृश्यों के संपर्क में आने वालों ने भाषण के तनाव से उबरने की उनकी क्षमता में 60 प्रतिशत की वृद्धि का प्रदर्शन किया, उन लोगों की तुलना में जिन्होंने हरे स्थानों के सबसे कम दृश्यों वाले वीडियो देखे।

जबकि प्रकृति के मनोवैज्ञानिक लाभों पर किए गए अधिकांश शोध दृश्य जोख़िम पर केंद्रित हैं, यह सोचने का कोई कारण नहीं है कि हमारी अन्य इंद्रियाँ भी इन चौंकाने वाले प्रभावों के लिए मार्ग प्रदान नहीं करती हैं। 2019 में एक अध्ययन में पाया गया कि लोगों को प्राकृतिक ध्वनियों – जैसे कि बारिश और झींगुर के चहकने के संपर्क में आने से, एक चौकस कार्य पर प्रदर्शन में सुधार हुआ। प्रकृति की इस तरह की ध्वनि रूप भी एक नरम आकर्षण का गठन कर सकती है।

कुल मिलाकर इन निष्कर्षों से पता चलता है कि प्रकृति मनुष्यों को बाहर से हमारी आंतरिक आवाज़ को बचाए रखने के लिए एक उपकरण प्रदान करती है, और जितनी देर तक हम प्रकृति के संपर्क में रहेंगे, उतना ही हमारे स्वास्थ्य में सुधार होगा। यह हमें बकबक को कम करने के लिए हमारे वातावरण को संरचित करने के लिए एक प्लेबुक प्रदान करती है।

और नई तकनीकों को सहन करने से लाभ प्राप्त करना आसान हो जाएगा। उदाहरण के लिए मार्कबेरमन और उनके सहयोगी कैथरीन शेर्टज़ ने रीट्यून नामक एक ऐप विकसित किया है, जिसके माध्यम से शहरी प्रकृति अनुभव को बहाल किया जा सकता है। यह स्वाभाविकता स्कोर के साथ आने के लिए शिकागो विश्वविद्यालय के आसपास के पड़ोस में हर शहर के ब्लॉक की हरियाली, शोर और अपराध आवृत्ति से संबंधित जानकारी को

एकीकृत करता है। जब उपयोगकर्ता अपने यात्रा गंतव्य को इनपुट करते हैं, तो ऐप ऐसे दिशा-निर्देश उत्पन्न करता है, जो सड़क के क्रॉसिंग की संख्या और चलने की लंबाई जैसे व्यावहारिक मुद्दों को ध्यान में रखते हुए, चलने की पुनर्स्थापनात्मक प्रकृति को अधिकतम करते हैं। यदि प्रभावी साबित होता है, तो एक स्वाभाविक अगला क़दम यह होगा कि ऐप को हर जगह, अच्छी तरह से विस्तारित किया जाए। बेशक, आपको अपने दैनिक जीवन में प्रकृति के संपर्क को अधिकतम करने के लिए ऐप की आवश्यकता नहीं है। बस उन विभिन्न वातावरणों का सावधानीपूर्वक मूल्यांकन करें, जिनसे आप गुज़रते हैं और तदनुसार अपने मार्गों को संशोधित करें।

जैसा कि हमारे मन का प्रकृति के साथ संबंध प्रदर्शित करता है, भौतिक संसार हमारे भीतर गहरी मनोवैज्ञानिक प्रक्रियाओं को प्रभावित करने में सक्षम है। लेकिन प्रकृति के कोमल आकर्षण के कई स्त्रोत केवल एक ही मार्ग है, जिसके माध्यम से हम इन लाभों को प्राप्त करते हैं। एक और विशेषता है, जो हमें अपनी आंतरिक आवाज़ को नियंत्रित करने में मदद करती है, सिवाय इसके कि यह उपकरण प्राकृतिक दुनिया में हमारे परिवेश तक सीमित नहीं है। हम इसे संगीत समारोहों में, संग्रहालयों में और यहाँ तक कि एक बच्चे को अपना पहला क़दम उठाते हुए भी देख सकते हैं।

स्वयं को सीमित करना

सुज़ैन बॉट ने ऐसा उत्साह महसूस किया, जब उसने अपना पैडल पकड़ लिया और नाव में चढ़ गई, तो उसके शरीर में एक सनसनी-सी फैल गई। अगले चार दिनों के लिए वह तीन अन्य लोगों के साथ यूटा की झिलमिलाती हरी नदी में पैडल मार रही थी। दिन के दौरान वे टैनी, महल जैसी घाटी की दीवारों में ले जाते। रात में वे टिमटिमाते कैम्प फ़ायर के आसपास दिन के रोमांच के बारे में बात करते थे।

समूह पर सरसरी नज़र डालने पर ही पता चल जाता है कि इसमें औसत स्तर पर ऐसे लोग नहीं थे, जिनकी जिज्ञासा बहुत ही तीव्र हो। अधिकांश पैडलर्स सैन्य दिग्गज थे, जिन्होंने युद्ध देखा था, उनके साथ कई पूर्व फ़ायर फ़ाइटर थे, जो 9/11 की आग बुझाने में सबसे पहले आगे आए थे। हरेक व्यक्ति ने प्रकृति से जुड़ने में मदद करने के लिए डिज़ाइन की गई

ग्रीन नदी पर एक व्यय-भुगतान यात्रा के लिए पूर्व सैनिकों की भर्ती करने वाले एक विज्ञापन का जवाब दिया था। हालाँकि इसमें एक बात थी, एक शोध प्रयोग के रूप में यह यात्रा दोगुनी हो गई। फिर भी, सभी प्रतिभागियों को जो करना था वह यह था कि वे अपनी बोट में पैडल मारते रहें और उन्हें कुछ प्रश्नावली भी भरनी थी।

बॉट इस समूह से बाहर का हिस्सा थी। वह एक लड़ाकू अनुभवी नहीं थी और उसे आग बुझाने का कोई अनुभव नहीं था। 2000 में कोलोराडो स्टेट यूनिवर्सिटी से प्राकृतिक संसाधन प्रबंधन में पीएचडी अर्जित करने के छह साल बिताने के बाद, वह अकादमी की प्रकाशित करो या नष्ट हो जाओ संस्कृति से परेशान हो गई। इसलिए उसने पुनर्विकास में काम करना शुरू किया, जिससे छोटे शहरों को पुनर्जीवित करने में मदद मिली। लेकिन बॉट अपने विशेषाधिकार प्राप्त जीवन के दौरान अपने भाई, इराक में सेवा करने वाले एक वरिष्ठ ख़ुफ़िया अधिकारी सहित कई अन्य अमेरिकियों की तुलना में अपने जीवन का नेतृत्व करती रही। जबकि कुछ लोगों चिंतनशीलता उन चीज़ों से आती है, जो वे करते हैं, बाट के लिए यह उस काम से आ रही थी जो वह नहीं कर रही थी। उसे एक बदलाव की ज़रूरत थी।

कई वर्षों तक राज्यों में काम करने के बाद बॉट को इराक में एक स्टेट डिपार्टमेंट कॉन्ट्रैक्टर के साथ नौकरी मिली, जो देश के विभिन्न क्षेत्रों पर मज़बूत नियंत्रण लेने के लिए नई सरकार के प्रयासों का समर्थन कर रहा था। वह जनवरी, 2007 में बगदाद में उतरी और रमादी में तैनात होकर उसने एक साल बिताया, रमादी इराकी शहर था, जिसे *टाइम* पत्रिका ने उसके आने से एक महीने पहले ही ''इराक में सबसे ख़तरनाक जगह'' करार दिया था। उसने अपना अधिकांश समय नई इराकी सरकार के लिए एक दीर्घकालिक संक्रमण रणनीति विकसित करने में बिताया, जो नौसैनिकों और सेना के इंजीनियरों के एक छोटे दल के साथ मिलकर काम कर रही थी। उसके आने-जाने में बॉडी आर्मर पहनना, हमवी काफ़िले में यात्रा करना और स्नाइपर फ़ायर से बचने के लिए वाहनों से इमारतों तक दौड़ना शामिल था। वह आरामदायक कोलोराडो से दूर एक अलग दुनिया में थी।

उसके नए करियर ने बॉट को उस उद्देश्य की भावना प्रदान की जो उसके जीवन से ग़ायब थी। इसने उसे एक भावनात्मक ब्रेकिंग पॉइंट पर भी

धकेल दिया। वह नियमित रूप से युद्ध में मार गिराए गए सहयोगियों की स्मृति सभाओं में भाग लेती थी और अपने काम के बीच भयावहता देखती थी कि वह कार बम, क्षेत्रीय युद्ध और हत्याओं के लिए तैयार नहीं थी। नरसंहार रोज़मर्रा की ज़िंदगी का सामान बन गया था।

2010 में बॉट संयुक्त राज्य अमेरिका में घर लौट आईं, जहाँ उसकी बकबक ने उस पर क़ब्ज़ा कर लिया। इस बारे में सवाल कि वह क्यों बची, जबकि उसके इतने सारे सहकर्मी लगातार संकट का स्त्रोत नहीं थे। उसने जो भयावहता देखी थी, उसकी यादें उसके दिमाग़ में फिर से चल रही थीं, और उन क्षेत्रों में आईएसआईएस के उदय का विवरण देने वाली लगातार समाचार रिपोर्टों से जटिल हो गई, जहाँ वह हाल ही में रहती थी और काम करती थी। 2014 में उसकी बकबक चरम पर पहुँच गई, जब उसे पता चला कि सीरिया में आईएसआईएस ने एक पत्रकार जेम्स फ़ोली का सिर कलम कर दिया था, जिसके साथ उसने इराक में मिलकर काम किया था। अपने खुद के बेहतर फ़ैसले के ख़िलाफ़, उसने आईएसआईएस द्वारा इंटरनेट पर पोस्ट किए गए सिर के कटने का वीडियो देखा। वह तब से वैसी नहीं थी। फिर उसने राफ़्टिंग ट्रिप का विज्ञापन देखा।

जल में अपने पहले दिन के बाद शाम के दौरान, बॉट ने एक संक्षिप्त प्रश्नावली भरी, जिसमें उसे यह बताने के लिए कहा गया कि उसने कई अलग-अलग सकारात्मक भावनाओं का कितना अनुभव किया। कैलिफ़ोर्निया विश्वविद्यालय, बर्कले से क्रेग ऐंडरसन नामक एक मनोवैज्ञानिक; जो यात्रा में भी भाग ले रहे थे, के नेतृत्व में वैज्ञानिकों की एक टीम, पैडलर की प्रतिक्रियाओं का उपयोग करने की उम्मीद कर रही थी ताकि विस्मय के भावनात्मक प्रभाव को मोटे तौर पर समझा जा सके।

विस्मय वह आश्चर्य है, जिसे हम तब महसूस करते हैं, जब हम किसी शक्तिशाली चीज़ का सामना करते हैं, जिसे हम आसानी से समझा नहीं सकते हैं। हम प्रायः इसके बहाव में बह जाते हैं, जब हम सूर्यास्त का अविश्वसनीय, आश्चर्यजनक दृश्य देखते हैं या पर्वत की कोई मीलों ऊँची चोटी देखते हैं कोई और सुंदर दृश्य देखते हैं। विस्मय को एक आत्म-उत्कृष्ट भावना माना जाता है, क्योंकि यह लोगों को अपनी ज़रूरतों और चाहतों से परे सोचने और महसूस करने की अनुमति देता है। ऐसे विस्मयकारी अनुभवों के दौरान मस्तिष्क में क्या होता है, यह इसमें परिलक्षित होता

है। आत्म-विसर्जन से जुड़ी तंत्रिका गतिविधि कम हो जाती है, ठीक उसी तरह जैसे कि जब लोग ध्यान करते हैं या एलएसडी जैसे साइकेडेलिक्स लेते हैं, तो मस्तिष्क कैसे प्रतिक्रिया करता है, जो किसी व्यक्ति के स्वयं और आसपास की दुनिया की भावना के बीच की रेखा को धुँधला करने के लिए कुख्यात हैं।

हालाँकि विस्मय की भावना प्रकृति और महान दृश्यों वाले बाहरी परिवेश तक ही सीमित नहीं है। कुछ लोग इसका अनुभव तब करते हैं, जब वे संगीत कार्यक्रम में ब्रूस स्प्रिंगस्टीन को देखते हैं, एमिली डिकिंसन की कविता पढ़ते हैं, या लूव्र के संग्रहालय में *मोना लिसा* को देखते हैं। अन्य लोगों को विस्मयकारी अनुभव हो सकते हैं, जब वे व्यक्तिगत रूप से कुछ असाधारण देखते हैं, जैसे कि एक उच्च-दाँव वाले खेल आयोजन या अमेरिकी संविधान जैसी एक महान वस्तु या कुछ बहुत ही महत्त्वपूर्ण है, जैसे कि एक शिशु अपना पहला क़दम उठा रहा है। विकासवादी मनोवैज्ञानिकों का मानना है कि हमने इस भावना को विकसित किया है, क्योंकि यह हमें अपने स्वार्थ को कम करके दूसरों के साथ एकजुट करने में मदद करता है, जो हमें अस्तित्व का लाभ प्रदान करता है, क्योंकि समूह ख़तरों के ख़िलाफ़ बेहतर प्रदर्शन करते हैं और एक साथ काम करके उच्च लक्ष्यों को प्राप्त कर सकते हैं।

लेकिन बर्कले टीम को पूरी तरह से इस बात में दिलचस्पी नहीं थी कि क्या गर्जन वाले रैपिड्स को नीचे गिराने से राफ़्टर्स को विस्मय का अनुभव होगा। उन्हें लगा कि यह हुआ होगा। वे वास्तव में यह जानना चाहते थे कि क्या यात्रा पर उनके द्वारा अनुभव किए गए विस्मय की मात्रा का उनके तनाव और उनकी बेहतरी पर कोई स्थायी प्रभाव पड़ेगा या नहीं।

इसलिए राफ़्टिंग यात्रा की शुरुआत में और इसके पूरा होने के एक हफ़्ते बाद, एंडरसन ने राफ़्टर्स को उनकी बेहतरी, तनाव और पीटीएसडी के स्तर को अनुक्रमित करने वाले उपायों का एक सेट भरने के लिए कहा। दोनों आकलनों के बीच बहुत कुछ हुआ था। उन्होंने अपनी चार-दिवसीय यात्रा के दौरान दर्जनों मील की दूरी तय की, नदी के किनारे कई दोपहर लंबी पैदल यात्रा की, और हज़ारों साल पहले बनाए गए प्रागैतिहासिक पेट्रोग्लिफ़्स को देखा, जिसके कारण वे भूले हुए समाजों पर विचार कर रहे थे, जो नदी के बगल के मैदान में अभी भी थे। क्या इन

अनुभवों के प्रभाव यात्रा के बाद समाप्त हो जाएँगे, या वे अपेने पीछे कुछ छोड़ जाएँगे?

जब एंडरसन ने अध्ययन समाप्त होने के बाद संख्याओं को कम किया, तो उन्होंने पाया कि प्रतिभागियों ने यात्रा समाप्त होने के बाद बेहतर जीवन के प्रत्येक उपायों में महत्त्वपूर्ण सुधार प्रदर्शित किए, उनके तनाव और पीटीएसडी के स्तर में गिरावट आई, जबकि उनके ख़ुशी के समग्र स्तर, जीवन से संतुष्टि और अपनेपन की भावना में सुधार हुआ। वे अपने आप में दिलचस्प परिणाम थे। लेकिन सबसे आकर्षक खोज इस बात से संबंधित है कि उन्हें क्या भविष्यवाणी की गई थी। जैसा कि एंडरसन और उनके सहयोगियों ने उम्मीद की थी, यह राफ़्टिंग यात्रा के प्रत्येक दिन के दौरान पैडलर्स को कितना मनोरंजन या संतोष या कृतज्ञता या ख़ुशी या गर्व महसूस हुआ इसका कोई काम नहीं था। यह कितना विस्मयकारी लगा। सुजैन ने इन सभी उत्तेजनाओं को महसूस किया, जिसमें एक अधिक शांत आंतरिक आवाज़ भी शामिल थी। ''उस राफ़्टिंग यात्रा ने मेरे दृष्टिकोण को नाटकीय रूप से बदल दिया।'' उसने मुझे दो साल बाद बताया।

जब आप किसी विशाल और अवर्णनीय चीज़ के भीतर उपस्थित होते हैं, तो इस दृष्टिकोण को बनाए रखना कठिन होता है कि आप–और आपके सिर में गूँजती आवाज़–दुनिया का केंद्र है। यह आपके विचारों के सिनेप्टिक प्रवाह को उसी तरह बदलता है, जैसे अन्य दूरस्थ तकनीकों की हमने जाँच की है। हालाँकि विस्मय के मामले में, आपको अपने दिमाग़ को एक दृश्य अभ्यास पर या एक परेशान करने वाले अनुभव को फिर से तैयार करने पर केंद्रित करने की आवश्यकता नहीं है। इस अर्थ में, यह आपका अपना नाम कहने के समान है– आपके पास बस अनुभव है, जो कुछ भी होता है, और राहत उसके बाद आती है। जब आप विस्मयकारी स्थलों के बीच छोटा महसूस करते हैं – एक घटना जिसे ''स्वयं के संकुचन'' के रूप में वर्णित किया जाता है तो अपनी समस्याएँ हल करें।

बर्कले ग्रीन रिवर वाइट–वाटर राफ़्टिंग अध्ययन शारीरिक और मनोवैज्ञानिक लाभों के लिए विस्मय को जोड़ने वाले अनुसंधान की एक बढ़ती हुई रेखा का सिर्फ़ एक उदाहरण है। उदाहरण के लिए एक अन्य अध्ययन से पता चला है कि विस्मय के कारण लोगों को ऐसा समझ आता है कि समय बहुत अधिक उपलब्ध है, उन्हें समय–गहन लेकिन अत्यधिक

पुरस्कृत अनुभवों को प्राथमिकता देने के लिए प्रेरित करता है, जैसे ब्रॉडवे शो में कम समय में गहन, लेकिन कम फ़ायदेमंद सामग्री जैसे एक नई घड़ी ख़रीदना। इस बीच, शारीरिक स्तर पर, विस्मय कम होते प्रदाह से जुड़ा होता है।

व्यवहार पर विस्मय का प्रभाव वास्तव में इतना मज़बूत होता है कि अन्य लोग मदद नहीं कर सकते, लेकिन इसे देख सकते हैं। अध्ययनों के एक सेट में पाया गया कि भयभीत लोग अपने दोस्तों के लिए विनम्र व्यक्ति के रूप में सामने आए। उन्होंने अत्यधिक विनम्रता प्रदर्शित की और उनका ताक़त और कमज़ोरियों के बारे में एक अधिक संतुलित दृष्टिकोण था। ज्ञान की बानगी दोनों विशिष्टताओं को उनकी सफलताओं पर बाहरी उनकी सफलताओं पर बाहरी प्रभावों की भूमिका को अधिक सटीक रूप से श्रेय दिया जाता है।

हमारे भावनात्मक जीवन में विस्मय की भूमिका के बारे में सोचते समय विचार करने के लिए यह एक महत्त्वपूर्ण चेतावनी है। जबकि बड़े पैमाने पर किए शोध इसे सकारात्मक परिणामों से जोड़ते हैं, वैज्ञानिकों ने दिखाया है कि विस्मय-प्रेरित अनुभवों का एक सबसेट नकारात्मक भावनाओं को उकसा सकता है। आइए इन मुठभेड़ों को नकारात्मक अर्थों में ''भयानक'' कहें, एक बवंडर की दृष्टि, एक आतंकवादी हमला या एक क्रोधपूर्ण भगवान में विश्वास करना। (शोध से पता चलता है कि लगभग 80 प्रतिशत भय से संबंधित घटनाएँ बढ़ रही हैं पर 20 प्रतिशत नहीं।) इस तरह के अनुभवों को इस अर्थ में प्रेरणादायक माना जाता है कि वे अद्भुत सूर्यास्त की तरह, इतने विशाल और जटिल हैं कि हम आसानी से उनका वर्णन नहीं कर सकते हैं, अंतर यह है कि लोग उन्हें धमकी के रूप में समझते हैं। और यह पता चला है कि जब आप भय के समीकरण में थोड़ा-सा ख़तरा प्रविष्ट करते हैं, तो शायद आश्चर्य की बात नहीं है कि विचारों को बकबक में बदला जा सकता है।

विस्मय की क्रियात्मक शक्ति है, हमें छोटा महसूस कराने की उसकी क्षमता, जो हमें अपनी आंतरिक आवाज़ के नियंत्रण को और अधिक भव्यता को सौंप देने के लिए प्रेरित करती है। लेकिन एक और साधन है, जिसे हमारा भौतिक वातावरण हमारे आंतरिक संवादों को बेहतर बनाने के लिए उपयोग कर सकता है, जो जीवन की बेतरतीब विशालता के विपरीत

है, एक खुलापन जो हमें नियंत्रण छोड़ने में मदद नहीं करता है, बल्कि हमें इसे फिर से हासिल करने में मदद करता है।

नडाल का सिद्धांत

जून, 2018 में स्पैनिश टेनिस सुपर स्टार राफ़ेल नडाल ने फ्रेंच ओपन के क्ले कोर्ट में अपनी ग्यारहवीं चैंपियनशिप के लक्ष्य का पीछा करते हुए टूर्नामेंट के फ़ाइनल मैच में मुक़ाबले के लिए क़दम रखा। पेरिस में उस गर्मी के दिन, जब पंद्रह हज़ार प्रशंसक विश्व स्तरीय मैच देखने के लिए बेसब्री से इंतज़ार कर रहे थे, वह और उनके प्रतिद्वंद्वी, ऑस्ट्रियाई डोमिनिक थिएम, प्रतिस्पर्धा के लिए तैयार लॉकर रूम से बाहर आए। मैच से पहले नडाल ने वही किया, जो वह हमेशा करते हैं। सबसे पहले वे हाथ में एक रैकेट लेकर कोर्ट के पार अपनी बेंच तक गए फिर उन्होंने भीड़ से मुख़ातिब होते हुए अपनी वार्मअप जैकेट उतार दी, अपने पैरों पर पड़ी गेंदों पर ज़ोर से आगे-पीछे उछलते हुए, और हमेशा की तरह उन्होंने अपना टूर्नामेंट आईडी कार्ड अपनी बेंच पर रखा।

फिर मैच शुरू हुआ।

नडाल ने पहला सेट जीतकर तुरंत आगे छलांग लगा दी। हर प्वांइट के बाद वे अगली सर्विस से पहले अपने बालों और शर्ट को सलीके से जमाते थे, जैसे कि उन्हें वापस उसी स्थान पर व्यवस्थित कर रहे हों। इस क्रम में ब्रेक के दौरान, उन्होंने एक पावर ड्रिंक और पानी पीया और फिर लौट आए।

दोनों ठीक वैसे ही थे जैसे वे पहले थे, उनकी कुर्सी के सामने बाईं ओर, एक दूसरे के ठीक पीछे, कोर्ट के साथ एक विकर्ण पर संरेखित।

दो सेट बाद नडाल ने थिएम को हराया और फ्रेंच ओपन को फिर से जीत लिया।

यद्यपि आप सोच सकते हैं कि विश्व स्तरीय एथलीटों के ख़िलाफ़ प्रतिस्पर्धा करना और यह सुनिश्चित करना कि आपकी मांसपेशियों में खिंचाव नहीं हो जाए, पेशेवर टेनिस के सबसे आवश्यक अंग हैं, लेकिन यह इतिहास के महानतम खिलाड़ियों में से एक नडाल के लिए सच नहीं है। ''मैं एक टेनिस मैच में सबसे कठिन काम करता हूँ वे कहते हैं-मेरे सिर में

गूँजती आवाज़ों को शांत करना।'' और कोर्ट पर उनके विचित्र तौर-तरीक़े, जो उनके कई प्रशंसकों को मनोरंजक लेकिन अजीब लगते हैं, उन्हें ऐसा करने का एक बिलकुल उचित तरीक़ा प्रदान करते हैं।

हमेशा अपना आईडी फ़ेसअप रखकर, अपनी पानी की बोतलों को उनकी बेंच के सामने पूरी तरह से एक लाइन में जमाने के लिए सावधानी से व्यवस्थित करके, और यह सुनिश्चित करते हुए कि उनके बाल सर्विस से ठीक पहले जमे हुए हैं, नडाल प्रतिकारात्मक नियंत्रण नामक एक प्रक्रिया में संलग्न होते हैं, वे अपने भौतिक वातावरण में वह व्यवस्था बना रहे होते हैं, जो व्यवस्था वे आंतरिक रूप से चाहते हैं। जैसा कि वह कहते हैं, ''यह अपने आप को एक मैच में रखने का एक तरीक़ा है, मेरे दिमाग़ में जो चीज़ें जिस तरह से व्यवस्थित हैं, उन्हीं की तरह अपने आसपास की चीज़ों को व्यवस्थित करना।''

हमारे पर्यावरण में तत्वों को बकबक के विरुद्ध प्रतिरोधी के रूप में तैयार करने की प्रवृत्ति उन संदर्भों से परे हो जाती है, जिनमें हमारा मूल्यांकन किया जा रहा है। यह ऐसे किसी भी स्थान तक फैल जाता है, जिस पर हमने अधिकार किया हुआ है। नतीजतन, मनुष्य अपने बाहरी परिवेश में व्यवस्था का संचार करते हैं - और अपने दिमाग़ का विस्तार - विभिन्न तरीक़ों से करते हैं। कुछ राफ़ेल नडाल से काफ़ी मिलते-जुलते हैं। यह मैरीकोंडो और उनकी 2014 की सबसे अधिक बिकने वाली पुस्तक- *द लाइफ़-चेंजिंग मैजिक ऑफ़ टाइडिंग अप* के वैश्विक प्रभाव की व्याख्या कर सकता है। हमारे घरों को केवल आनंद देने वाली वस्तुओं को बनाए रखने के द्वारा हमारे घरों से अनावश्यक वस्तुओं को हटा देने का उनका दर्शन पर्यावरण को व्यवस्थित कर हम कैसा महसूस करते हैं, इसे प्रभावित करने की एक रणनीति है।

लेकिन हमारे परिवेश का क्रम हमारे दिमाग़ के अंदर क्या हो रहा है, इसे कैसे प्रभावित करता है? इस प्रश्न का उत्तर देने के लिए *नियंत्रण की धारणाओं* की महत्त्वपूर्ण भूमिका को समझना महत्त्वपूर्ण है। यह विश्वास कि हम दुनिया को अपनी इच्छानुसार प्रभावित करने की क्षमता रखते हैं - हमारे जीवन में असर डालते हैं।

स्वयं पर नियंत्रण रखने की इच्छा एक एक सशक्त मानवीय कर्मशक्ति है। यह मानते हुए कि हमारे पास अपने भाग्य को नियंत्रित करने की क्षमता

है, यह प्रभावित करता है कि क्या हम लक्ष्यों को प्राप्त करने का प्रयास करते हैं? हम ऐसा करने के लिए कितना प्रयास करते हैं? और जब हम चुनौतियों का सामना करते हैं तो हम कितने समय तक बने रहते हैं? यह सब देखते हुए, यह आश्चर्य की बात नहीं है कि लोगों की नियंत्रण की भावना को उन लाभों से जोड़ा गया है, जो बेहतर शारीरिक स्वास्थ्य और भावनात्मक कल्याण से लेकर स्कूल और काम में बेहतर प्रदर्शन के लिए, अधिक संतोषजनक पारस्परिक संबंधों तक फैले हुए हैं। इसके विपरीत, नियंत्रण से बाहर होने की भावना अक्सर हमारी बकबक को तेज़ कर देती है और हमें इसे फिर से हासिल करने की कोशिश करने के लिए प्रेरित करती है। यहीं पर हमारे भौतिक वातावरण की ओर मुड़ना प्रासंगिक हो जाता है।

चीज़ें वास्तव में आपके नियंत्रण में हैं यह महसूस करने के लिए आपको ना केवल यह विश्वास करना होगा कि आप परिणामों को प्रभावित करने के लिए अपनी इच्छा को लागू करने में सक्षम हैं, बल्कि यह कि आपके आस-पास की दुनिया, एक व्यवस्थित स्थान है, जहाँ आप जो भी कार्य करते हैं, उनका वैसा ही प्रभाव होता है जैसा आप चाहते हैं। दुनिया में व्यवस्था देखना सुकून देने वाला है, क्योंकि यह जीवन संचालन को आसान और ऐसा बनाता है, जिसका अनुमान लगाया जा सके।

बाहरी दुनिया में व्यवस्था की आवश्यकता इतनी मज़बूत है, एक अध्ययन में पाया गया है कि एक बकबक उत्तेजक घटना को याद करने और नियंत्रण की कमी पर ध्यान केंद्रित करने के बाद प्रतिभागियों ने वास्तव में छवियों में भ्रामक पैटर्न देखा। व्यवस्था का अनुकरण करने के अन्य तरीक़ों के बदले उनके दिमाग़ ने उन्हें पैटर्न की कल्पना करने के लिए प्रेरित किया। एक अन्य प्रयोग में, जो प्रतिभागी अपने परिवेश में शोर के स्तर को नियंत्रित नहीं कर सकते थे, उन्हें या तो एक काले रंग की बॉर्डर के साथ एक वाटर लिली का पोस्ट-कार्ड चुनने के लिए कहा गया था, जो संरचना के विचार को व्यक्त करता था या एक समान पोस्टकार्ड जिसमें बॉर्डर नहीं था। औसतन, उन्होंने संरचित सीमा वाले एक को प्राथमिकता दी जो व्यवस्था के लिए एक और दृश्य संकेत था।

हालाँकि वैज्ञानिकों ने जो खोजा है, वह यह है कि नडाल की तरह ही हम दुनिया में व्यवस्था की भावना का अनुकरण कर सकते हैं, और

अपने स्वयं के दिमाग़ का विस्तार करके अपने परिवेश को व्यवस्थित करके और यह सुनिश्चित कर सकते हैं कि हमारा भौतिक वातावरण एक विशेष, नियंत्रणीय संरचना के अनुरूप हो।

एक क्षेत्र; अर्थात हमारे दिमाग़, में दूसरे क्षेत्र; अर्थात भौतिक वातावरण में व्यवस्था बनाकर। अव्यवस्था के लिए क्षतिपूर्ति के बारे में आकर्षक बात यह है कि इसका उस विशिष्ट मुद्दे से कोई लेना-देना नहीं है जो है हमारे भीतर की आवाज़ को बाहर फेंक रहा है। इसलिए हमारे वातावरण को व्यवस्थित रखना इतना उपयोगी है, और ऐसा करना लगभग हमेशा आसान होता है। और इस अभ्यास में संलग्न होने का महत्त्व प्रभावशाली है। उदाहरण के लिए एक प्रयोग ने प्रदर्शित किया कि एक व्यवस्थित स्थान के रूप में वर्णित दुनिया के बारे में पढ़ने मात्र से चिंता कम हो जाती है। अप्रत्याशित रूप से, अनुसंधान इंगित करता है कि जो लोग अधिक वंचित पड़ोस में रहते हैं, जैसे कि शिकागो में रॉबर्ट टेलर होम्स और संभवतः इराक के उन क्षेत्रों में जहाँ सुज़ैन बॉट ने काम किया था- वहाँ के लोग अधिक अवसाद का अनुभव करते हैं, क्योंकि वे उस विकार का हिस्सा होते हैं, जो वे अपने परिवेश में अनुभव करते हैं।

समकालीन संस्कृति में बहुत से लोग अपने पर्यावरण को विकृति विज्ञान के संकेत के रूप में व्यवस्थित करने के लिए बार-बार अत्यधिक प्रयास करते हैं। उदाहरण के लिए ओब्सेसिव कम्पल्सिव डिसऑर्डर; ओसीडी या जुनूनी-बाध्यकारी विकार वाले लोगों के एक उपसमूह पर विचार करें, जो चीज़ों को व्यवस्थित करने के लिए दृढ़ता से प्रेरित होते हैं ताकि वे व्यवस्थित हों। प्रतिपूरक नियंत्रण पर इस शोध से पता चलता है कि ये लोग बस तीव्र इच्छा करते हैं कि लोगों को अपने परिवेश में व्यवस्था स्थापित करने की आवश्यकता है, उनमें नियंत्रण हासिल करने की भावना चरम पर होती है। वे क्या करते हैं, इसका तर्क है, भले ही उनमें संयम की कमी हो।

क्या है जो ओसीडी को हानिकारक बनाता है? यह एक मनोवैज्ञानिक विकार है कि इस स्थिति वाले लोग वातावरण में व्यवस्था के लिए इतना अधिक प्रदर्शन करते हैं कि उनकी इस प्रवृत्ति से उनके दैनिक कामकाज प्रभावित होने लगते हैं। एक समानांतर मामले के रूप में, हमारे बड़े सामाजिक परिवेश में व्यवस्था की हमारी आवश्यकता भी नियंत्रण से बाहर

हो सकती है। ऑनलाइन साज़िश के सिद्धांतों के हालिया प्रसार को देखें, जिसमें घटनाओं की अराजकता और उथल-पुथल को शैतानी ताक़तों की छायादार (और व्यवस्थित योजना) के लिए ज़िम्मेदार ठहराया जाता है। इस मामले में, लोग एक कथा तंत्र के माध्यम से व्यवस्था को आत्मसात कर रहे हैं, लेकिन अक्सर दूसरों की हानि के लिए (साज़िशें, आख़िरकार, आमतौर पर झूठी और सबूत की अनुपस्थिति पर आधारित होती हैं।)

व्यवस्था की हमारी आवश्यकता और प्रकृति और विस्मय के लाभों पर जो शोध स्पष्ट करता है वह यह है कि हमारे भौतिक वातावरण हमारे दिमाग़ के साथ कितने घनिष्ठ रूप से जुड़े हुए हैं। वे एक ही टेपेस्ट्री का हिस्सा हैं। हम अपने भौतिक स्थानों में अंतर्निहित हैं और इन स्थानों की विभिन्न विशेषताएँ हमारे अंदर मनोवैज्ञानिक शक्तियों को सक्रिय करती हैं, जो हमारे सोचने और महसूस करने के तरीक़े को प्रभावित करती हैं। अब हम ना केवल यह जानते हैं कि हम अपने वातावरण की विभिन्न विशेषताओं से क्यों आकर्षित होते हैं, बल्कि यह भी जानते हैं कि हम उनसे मिलने वाले लाभों को बढ़ाने के लिए कैसे सक्रिय विकल्प बना सकते हैं।

2007 में, रॉबर्ट टेलर होम्स के आख़िरी घर को भी ध्वस्त कर दिया गया था। शहर लंबे समय से सभी निवासियों को बाहर कर चुका था, और शहरी विनाश, अलगाव और सामाजिक विकार के एक बार प्रसिद्ध प्रतीक को मिश्रित-आय वाले घरों और ख़ुदरा और सामुदायिक स्थानों के एक नए परिसर में पुनर्विकास करने के लिए निर्धारित किया गया था। इस तरह का एक सकारात्मक, व्यवस्थित परिवर्तन संभवतः उन लोगों के लिए विस्मयकारी होगा जो उस अपराध और हिंसा को याद करते हैं जहाँ कभी इमारतें थीं।

क्या इस नई यात्रा में हरियाली की जगह को इसके डिज़ाइन में इस तरह से एकीकृत किया जाएगा कि इसके निवासियों को लाभ हो? यह अभी तक निर्धारित नहीं किया गया है? लेकिन मूल परिसर की विरासत पीछे छूट गई है जो अभी भी शिकागो के इतिहास और विज्ञान के इतिहास के माध्यम से गूँजती है। यह इस बात का एक स्थायी उदाहरण है कि कैसे हमारे वातावरण हमारे सोचने, महसूस करने और काम करने में एक महत्त्वपूर्ण

भूमिका निभाते हैं और हमारे अपने लाभ के लिए हमारे परिवेश को सक्रिय रूप से नियंत्रित करने का महत्त्व है।

हमारे वातावरण की सारी शक्ति के लिए हालाँकि हम अपने परिवेश और उन्हें भरने वाली चीज़ों से केवल मनोवैज्ञानिक राहत प्राप्त नहीं करते हैं। जैसा कि हमने नियंत्रण करने की आवश्यकता के साथ देखा, कुछ विशिष्ट चीज़ें भी हैं, जो हम अपने वातावरण में करते हैं, जो हमें अपनी आंतरिक आवाज़ों का दोहन करने में मदद कर सकती हैं, लेकिन नडाल जिस तरह से आदेश देते हैं वह केवल शुरुआत है। चीज़ों से निपटने के हमारे तरीक़े अक्सर ऐसे ही अजीब होते हैं और उनके प्रभाव इतने मज़बूत होते हैं कि वे लगभग जादू की तरह लगते हैं।

7

दिमाग़ का जादू

मारिया थेरेसिया वॉन पारादीस नाम की तीन वर्षीय एक बच्ची 1762 की एक सुबह, अंधी हो गई।

पवित्र रोमन साम्राज्ञी के सलाहकार की बेटी मारिया थेरेसिया, वियना में पली-बढ़ी और अपनी दृष्टि खोने के बावजूद, उसने अपेक्षाकृत आकर्षक जीवन जिया। एक संगीत कौतुक के रूप में जन्मी, उसने क्लैविकॉर्ड- एक छोटे आयताकार कीबोर्ड और ऑर्गन में उत्कृष्ट प्रदर्शन किया। विकलांगता के साथ जुड़ी अपनी प्रतिभा के कारण उसने साम्राज्ञी का ध्यान और उदारता अर्जित की, जिसने सुनिश्चित किया कि उन्हें पेंशन और सर्वोत्तम शिक्षा उपलब्ध हो। जब वह किशोरी थी, तब तक वह एक प्रसिद्ध संगीतकार बन चुकी थी, जो वियना और उससे आगे के सबसे विशिष्ट सैलून में बजाती थी। मोज़ार्ट ने उसके लिए एक संगीत कार्यक्रम भी लिखा था। फिर भी मारिया थेरेसिया के माता-पिता ने अपनी बेटी के अपनी दृष्टि वापस पाने के विचार को नहीं छोड़ा।

जैसे-जैसे वह बड़ी हुई, डॉक्टरों ने कई तरह के उपचारों के साथ प्रयोग किया, जोंक से लेकर बिजली के झटके से लेकर मारिया थेरेसिया की आँखों तक, सब कुछ किया पर कोई फ़ायदा नहीं हुआ। उसकी दृष्टि वापस नहीं आई। इससे भी बदतर यह कि उपचारों के कारण वह कई बीमारियों की गिरफ़्त में आ गई। जब वह अठारह वर्ष की थी, तब तक वह उल्टी, दस्त, सिरदर्द और बेहोशी के दौरों से पीड़ित रहने लगी। यहाँ एक रहस्यमय वियना-प्रशिक्षित चिकित्सक फ्रांज एंटोन मेस्मर का प्रवेश होता

है, जो शहर के अभिजात्य वर्ग के बीच अच्छी तरह से जुड़ा हुआ था। उसने चिकित्सा हस्तक्षेप का बीड़ा उठाया है, और दावा किया कि वह अकेले चुंबकीय सिद्धांतों का उपयोग करके ब्रह्मांड के माध्यम से चलने वाले एक अगोचर बल के प्रवाह को बदलकर शारीरिक और भावनात्मक बीमारियों की एक विस्तृत शृंखला का इलाज कर सकता है। मेस्मर ने इस अदृश्य ऊर्जा को मैग्नेट और अपने हाथों से प्रसारित करके लोगों की स्थितियों को ठीक किया। उन्होंने इस तकनीक को पशु चुंबकत्व कहा। इसे बाद में ''मेस्मेरिज़्म'' के रूप में जाना गया।

1777 में, जब वह अठारह वर्ष की थी, मारिया थेरेसिया ने मेस्मर के साथ उपचार शुरू किया। कई महीनों के दौरान, मेस्मर ने अपने चुंबकों से मारिया की आँखों और शरीर को छुआ, उसे पशु चुंबकत्व के बारे में बताया और बताया कि यह उसे कैसे ठीक करेगा। मारिया एक आस्तिक थी, जैसा कि उसके माता-पिता थे, और निश्चित रूप से उसकी दृष्टि चमत्कारिक रूप से वापस आ गई थी। ऐसा नहीं कि यह एक बार में ही हो गया, शुरू में उसे दौरे भी आए थे।

सबसे पहले, उसने सिर्फ़ धुँधली छवियाँ देखीं। लेकिन फिर उसने काली और सफ़ेद वस्तुओं के बीच भेद करना शुरू कर दिया। आख़िरकार, उसके रंग की भावना वापस आ गई। जबकि गहराई और अनुपात की उसकी धारणा अभी भी पिछड़ी हुई थी, उसने धीरे-धीरे मानवीय चेहरों को बनाना शुरू कर दिया। फिर भी इतने सालों के बाद भी उसे ख़ुशी से भरने के बजाय, उन्होंने उसे डरा दिया, ख़ासकर वह लोगों की नाक देखकर डर जाती थी। दृश्य जगत उसके लिए पराया हो गया था। लेकिन परिवर्तन अभी भी अविश्वसनीय था। आख़िरकार वह फिर से देख सकती थी।

संक्षेप में।

मारिया थेरेसिया के माता-पिता का मेस्मर के साथ एक नाटकीय मतभेद हो गया था, जिसके कारण अंततः उनके उपचार सत्र समाप्त हो गए। हेर्से ने कहा था कि उसके माता-पिता चिंतित थे कि अगर वह अपनी दृष्टि पूरी तरह से ठीक कर लेती है तो उनकी बेटी की पेंशन खो जाएगी। एक अन्य संस्करण में कहा गया कि मेस्मर और मारिया थेरेसिया को अवैध संबंधों कारण पकड़ा गया था। आख़िर जो भी हो उनका एक साथ रहने का समय समाप्त हो गया था और अफ़वाहों के बीच मेस्मर ने वियना छोड़

दिया। और जब पशु चुंबकत्व के चिकित्सा मास्टर उसके जीवन से ग़ायब हो गए, तो मारिया थेरेसिया की दृष्टि भी फिर से ग़ायब हो गई।

हालाँकि मेस्मर की कहानी यहाँ समाप्त नहीं हुई।

वियना छोड़ने और वापस पेरिस में आने के बाद उन्होंने एक क्लिनिक खोला और एक बार फिर उच्च वर्गों के साथ ख़ुद को शामिल किया। उन्होंने अपने एक भाई के साथ राजा लुई सोलहवें की पत्नी, मैरी आंत्वानेट का भी इलाज किया। बाद के वर्षों के दौरान, मेस्मर की सेवाओं की माँग इतनी अधिक थी कि अपने मुनाफ़े को बढ़ाने के लिए उन्होंने एक साथ इलाज करने वाले रोगियों की संख्या बढ़ाने के लिए एक विधि तैयार की- उन्होंने कई लोगों को एक लकड़ी के टब के चारों ओर कंधे से कंधा मिलाकर खड़े होने या बैठने का निर्देश दिया, पानी और लोहे के छोटे-छोटे टुकड़ों के साथ जिसे उसने चुम्बकित किया था। धातु की छड़ें टब से बाहर निकलीं, और संगीत पृष्ठभूमि में बज रहा था, रोगियों ने छड़ों को अपने शरीर के उस हिस्से पर लगाया जो उन्हें परेशान कर रहा था, जबकि मेस्मर रॉड और रोगी के बीच चुंबकीय ऊर्जा के प्रवाह को समायोजित करने के लिए घूम रहे थे।

मेस्मर के उपचार की प्रभावशीलता उनके द्वारा देखे गए रोगियों के आधार पर भिन्न थी, कुछ मामलों में महत्त्वपूर्ण रूप से। कुछ लोगों को अपने शरीर के प्रभावित हिस्सों में छोटे-छोटे दर्द का अनुभव हुआ- कुछ को ऐसा लगा जैसे उन्हें दौरे पड़ रहे हों। दूसरों ने बस ठीक महसूस किया। लेकिन सभी ने सुधार नहीं देखा। कुछ ने कुछ और अनुभव किया, और कुछ ने कुछ भी नहीं।

आख़िरकार 1784 में राजा लुई ने सम्मोहन के बारे में काफ़ी कुछ सुना था। उन्होंने मेस्मर की तकनीकों की जाँच करने के लिए वैज्ञानिकों के एक शाही आयोग का आदेश दिया, जिसका नेतृत्व किसी और ने नहीं, बल्कि बेंज़ामिन फ्रैंकलिन ने किया था, जो उस समय पेरिस में एक राजनयिक के रूप में रह रहे थे। शुरू से ही, आयोग को मेस्मर के दावों पर संदेह था। उन्हें इसमें संदेह नहीं था कि कुछ लोगों को सम्मोहित किए जाने से लाभ हुआ है वे बस यह नहीं मानते थे कि इसका कारण एक अदृश्य चुंबकीय शक्ति थी।

आयोग की जाँच ने उनकी राय को बदलने के लिए बहुत काम किया। एक प्रयोग में, उदाहरण के लिए एक महिला जो सम्मोहन के प्रति जुनूनी

रूप से आस्तिक थी, एक बंद दरवाज़े के बगल में बैठी थी। दरवाज़े के दूसरी तरफ़ एक मेस्मर-प्रशिक्षित चिकित्सक ने सक्रिय रूप से चुंबकीय ऊर्जा लागू की। जब महिला को नहीं पता था कि वह दूसरी तरफ़ है, तो उसने मंत्रमुग्ध होने के कोई संकेत नहीं दिखाए। जिस क्षण उसी चिकित्सक ने अपनी उपस्थिति के बारे में बताया, महिला को झटके आने लगे और उसने बेतहाशा तड़पना शुरू कर दिया, जो उपचार की सफलता का संकेत देता है। इसी तरह के कई प्रदर्शन हुए।

जाँच समाप्त करने के बाद फ्रैंकलिन और उनके आयोग ने मेस्मर के तरीक़ों की एक गंभीर आलोचना प्रकाशित की। उन्होंने लिखा है कि उन्होंने जो एकमात्र उपचार शक्ति देखी थी, वह मानव मन के भीतर रहने वाली थी- कि लोग बस एक निश्चित तरीक़े से महसूस करने की उम्मीद कर रहे थे, वे सकारात्मक परिणाम उत्पन्न कर सकते थे- ''ना कि पशु चुंबकत्व।'' जबकि मेस्मर वास्तव में एक ऐसी ताक़त का पालन-पोषण कर रहा था, जिसका अस्तित्व नहीं था। दो सौ से अधिक वर्षों के बाद अब हम जानते हैं कि उसने दुनिया को बकबक का मुक़ाबला करने के लिए एक अद्वितीय उपकरण में एक मूल्यवान झलक प्रदान की, जिसे वैज्ञानिक अनुसंधान ने हाल ही में पकड़ा है - हम जो विश्वास करते हैं उसकी जादुई-प्रतीत शक्ति और हमारे मन और शरीर के लिए इसका गहरा प्रभाव है।

मेस्मर ने पशु चुंबकत्व की खोज नहीं की थी उन्होंने बस एक *प्लेसबो* दिया था।

चिंता गुड़िया से लेकर नाक के स्प्रे तक

अधिकांश लोगों से पूछें कि प्लेसबो क्या है? और वे आपको बताएँगे कि यह मूल रूप से कुछ भी नहीं है।

प्लेसबो को आमतौर पर एक पदार्थ के रूप में समझा जाता है- एक चीनी की गोली, कई मामलों में-जिसका उपयोग दवा अनुसंधान में वास्तविक दवा की प्रभावशीलता को मापने के लिए किया जाता है। हक़ीक़त में- हालाँकि एक प्लेसबो कुछ भी हो सकता है, ना केवल एक गोली, बल्कि एक व्यक्ति, पर्यावरण, यहाँ तक कि एक भाग्यशाली आकर्षण भी। और जो प्लेसबो को इतना पेचीदा बनाता है वह यह है कि वे

हमें बेहतर महसूस करा सकते हैं, भले ही उनके पास कोई सक्रिय चिकित्सा सामग्री नहीं हो।

हम शोध में प्लेसबो का उपयोग यह सत्यापित करने के लिए करते हैं कि एक नई दवा या प्रक्रिया का केवल सुझाव की साधारण शक्ति के ऊपर और ऊपर एक स्पष्ट औषधीय प्रभाव है। ऐसा करना स्वीकार करता है कि मन में वास्तविक उपचार क्षमता है, लेकिन प्लेसबो कुछ ऐसी चीज़ नहीं है जिसे आमतौर पर अपने आप में पर्याप्त माना जाता है। उन्हें लंबे समय से एक बड़े उद्देश्य की पूर्ति करने वाले उपकरण के रूप में समझा जाता है, जिसका स्वयं का कोई अलग से उपयोग नहीं होता है।

यह पूरी तरह से एक ज़रूरी बिंदु को भूल जाने जैसा है।

बेशक, बेन फ्रैंकलिन इस बिंदु को नहीं भूले। वह समझ गए थे कि मेस्मर ने अपने रोगियों को जो लाभ दिए थे, वे वास्तविक थे, भले ही पशु चुंबकत्व नहीं हो। फिर भी उपचार में मन की भूमिका के बारे में उनकी कालातीत अंतर्दृष्टि स्वयं मेस्मर की सनसनीखेज कहानी द्वारा निगल ली गई थी। यह बीसवीं शताब्दी के मध्य तक चला, जब वैज्ञानिकों ने इस विचार पर सवाल उठाना शुरू कर दिया कि प्लेसबो केवल शोध के लिए एक पन्नी है। संक्षेप में कुछ भी नहीं। अब हम जानते हैं कि वे बहुत कुछ हैं– विश्वास और उपचार की मनोवैज्ञानिक रूप से परस्पर जुड़ी प्रकृति के लिए एक उल्लेखनीय वसीयतनामा, और बकबक को वश में करने के लिए एक छिपा हुआ पिछला दरवाज़ा।

प्लेसबो ''जादू'' के साथ वस्तुओं या प्रतीकों को संपन्न करने की एक प्राचीन मानव परंपरा का हिस्सा हैं। राजा सुलेमान की पौराणिक मुहर में दो परस्पर जुड़े हुए त्रिभुज होते हैं और माना जाता है कि अन्य बातों के अलावा, यह हानिकारक राक्षसों को दूर भगाता है। इसी तरह नाज़ीवाद का पर्याय बनने से बहुत पहले, स्वस्तिक को सौभाग्य का प्रतीक माना जाता था। और फिर भी प्लेसबो जादू के साथ वस्तुओं या प्रतीकों को संपन्न करने की एक प्राचीन मानव परंपरा का हिस्सा हैं। और आज भी ग्वाटेमाला में, जब बच्चे डरे हुए होते हैं, तो उन्हें पारंपरिक माया वेशभूषा में तैयार छोटी मूर्तियों का एक सेट दिया जाता है, जिसे चिंता गुड़िया कहा जाता है, जिसका काम उनकी चिंताओं को दूर करना है।

बहुत से लोग अपने स्वयं के अज्ञात भाग्यशाली आकर्षण भी विकसित करते हैं। उदाहरण के लिए मॉडल हेइडी क्लम अपने बच्चे के दाँतों से भरा एक छोटा बैग ले जाती है, जब वह हवाई जहाज में होती है तो किसी गड़बड़ी के दौरान उसे पकड़ लेती है। (यह अजीब है, मुझे पता है, लेकिन यह उसकी मदद करता है।) माइकल जॉर्डन ने हर खेल के दौरान अपनी शिकागो बुल्स वर्दी के नीचे अपने कॉलेज के शॉर्ट्स पहने थे। हाल ही में क्रिस्टल का उपचार अभ्यास बड़ा व्यवसाय बन गया है - वास्तव में एक अरब डॉलर का व्यवसाय। व्यापक अर्थों में- प्लेसबो बहुत आम हैं। हम उन लोगों को छोड़ दें तो ग़लती करेंगे, जो गुमराह करने के लिए मोहक वस्तुओं का उपयोग करते हैं। वैज्ञानिक रूप से कहें तो यह काफ़ी तर्कसंगत है।

एक के बाद एक अध्ययन से पता चलता है कि केवल यह विश्वास करना कि एक प्लेसबो-एक आकर्षक वस्तु, मानव उपस्थिति (जैसे एक जादूगर या विश्वसनीय चिकित्सक) या विशेष वातावरण को ठीक करना, हमें वास्तव में बेहतर महसूस कराने वाला है। उदाहरण के लिए चिड़चिड़े आंत्र सिंड्रोम के रोगियों के लिए कम पेट दर्द, माइग्रेन पीड़ितों के लिए कम लगातार सिरदर्द के दौरे, और अस्थमा के रोगियों के लिए बेहतर श्वसन लक्षण। यद्यपि प्लेसबो द्वारा प्रदान की जाने वाली राहत की मात्रा बीमारियों और रोगियों में विशेष रूप से भिन्न होती है। जैसे मेस्मर के रोगी, कुछ लोग दूसरों की तुलना में प्लेसबो के प्रति अधिक स्वाभाविक रूप से संवेदनशील होते हैं, कुछ मामलों में यह पर्याप्त हो सकता है।

प्लेसबो पार्किंसंस रोग के लिए भी प्रभावी हैं। एक प्रयोग में, वैज्ञानिकों ने उन्नत पार्किंसंस लक्षणों वाले रोगियों के मस्तिष्क में एक आशाजनक नए रासायनिक उपचार का इंजेक्शन लगाया। उम्मीद थी कि ऐसा करने से डोपामिन उत्पादन को बढ़ावा मिलेगा, जिसका ख़राब स्तर बीमारी का मूल कारण है। सर्जरी के बाद वैज्ञानिकों ने अगले दो वर्षों में रोगियों के लक्षणों की निगरानी की। पहली नज़र में, निष्कर्ष उत्साहजनक थे। इंजेक्शन प्राप्त करने वाले प्रतिभागियों ने अपने लक्षणों में उल्लेखनीय गिरावट का अनुभव किया। लेकिन एक समस्या थी। एक ''दिखावटी सर्जरी'' समूह में शामिल लोगों ने, जिनके सिर में छिद्र भी किया गया था; लेकिन इंजेक्शन (इस संदर्भ में प्लेसबो) नहीं लगाया गया था, लक्षणों में समान गिरावट का

अनुभव किया। उन्होंने सोचा कि उनका विशेष उपचार हो रहा है, इसलिए उनके दिमाग़ और शरीर ने प्रतिक्रिया दी जैसे कि उनका वास्तव में उपचार हुआ हो। इस और तमाम अध्ययनों से साफ़ जाहिर है कि हमारा दिमाग़ अक्सर उतना ही शक्तिशाली होता है, जितनी कि आधुनिक दवाइयाँ।

लेकिन बकबक के बारे में क्या? आख़िरकार, मेस्मर ने ''हिस्टीरिया'' से पीड़ित रोगियों को भी ठीक किया, एक ऐसा शब्द जो कभी उन लोगों का वर्णन करने के लिए इस्तेमाल किया जाता था, जिन्हें बढ़ी हुई भावनाओं को नियंत्रित करने में कठिनाई का अनुभव होता था। पशु चुंबकत्व के प्लेसबो ने भी उनकी मदद की थी। तो क्या प्लेसबो आंतरिक आवाज़ में मदद करते हैं? यही वह सवाल था, जिस पर मैंने 2006 में न्यूरो साइंटिस्ट टोर वेगर के साथ कॉफ़ी पर चर्चा शुरू की, उस समय मैं स्नातक स्कूल में था और वह कोलम्बिया में एक नवनियुक्त सहायक प्रोफ़ेसर थे।

''क्या होगा अगर हम लोगों को सलाइन से भरे नाक के स्प्रे में श्वास लेने के लिए कहें?'' उसने कहा। ''हम उन्हें बताएँगे कि यह एक दर्द निवारक दवा है। मुझे यक़ीन है कि इससे उन्हें बेहतर महसूस होगा। और हम उनके दिमाग़ को भी देखेंगे।''

मैं यह नहीं कहूँगा कि मुझे लगा कि टोर पागल था, लेकिन मुझे पहले तो संदेह हुआ। बहरहाल, हम जल्द ही प्रयोग के साथ आगे बढ़ गए।

नतीजा वह अध्ययन था, जिसमें हमने न्यू यॉर्क शहर के टूटे हुए दिलवालों को उनके दिमाग़ का अध्ययन करने के लिए प्रयोगशाला में लाए। आपको याद होगा कि हमने प्रतिभागियों की मस्तिष्क गतिविधि की निगरानी करके भावनात्मक और शारीरिक दर्द के अनुभव के बीच एक आकर्षक ओवरलैप की खोज की थी, जब उन्होंने उस व्यक्ति की तसवीर देखी, जिसने उन्हें धोखा दिया था। लेकिन वह प्रयोग का केवल पहला भाग था।

प्रतिभागियों ने अध्ययन के उस चरण को पूरा करने के बाद एक सफ़ेद प्रयोगशाला कोट में एक प्रयोगकर्ता ने उन्हें मस्तिष्क स्कैनर से बाहर निकाल दिया और उन्हें दालान के नीचे एक कमरे में ले गए। प्रयोगकर्ता ने दरवाज़ा बंद कर दिया, फिर उनमें से आधे को नाक के स्प्रे के साथ प्रस्तुत किया, उन्हें बताया कि इसमें एक हानि रहित सलाइन द्रव है, जो एमआरआई मस्तिष्क छवियों की स्पष्टता में सुधार करेगा, जिसे हम अध्ययन के अगले

चरण के दौरान एकत्र करने की उम्मीद करते थे। फिर प्रतिभागियों ने प्रत्येक नथुने में दो बार स्प्रे को अंदर लिया और मस्तिष्क इमेजिंग के दूसरे दौर के लिए स्कैनर पर लौट आए। दूसरे समूह ने ठीक उसी प्रक्रिया को एक महत्त्वपूर्ण अंतर के साथ किया। प्रयोगकर्ता ने उन्हें बताया कि उनके नाक स्प्रे में एक ओपिओइड एनाल्जेसिक दवा है, जो अस्थायी रूप से उनके दर्द के अनुभव को कुंद कर देगी। सलाइनस्प्रे हमारा प्लेसबो था।

दोनों समूहों ने एक ही सलाइन सॉल्यूशन लिया। लेकिन उनमें से आधे का मानना था कि उन्होंने ऐसे पदार्थ का सेवन किया, जो उनके दर्द से राहत दिलाएगा। अब हमने प्रभाव को मापा।

जिन प्रतिभागियों ने सोचा था कि उन्हें दर्द निवारक दवा मिली है, उन्होंने बताया कि जब उन्होंने अपनी अस्वीकृति को दूर किया तो उन्हें काफ़ी कम परेशानी का सामना करना पड़ा। इससे भी अधिक यह कि उनके मस्तिष्क डेटा ने एक समान कहानी बताई, उन्होंने अपने मस्तिष्क के सामाजिक दर्द सर्किटरी में उन लोगों की तुलना में काफ़ी कम गतिविधि प्रदर्शित की, जो जानते थे कि उन्होंने सलाइन सॉल्यूशन डाला था। हमने पाया कि प्लेसबो बकबक की गिरफ़्त में रहने वाले लोगों की सीधे मदद कर सकता है। एक स्प्रे जिसमें रासायनिक रूप से सार्थक कुछ भी नहीं है, आंतरिक आवाज़ के लिए दर्द निवारक की तरह काम कर सकता है। यह अजीब और रोमांचक दोनों था। हमारा दिमाग़ एक साथ भावनात्मक संकट पैदा कर सकता है और उस संकट को गुप्त रूप से कम भी कर सकता है।

हमारे अध्ययन के निष्कर्षों ने अन्य कार्य को पूरक बनाया, जिसमें कई स्थितियों के प्रबंधन के लिए प्लेसबो के लाभों का दस्तावेज़ीकरण किया गया था, जिसमें अवसाद और चिंता की नैदानिक अभिव्यक्तियाँ प्रमुख रूप से बकबक करती हैं। और कई मामलों में लाभ क्षणभंगुर नहीं होते हैं। उदाहरण के लिए आठ अध्ययनों के एक बड़े विश्लेषण में पाया गया कि अवसादग्रस्त लक्षणों को कम करने के लिए प्लेसबो लेने के लाभ कई महीनों तक बने रहे।

प्लेसबो के व्यापक प्रभाव इस सवाल को उठाते हैं कि वे इतने चमत्कारिक रूप से क्यों काम करते हैं। जैसा कि यह पता चला है, इस सवाल का स्पष्टीकरण बिलकुल भी चमत्कारी नहीं है। यह एक आवश्यकता

से संबंधित है, जो हमारा मस्तिष्क हमारे जीवन के हर जागने वाले सेकेंड को उत्पन्न करता है- और वह है अपेक्षाएँ।

बड़ी अपेक्षाएँ

3 अगस्त, 2012 को कॉमेडियन टिग नोटारो ने लॉस एंजिल्स में क्लब लार्गो में मंच सँभाला और एक सेट का प्रदर्शन किया, जो तुरंत प्रसिद्ध हो गया। चार दिन पहले उसे पता चला था कि उसके दोनों स्तनों में कैन्सर है, लेकिन यह हाल ही में दुर्भाग्य की एक कड़ी का चरमोत्कर्ष था। वह निमोनिया से गंभीर रूप से बीमार थी और एक भयानक ब्रेकअप से गुज़री थी, और उसकी माँ की मृत्यु गिरने से हुई थी। इसमें से कुछ भी कम से कम मज़ाक़िया नहीं था, लेकिन उसने माइक पकड़ लिया और वैसे भी बात करना शुरू कर दिया।

''शुभ संध्या,'' एनोटारो ने कहा, ''नमस्ते। मुझे कैन्सर है।''

भीड़ एक पंच लाइन की उम्मीद में उम्मीद से हँस पड़ी।

''नमस्ते, आप कैसे हैं? क्या सबका समय अच्छा चल रहा है?'' उसने जारी रखा। ''मुझे कैन्सर है।''

कुछ लोग हँसे। लेकिन कुछ अवाक रह गए। मज़ाक़ यह था कि यह मज़ाक़ नहीं था।

अगर कॉमेडी का हिस्सा असहज जगहों पर जाने के बारे में है, तो नोटारो ने ऐसा ही किया। और यह बहुत असहज था। लेकिन वह प्रतिभाशाली है, नोटारो हँसते-हँसते रोती-बिलखती रही, और ख़ूब हँसी। उदाहरण के लिए वह इस बारे में चिंतित थी कि उसका ऑनलाइन डेटिंग जीवन अब कैसे बदलेगा, इसे नई तात्कालिकता से प्रभावित करेगा। ''मुझे कैन्सर है,'' उसने कहा। ''बस, गंभीर पूछताछ हुई है।''

उसका सेट इस चौंकाने वाली, दुखद, बहादुर और प्रफुल्लित करने वाली ख़बर के साथ में उनतीस मिनट तक जारी रहा और अंततः इसने नोटारो को प्रसिद्धि और सफलता के एक नए स्तर तक पहुँचाया (और शुक्र है, उसने अपने कैन्सर को हरा दिया!) मुझे इसके बारे में जो बात बहुत अच्छी लगती है, वह यह है कि जिस तरह से हम काम करते हैं, उसे नियंत्रित करने में अपेक्षाओं की आवश्यक भूमिका को यह उजागर करता है।

नोटारो को पता था कि वह लोगों को हँसा सकती है, यहाँ तक कि जब वह सबसे अधिक उदास और बकबक करने वाले विषयों में से एक के बारे में कल्पना कर सकती है। उसे बस इतना करना था कि सही शब्दों को सही क्रम में, सही स्वर के साथ और सही विराम के साथ कहे। वह जानती थी कि यह कैसे करना है, क्योंकि उसकी अपेक्षाएँ कितनी अच्छी थीं, उसकी अपेक्षाएँ कि वह क्या कर सकती है और उसका परिणाम क्या होगा। यदि हम इस विचार का विस्तार करते हैं, तो हमें यह अहसास होने लगता है कि हम सभी अपने जीवन के प्रत्येक क्षण में अपेक्षाओं पर निर्भर हैं।

आप चलते हैं। आप क़दम रखते हैं। आप बोलते हैं। अब एक पल के लिए सोचें कि आप इन कार्यों में कैसे शामिल हो सकते हैं। आप यह कैसे निर्धारित करते हैं कि चलते समय अपना पैर कहाँ रखा जाए? गेंद को पकड़ने के लिए कहाँ दौड़ना है? या जब आप किसी बड़े समूह से बात कर रहे हों तो अपनी आवाज़ कैसे पेश करें? हम इन चीज़ों को करने में सक्षम हैं, क्योंकि हम लगातार, होशपूर्वक और अवचेतन रूप से पहले से इनके बारे में बता रहे हैं, बात कर रहे हैं कि हम क्या उम्मीद करते हैं कि आगे क्या होने वाला है और हमारा मस्तिष्क उसी के अनुसार प्रतिक्रिया करने के लिए तैयार करता है।

मस्तिष्क एक भविष्यवाणी करने वाली मशीन है, जो लगातार दुनिया का मार्गदर्शन करने में हमारी मदद करने की कोशिश कर रही है। जितना अधिक हम अपने पिछले अनुभवों को अपने लिए आवश्यक चीज़ों को सहन करने में सक्षम होते हैं, उतना ही बेहतर हमें इस पर होना चाहिए। और यह केवल हमारे व्यवहार के लिए प्रासंगिक नहीं है। यह हमारे शरीर में हमारे आंतरिक अनुभवों को भी सामान्यीकृत करता है, जहाँ से प्लेसबो की भूमिका शुरू होती है। वे हमारे मन और शारीरिक स्वास्थ्य को प्रभावित करने के लिए अपेक्षाओं की शक्ति का दोहन करने के लिए एक हैक की तरह हैं।

जब कोई डॉक्टर आपको बताता है कि आप बेहतर महसूस करेंगे, तो यह आपको ऐसी जानकारी प्रदान करता है, जिसका उपयोग आप यह अनुमान लगाने के लिए कर सकते हैं कि आप वास्तव में समय के साथ कैसा प्रदर्शन करने जा रहे हैं, ख़ासकर यदि उसके पास फ़ैंसी मेडिकल डिग्री है। वह एक सफ़ेद कोट पहने हुए है, और अधिकार के साथ बातचीत करती

है। यह मज़ाक़ नहीं है। शोध से पता चलता है कि जिन विशेषताओं के बारे में आप सोच सकते हैं वे मुख्य नहीं हैं। यदि कोई चिकित्सक एक लैब कोट पहनता है या नहीं, उसके कोट पर उसका नाम चस्पां है या नहीं, और यहाँ तक कि जिन दवा की गोलियों को आप ले रहे हैं वे ''ब्रांड लेबल'' वाली हैं या जेनरिक, ये सभी बातें अवचेतन रूप से हमारे विश्वासों को मज़बूत करती हैं।

अपने जीवन के दौरान, हम स्वचालित विश्वास विकसित करते हैं कि कुछ वस्तुएँ और लोग हमारे स्वास्थ्य को कैसे प्रभावित करते हैं। पावलोव के लार वाले कुत्तों की तरह, हम एक गोली देखते हैं और हम स्पष्ट रूप से उम्मीद करते हैं कि इसका सेवन करने से हम बेहतर महसूस करेंगे, अक्सर बिना यह जाने कि यह क्या है या यह कैसे काम करता है।

अपेक्षाओं के लिए यह मार्ग और प्लेसबो के द्वारा विस्तार ही अचेतन है। यह सावधानीपूर्वक विचार का उत्पाद नहीं है, बल्कि एक स्वचालित, प्रतिक्रियात्मक प्रतिसाद है। शायद आश्चर्यजनक रूप से, अध्ययनों से पता चलता है कि कृतंक और अन्य जानवर इसी स्वचालित चैनल के माध्यम से प्लेसबो का जवाब देते हैं। इस प्रकार की प्रतिक्रिया अनुकूली है। यह हमें विभिन्न स्थितियों में त्वरित और प्रभावी ढंग से प्रतिक्रिया करने के तरीक़े के बारे में बहुत अच्छे अनुमान प्रदान करता है। फिर भी हमने मस्तिष्क में एक अतिरिक्त मार्ग विकसित किया, जो हमारी प्रतिक्रियाओं का मार्गदर्शन करता है, वह है : हमारा सचेत विचार।

जब मेरे सिर में दर्द होता है और मैं दर्द निवारक दवा लेता हूँ, तो मैं ख़ुद को याद दिलाता हूँ कि गोली निगलने से मुझे बेहतर महसूस होगा। यह सरल जागरूकता मेरे मस्तिष्क को कुछ अमूल्य प्रदान करती है, यह उन सभी संदेहों को शांत करने में मदद करती है, जो मेरे भीतर पैदा होते हैं कि मेरे सिर का दर्द कभी दूर होगा कि नहीं। *क्या होगा अगर कुछ भी मदद नहीं करेगा?* मैं ख़ुद से कहता हूँ। *यह बहुत बुरा दर्द होता है। मैं क्या कर सकता हूँ?* गोली लेने से मुझे उम्मीद है कि मेरी परेशानी कम हो जाएगी और ऐसा करने से मेरी आंतरिक बातचीत बदल जाती है। दरअसल, शोध से संकेत मिलता है कि ये सचेत मूल्यांकन मस्तिष्क में उसी डिफ़ॉल्ट प्रणाली पर आते हैं, जहाँ हमारी आंतरिक आवाज़ अपना घर बनाती है।

सरल अर्थ में, जो हो रहा है वह यह है कि मेरा एक विश्वास है।

यह विश्वास मेरी अपेक्षाओं को आकार देता है, जो बदले में मुझे बेहतर महसूस कराता है। लोग हमें ऐसी बातें बताते हैं, जो हम बाद में ख़ुद को बताते हैं, और हमारे पास ऐसे अनुभव भी होते हैं, जिनसे हम विचार निकालते हैं, और यह प्रक्रिया मस्तिष्क में अपेक्षा का एक बुनियादी ढाँचा तैयार करती है। हमारे पास कौन-से विशेष विश्वास हैं यह उन लोगों पर निर्भर करता है, जिन्हें हम जानते हैं और जो चीज़ें हमारे साथ होती हैं। लेकिन वास्तव में मस्तिष्क में क्या चल रहा है, जो इस प्लेसबो ''जादू'' को होने देता है?

चूँकि हमारी मान्यताएँ विभिन्न प्रकार की भावनाओं, शारीरिक प्रतिक्रियाओं और अनुभवों से संबंधित हैं, इसलिए कोई एकल तंत्रिका मार्ग नहीं है जो प्लेसबो प्रभाव पैदा करता है। उदाहरण के लिए यह मानते हुए कि आप कम दर्द महसूस करेंगे, मस्तिष्क और रीढ़ की हड्डी में दर्द सर्किटरी में सक्रियता के निचले स्तर से जुड़ा हुआ है, यह सोचकर कि आप एक महँगी शराब पी रहे हैं, मस्तिष्क की ख़ुशी सर्किटरी में सक्रियता बढ़ा सकती है। यह मानते हुए कि आप वसायुक्त; बनाम स्वस्थ मिल्कशेक का सेवन कर रहे हैं, यहाँ तक कि हंगर हार्मोन ग्रेलिन का स्तर भी कम हो जाता है। वास्तव में, एक बार जब आप किसी चीज़ पर विश्वास कर लेते हैं, तो आपका तंत्रिका तंत्र उन प्रक्रियाओं से संबंधित मस्तिष्क या शरीर के अन्य हिस्सों के सक्रिय होने के स्तर को बढ़ाकर या घटाकर उसे फल देता है, जिनके बारे में आप विश्वास कर रहे हैं।

स्पष्ट रूप से प्लेसबो के प्रभावों की सीमाएँ हैं। आप किसी भी बीमारी से बाहर निकलने के अपने तरीक़े पर पूरी तरह विश्वास नहीं कर सकते। कई चिकित्सा हस्तक्षेप प्लेसबो के ऊपर और अतिरिक्त मूल्य प्रदान करते हैं और अब हम जानते हैं कि प्लेसबो प्रभाव भौतिक परिणामों की तुलना में मनोवैज्ञानिक परिणामों; जैसे बकबक- के लिए अधिक मज़बूत होते हैं। लेकिन इन चेतावनियों के बावजूद प्लेसबो की शक्ति गहरी और निर्विवाद दोनों है। वास्तव में बढ़ते साक्ष्य इंगित करते हैं कि प्लेसबो कुछ दवाओं और उपचारों के लाभों को सुपरचार्ज करते हुए वृद्धिकारक के रूप में कार्य कर सकता है।

हालाँकि समस्या यह है कि प्लेसबो के पिछले दरवाज़े तक पहुँचना थोड़ा कपटपूर्ण है। किसी को काम करने के लिए हमें यह विश्वास करने के लिए धोखा देना होगा कि हम किसी पदार्थ का सेवन कर रहे हैं या ऐसे व्यवहार में संलग्न हैं, जिसमें वास्तविक उपचार गुण हैं। अनुसंधान के बाहर जहाँ अध्ययन में भाग लेने वाले लोगों को आमतौर पर प्लेसबो प्राप्त करने की संभावना के बारे में सूचित किया जाता है, ऐसे झूठ बोलना अनैतिक होगा। इसलिए हम एक बंधन में हैं, हम अपने द्वारा ली जाने वाली दवा के बारे में ख़ुद से झूठ नहीं बोल सकते हैं, जिसका अर्थ है कि प्लेसबो के मामले में हमारे पास एक ऐसे उपकरण तक पहुँच है, जिसका हम लाभ नहीं उठा सकते हैं।

या फिर हम ऐसा कर सकते हैं?

यदि प्लेसबो मूल रूप से विश्वासों को बदलने के बारे में हैं, तो क्या होगा यदि हम लोगों की अपेक्षाओं को बदलने के अन्य तरीक़ों की पहचान कर सकें, जिनमें झूठ शामिल नहीं है? विश्वसनीय स्त्रोतों से प्राप्त जानकारी एक शक्तिशाली प्रेरक उपकरण है। अगर मैं आपको किसी ऐसी चीज़ के बारे में समझाना चाहता हूँ, जिस पर आपको संदेह है, तो तथ्य और विज्ञान अक्सर मदद करते हैं। हार्वर्ड में टेड कप्टचुक और उनकी टीम ने 2010 में इस विचार को भुनाया, जब उन्होंने एक अध्ययन प्रकाशित किया, जिसमें बताया गया था कि प्लेसबो के बारे में वैज्ञानिक दुनिया क्या सोचती है।

सबसे पहले, उन्होंने एक सामान्य बीमारी पर इसे स्थापित किया, जो पहले से ही प्लेसबो के प्रति अच्छी तरह से प्रतिक्रिया प्रदर्शित कर रही थी, वह बीमारी थी इरीटेबल बाउल सिंड्रोम- आईबीएस। काप्चुक और उनके सहयोगी आईबीएस वाले प्रतिभागियों को चिकित्सा केंद्र में लाए जहाँ वे अपना अध्ययन कर रहे थे, उन्होंने उन्हें समझाया कि प्लेसबो क्या हैं और वे कैसे और क्यों काम करते हैं। सिद्धांत रूप में प्लेसबो गोली के बारे में जानने के बाद प्रतिभागियों की अपेक्षाओं को बदल जाना चाहिए था, जिसे बदले में उनके आईबीएस लक्षणों को कम करने के लिए प्रेरित करना चाहिए था। और ठीक ऐसा ही हुआ।

इक्कीस दिवसीय प्रयोग के दौरान, जिन प्रतिभागियों को प्लेसबो प्रभावों के पीछे के विज्ञान के बारे में शिक्षित किया गया था और फिर

सूचित किया गया था कि वे एक प्लेसबो ले रहे थे, उन्होंने उन लोगों की तुलना में कम आईबीएस लक्षण और अधिक राहत प्रदर्शित की जो प्लेसबो के बारे में शिक्षित थे और पर जिन्हें कोई गोली नहीं दी गई थी। यह समझा जा सकता है कि कि कैसे एक प्लेसबो आईबीएस को बेहतर बना सकता है वास्तव में उसने ऐसा ही किया।

ग़ैर-भ्रामक प्लेसबो की अजीब नई संभावनाओं से प्रेरित होकर, मेरी प्रयोगशाला ने यह जाँचने के लिए अपना स्वयं का प्रयोग किया कि क्या कप्टचुक के निष्कर्ष मन की समस्याओं के लिए आँतों की समस्याओं से परे सामान्यीकरण करेंगे। हमने एक समान विधि का उपयोग किया और प्रतिभागियों को दो समूहों में विभाजित किया, जिनमें से एक को प्लेसबो के विज्ञान के बारे में बताया गया। असल में, हमने उनसे कहा – "अगर आपको लगता है कि कोई पदार्थ आपकी मदद करेगा, तो यह होगा।" फिर हमने उन्हें एक प्लेसबो दिया- एक नाक स्प्रे, फिर से, और उन्हें फिर से कहा कि अगर उन्हें लगता है कि यह उन्हें बेहतर महसूस कराएगा- तो यह होगा।

इसके बाद हमने रक्त और जमे हुए ख़ून के दृश्य (प्रतिभागियों ने ऐसी छवियों को पहले से देखने के लिए सहमति व्यक्त की थी) जैसे प्रतिकूल चित्र दिखाकर उनकी नकारात्मक भावनाओं को भड़काया। निश्चित रूप से, प्लेसबो समूह के लोगों ने कम परेशानी का अनुभव किया। उन्होंने एक व्यथित छवि देखने के दो सेकेंड के भीतर मस्तिष्क में कम भावनात्मक गतिविधि भी प्रदर्शित की।

कई प्रयोगशालाओं ने अनुसंधान की इस रेखा को अन्य स्थितियों तक बढ़ा दिया है। उदाहरण के लिए नॉन डिसेप्टिव प्लेसबो को एलर्जी के लक्षणों, पीठ के निचले हिस्से में दर्द, अटेंशन डेफ़िसिट हाइपरएक्टिविटी डिसऑर्डर और डिप्रेशन में सुधार के लिए प्लेसबो ने सुधार के लक्षण प्रदर्शित किए हैं। हमें अभी भी यह समझने के लिए और अधिक काम करने की आवश्यकता है कि कितने शक्तिशाली और लंबे समय तक चलने वाले ग़ैर-भ्रामक प्लेसबो प्रभाव हो सकते हैं। लेकिन इन खोजों ने संभावनाओं का एक नया सेट खोल दिया है कि लोग शारीरिक और भावनात्मक दर्द से कैसे निपट सकते हैं, और प्रदर्शित करते हैं कि विश्वास हमारे आंतरिक आवाज़ और स्वास्थ्य को कैसे प्रभावित करते हैं। वे एक और महत्त्वपूर्ण

बात भी प्रकट करते हैं - बकबक से लड़ाई को कम करने में संस्कृति की भूमिका।

हमारी कई मान्यताएँ उस संस्कृति से संचरित होती हैं, जिससे हम आते हैं, जैसे कि डॉक्टरों और लकी चार्म्स के बारे में हमारी अपेक्षाएँ और हमारे वातावरण में अन्य सभी प्रकार के अंधविश्वासी प्रभाव। इस अर्थ में- परिवार, समुदाय, धर्म और संस्कृति के अन्य रूप जो हमें आकार देते हैं, हमें बकबक से निपटने के लिए उपकरण भी प्रदान करते हैं। फिर भी विश्वास एकमात्र ''मेजिकल'' टूल नहीं हैं, जो हमारी संस्कृतियाँ हमें हस्तांतरित करती हैं वे एक और दृष्टिकोण भी प्रदान करते हैं : और वह है- धार्मिक संस्कार।

शार्क के साथ मछली पकड़ने का जादू

प्रथम विश्व युद्ध ब्रोनिस्लाव मैसलिनोव्स्की के लिए उल्लेखनीय रूप से अच्छा रहा।

पोलिश में जन्मे, लंदन स्कूल ऑफ़ इकोनॉमिक्स में मानव विज्ञान के तीस वर्षीय छात्र, उन्होंने मूल जनजातियों के रीति-रिवाजों पर फ़ील्डवर्क करने के लिए 1914 में न्यू गिनी की यात्रा की। हालाँकि उनके आने के तुरंत बाद, प्रथम विश्व युद्ध छिड़ गया। इसने मालिनोवस्की को राजनीतिक रूप से अजीब स्थिति में डाल दिया, क्योंकि वह तकनीकी रूप से दुश्मन की रेखाओं के पीछे थे। वह ऑस्ट्रो-हंगेरियन साम्राज्य के नागरिक थे, जो अब ब्रिटेन के साथ युद्ध में था। इसी तरह न्यू गिनी एक ऑस्ट्रेलियाई क्षेत्र था और इस प्रकार ब्रिटेन का सहयोगी था। नतीजतन मालिनोवस्की वापस इंग्लैंड या पोलैंड के लिए घर नहीं जा सके, लेकिन स्थानीय अधिकारियों ने फ़ैसला किया कि मालिनोवस्की को अपना काम जारी रखने दिया जाए। इसलिए सुदूर दक्षिणी गोलार्ध में उन्होंने संस्कृति और मानव मन को समझने की खोज शुरू की।

मालिनोवस्की का सबसे महत्त्वपूर्ण काम न्यू गिनी के पास एक द्वीप समूह, ट्रोब्रिआंड द्वीप समूह में बिताए गए दो वर्षों में विकसित हुआ, जहाँ उन्होंने वहाँ की जनजातियों के साथ रहकर उनकी संस्कृति का अनुभव किया। अपने चश्मे, ऊँचे जूतों, सफ़ेद कपड़ों और हल्के गंजे सिर के साथ,

वह द्वीपवासियों से अलग खड़े थे, जिनकी त्वचा का रंग गहरा था, जो बिना शर्ट के थे और कॉफ़ी की तरह एक उत्तेजक सुपारी चबाते थे, जिससे उनके दाँतों का रंग लाल हो गया था। फिर भी मालिनोवस्की उनकी स्वीकृति और उनकी परंपराओं की गहरी समझ हासिल करने में सफल रहे, जिसमें उनकी मछली पकड़ने की प्रथाओं में शामिल जादू भी था।

जब द्वीपवासी सुरक्षित, उथले लैगून में मछली पकड़ने के अभियान पर निकले तो उन्होंने बस अपने मछली पकड़ने के भाले और जाल पकड़ लिए, वे अपनी डोंगी में बैठ कर निकले, और द्वीप के जलमार्गों के साथ तब तक चले जब तक उन्हें अपना पसंदीदा स्थान नहीं मिला। लेकिन जब उन्होंने द्वीप के चारों ओर शार्क-संक्रमित अप्रत्याशित पानी में मछली पकड़ी, तो ट्रोब्रिएंडर्स ने अलग तरह से व्यवहार किया। प्रस्थान करने से पहले उन्होंने अपने पूर्वजों को भोजन दिया, अपनी डोंगी पर जड़ी-बूटियाँ रगड़ीं और जादुई मंत्रों का जाप किया। जब वे खुले समुद्र में थे तब उन्होंने और अधिक जादुई मंत्र पढ़े।

"मैं तुम्हें लात मारता हूँ, हे शार्क!" उन्होंने अपनी भाषा किलिविला में कहा। "पानी के नीचे बतख, शार्क। मरो, शार्क, मरो।"

बेशक, ट्रोब्रिएंडर्स वास्तव में जादू में शामिल नहीं थे। ख़तरनाक मछली पकड़ने की यात्रा पर जाने से पहले वे तैयारी की विस्तृत कोरियोग्राफ़ी में लगे हुए थे, जो उनके जनजाति की विशिष्टताओं में से एक थी। वे भावनात्मक स्तर पर पूरी तरह से व्यावहारिक काम कर रहे थे, जो मनुष्य के मनोविज्ञान से बात करता है।

वे धार्मिक कर्मकांड में संलग्न थे- जो बकबक को कम करने के लिए एक और उपकरण था।

जब लोग दुःख से भर जाते हैं, तो धार्मिक संस्थाएँ शोक संस्कारों में शामिल होने की सलाह देती हैं, जैसे कि अनुष्ठान स्नान, मृतकों को दफ़नाना, और अंत्येष्टि या स्मारक सेवाएँ देना। जब वेस्ट प्वाइंट पर अमेरिकी सैन्य अकादमी में भाग लेने वाले कैडेट परीक्षा से पहले तनाव का अनुभव करते हैं, तो उन्हें बताया जाता है कि जॉन सेडविक नामक एक गृहयुद्ध जनरल की कांस्य प्रतिमा के पीछे अपनी वर्दी में कपड़े पहनना और परिसर में घूमना उनके परीक्षा प्रदर्शन में सुधार होगा। हम देखते हैं कि रस्में तेज़ी से व्यापारिक दुनिया में भी अपना रास्ता तलाश रही हैं। जब साउथ वेस्ट

एयरलाइंस ने 2014 में अपने विमानों के किनारों पर एक नए दिल के आकार के लोगो के साथ रीब्रांड किया, तो पायलटों ने बोर्ड पर क़दम रखते ही इसे छूना शुरू कर दिया, और यह पूरी कंपनी में फैल गया, संभवतः उड़ान के अपरिहार्य जोख़िम का रोज़ सामना करने के कारण आराम के स्त्रोत के रूप में वे ऐसा कर रहे थे।

ये सभी सांस्कृतिक रूप से संचरित रीति-रिवाजों के उदाहरण हैं, लेकिन आप संभवत: अपने द्वारा बनाए गए या अन्य लोगों के कुछ सनकी रिवाजों के बारे में सोच रहे होंगे। हॉल ऑफ़ फ़ेम के तीसरे बेसमैन वेड बॉग्स ने ठीक 7:17 बजे शाम को (7:35 पर मैच शुरू होने से पहले) हवा के झोंकों के बीच 150 ग्राउंड बॉल्स फ़ील्ड कीं और प्रत्येक गेम से पहले चिकन खाया। एक और उदाहरण दूँ, तैंतीस साल के स्टीव जॉब्स हर सुबह आईने में स्वयं को देखते हुए अपने से पूछते थे कि क्या यह उनके जीवन का अंतिम दिन है और वह जो करने जा रहे हैं क्या उससे उन्हें ख़ुशी मिलेगी। इस तरह के सनकी विचार प्रसिद्ध लोगों तक सीमित नहीं हैं। एक अध्ययन में, हार्वर्ड के ऑर्गनाइजेशनल साइकोलॉजिस्ट माइकल नॉर्टन और फ़्रांसिस्को गिनो ने पाया था कि अधिकतर अनूठे रिवाजों का पालन वे लोग करते हैं, जिन्होंने ज़बरदस्त नुक़सान झेला हो, जैसे कि किसी प्रियजन की मौत या प्रेम प्रसंग का टूटना।

भले ही हम जिन रीति-रिवाजों में संलग्न हैं, वे व्यक्तिगत या सामूहिक हों, अनुसंधान इंगित करता है कि जब बहुत से लोग बकबक का अनुभव करते हैं, तो वे स्वाभाविक रूप से व्यवहार के इस जादुई रूप में बदल जाते हैं और यह आंतरिक आवाज़ के लिए राहत प्रदान करता है।

2006 के लेबनान संघर्ष के दौरान इज़राइल में किए गए एक अध्ययन में पाया गया कि युद्ध क्षेत्रों में रहने वाली महिलाओं ने अनुष्ठानिक रूप से भजनों का पाठ किया, उनकी चिंता कम हुई, उन लोगों के विपरीत जो ऐसा नहीं करते थे। कैथोलिकों के लिए माला का जाप करना चिंता कम करने के समान है। अनुष्ठान भी लक्ष्यों को पूरा करने में मदद कर सकते हैं। एक प्रयोग में पाया गया कि भोजन से पहले एक अनुष्ठान में शामिल होने से महिलाओं को स्वस्थ खाने के लिए संघर्ष करने में मदद मिली, जो अपने खाने के बारे में ''सावधान'' रहने की कोशिश करने वाली महिलाओं की तुलना में कम कैलोरी का उपभोग करती हैं।

अनुष्ठान भी उच्च दबाव की स्थितियों में प्रदर्शन को सकारात्मक रूप से प्रभावित करते हैं जैसे गणित की परीक्षा और बहुत अधिक मज़ेदार लेकिन इससे भी अधिक बकबक उत्प्रेरक कराओके प्रदर्शन करना। एक मेमोरैबल प्रयोग में प्रतिभागियों ने किसी अन्य व्यक्ति के सामने बैंड जर्नी का महाकाव्य गीत ''डोंट स्टॉप बिलीविन'' गाया था। जिन लोगों ने पहले से कोई अनुष्ठान किया था, उन्होंने कम चिंता महसूस की, उनकी हृदय गति कम थी और उन प्रतिभागियों की तुलना में बेहतर गाया, जो ऐसा नहीं करते थे। इससे यह सबक़ मिलता है कि कर्मकांडों में विश्वास करना शुरू करें।

यह बताना महत्त्वपूर्ण है कि अनुष्ठान केवल आदतें या दिनचर्या नहीं हैं। कई विशेषताएँ उन्हें हमारे जीवन को भरने वाले अधिक समृद्ध रीति-रिवाजों से अलग करती हैं।

सबसे पहले वे अक्सर एक ही क्रम में किए जाने वाले व्यवहारों के कठोर अनुक्रम से युक्त होते हैं। यह एक आदत या दिनचर्या से अलग है, इस स्थिति में उन व्यवहारों को बनाने वाले चरणों का क्रम शिथिल या बार-बार बदल सकता है। एक उदाहरण के रूप में मेरी दैनिक दिनचर्या में से एक को लें। जब मैं हर सुबह उठता हूँ, तो मैं तीन चीज़ें करता हूँ - मैं थायरॉइड गोली लेता हूँ; (मेरी ग्रंथि सिर्फ़ ज़रा-सी कम सक्रिय है), अपने दाँतों को ब्रश करता हूँ, और एक कप चाय पीता हूँ। जबकि मेरा चिकित्सक पसंद करेगा कि मैं अपनी दवा पहले ले लूँ (ख़ाली पेट बेहतर चयापचय करता है।) ऐसा हमेशा नहीं होता है। कुछ दिन चाय सबसे पहले आती है। कभी मैं जागते ही ब्रश करता हूँ। और यह ठीक है। यदि मैं उन्हें किसी विशेष क्रम में नहीं करता हूँ, तो मैं व्यवहार के अनुक्रम को दोहराने के लिए मज़बूर महसूस नहीं करता, और मुझे पता है कि उनके आदेश का मुझ पर अच्छे या बुरे के लिए कोई महत्त्वपूर्ण प्रभाव नहीं पड़ेगा।

अब इसकी तुलना इस बात से करें कि मैं क्या करूँ जब सुबह ऑस्ट्रेलियाई ओलिंपिक तैराक स्टेफ़नी राइस हर दौड़ से पहले क्या करती है। वह अपनी बाँहों को आठ बार घुमाती है, अपने चश्मे को चार बार दबाती है, और चार बार अपनी टोपी को छूती है। वह हमेशा ऐसा करती है। व्यवहार की यह प्रगति राइस का व्यक्तिगत और अजीबोगरीब आविष्कार है, जैसा कि कई अन्य व्यक्तिगत अनुष्ठान हैं। वास्तव में, अनुष्ठानों की रचना करने वाले विशिष्ट क़दमों का अक्सर उस व्यापक लक्ष्य से कोई

स्पष्ट संबंध नहीं होता है, जिस उद्देश्य को वे पाना चाहते हैं। उदाहरण के लिए यह स्पष्ट नहीं है कि राइस अपने चश्मे को कैसे टैप कर रही है और चार बार टोपी लगाने से उसे तेज़ी से तैरने में मदद मिलेगी। लेकिन उसके लिए इसका अपना अर्थ है, और यह हमें कर्मकांडों की दूसरी विशेषता से जोड़ता है।

संस्कार अर्थ से ओतप्रोत होते हैं। वे महत्त्व दिए जाने से ऊर्जा प्राप्त करते हैं, क्योंकि उनके पास एक महत्त्वपूर्ण अंतर्निहित उद्देश्य होता है, चाहे वह मृतकों के सम्मान के लिए क़ब्रिस्तान के पत्थर पर एक छोटा-सा शिलालेख लगाना हो, फ़सलों को पोषण देने के लिए बारिश नृत्य में शामिल होना हो, या कम्युनियन लेना हो। अनुष्ठानों का अपना विशिष्ट अर्थ होता है, क्योंकि वे हमें अपनी चिंताओं को पार करने में मदद करते हैं, हमें ख़ुद से बड़ी ताक़तों से जोड़ते हैं। वे एक साथ हमारे दृष्टिकोण को व्यापक बनाने और अन्य लोगों और ताक़तों के साथ जुड़ाव की हमारी भावना को बढ़ाने का काम करते हैं।

हमारी आंतरिक आवाज़ों को प्रबंधित करने में हमारी मदद करने के लिए अनुष्ठानों के इतने प्रभावी होने का कारण यह है कि वे एक बकबक को कम करने वाले कॉकटेल हैं जो हमें कई तरीक़ों से प्रभावित करते हैं। एक के लिए, वे हमारा ध्यान उस चीज़ से हटाते हैं, जो हमें परेशान कर रही है, अनुष्ठान के कार्यों को पूरा करने के लिए वे कार्यशील स्मृति पर जो माँगें रखते हैं, वे आंतरिक आवाज़ की चिंता और नकारात्मक अभिव्यक्तियों के लिए बहुत कम जगह छोड़ती हैं। यह समझा सकता है कि खेल में प्रीगेम अनुष्ठान क्यों होते हैं, जो सबसे अधिक चिंता से भरे क्षण में एक व्याकुलता प्रदान करते हैं।

कई अनुष्ठान हमें व्यवस्था की भावना भी प्रदान करते हैं, क्योंकि हम ऐसे व्यवहार करते हैं जिन्हें हम नियंत्रित कर सकते हैं। उदाहरण के लिए, हम यह नियंत्रित नहीं कर सकते कि हमारे बच्चों का जीवन भर क्या होगा? और हम उन्हें केवल एक सीमा तक ही सुरक्षित रख सकते हैं, जो कई माता-पिता के लिए बकबक का स्त्रोत है। जब वे जन्म लेते हैं तो हम उनका नामकरण कर सकते हैं या जन्म से संबंधित किसी और रीति-रिवाज का पालन कर सकते हैं इससे हमें एक तरह का भ्रम हो जाता है कि उनके जीवन पर हमारा नियंत्रण है।

क्योंकि अनुष्ठान अर्थ से प्रभावित होते हैं और अक्सर उन उद्देश्यों या शक्तियों से जुड़े होते हैं जो हमारी व्यक्तिगत चिंताओं से परे होते हैं। वे हमें महत्त्वपूर्ण मूल्यों और समुदायों से जुड़े हुए महसूस कराते हैं जो हमारी भावनात्मक ज़रूरतों को पूरा करते हैं और अलगाव के ख़िलाफ़ एक बचाव के रूप में काम करते हैं। अनुष्ठानों की यह प्रतीकात्मक विशेषता अक्सर हमें विस्मय से भर देती है, जो हमारे दृष्टिकोण को इस तरह से विस्तृत करती है कि हम अपनी चिंताओं के साथ कितने व्यस्त हैं। बेशक अनुष्ठान भी अक्सर प्लेसबो तंत्र को सक्रिय करते हैं- यदि हम मानते हैं कि वे हमारी सहायता करेंगे, तो वे करते हैं।

अनुष्ठानों के सबसे दिलचस्प पहलुओं में से एक यह है कि हम अक्सर उन्हें जाने बिना भी उनमें शामिल हो जाते हैं। उदाहरण के लिए चेक गणराज्य में किए गए एक प्रयोग में पाया गया कि कॉलेज के छात्रों को उच्च स्तर की चिंता का अनुभव करने के लिए प्रेरित करने के कारण वे बाद में अधिक अनुष्ठानिक सफ़ाई व्यवहारों में शामिल हो गए। इसी तरह के निष्कर्ष बच्चों में स्पष्ट हैं। एक प्रयोग में, छह साल के बच्चे जिन्हें उनके साथियों द्वारा सामाजिक रूप से ख़ारिज कर दिया गया था, उनके अध्ययन में शामिल ऐसे अन्य बच्चों की तुलना में दोहराव वाले- अनुष्ठान के समान व्यवहार में शामिल होने की अधिक संभावना थी, जिन्हें सामाजिक रूप से अस्वीकार नहीं किया गया था।

मुझे स्वयं इसी तरह के कर्मकांड का व्यक्तिगत अनुभव है। जब मैं यह पुस्तक लिख रहा था, जब मैं लेखक के ब्लॉक के साथ अपने कंप्यूटर स्क्रीन पर घूर रहा था, मेरे विचारों की आंतरिक धारा इस बारे में संदेह से भरी हुई थी कि क्या मैं कभी ख़त्म कर पाऊँगा, मैंने ख़ुद को रसोई में बर्तन साफ़ करने के लिए जाते हुए और किचन काउंटर की सफ़ाई करते हुए पाया, और फिर मैंने मेरे घर-कार्यालय डेस्क पर बिखरे हुए काग़ज़ात को व्यवस्थित किया (व्यवहार का एक नया सेट जो मेरी पत्नी को अजीब लगा, हालाँकि आपत्तिजनक नहीं था, क्योंकि उन्हें साफ़ करने के बजाय गड़बड़ करने की मेरी सामान्य प्रवृत्ति थी।) जब मैंने इस अध्याय पर शोध करना शुरू किया, तभी मुझे अहसास हुआ कि लेखन प्रक्रिया की निराशा और मेरी आने वाली समय सीमा से निपटने के लिए यह मेरा अनुष्ठान था।

अनुष्ठानों का यह जैविक उद्भव प्रतीत होता है कि हम अपने वांछित लक्ष्यों को प्राप्त कर रहे हैं या नहीं, यह देखने के लिए मस्तिष्क की उल्लेखनीय क्षमता का एक उत्पाद है। हमारे उद्देश्यों के लिए आंतरिक आवाज़ से बचने का लक्ष्य जो पीड़ापूर्वक नकारात्मक हो जाता है। कई प्रभावशाली सिद्धांतों के अनुसार, आपके मस्तिष्क को थर्मोस्टेट की तरह स्थापित किया जाता है ताकि यह पता लगाया जा सके कि आपके वर्तमान और आपके वांछित अंत अवस्था के बीच विसंगतियाँ कब उभरती हैं। जब एक विसंगति दर्ज की जाती है, तो यह हमें तापमान को नीचे लाने के लिए कार्य करने का संकेत देती है। और कर्मकांडों में शामिल होना एक तरीक़ा है जिससे लोग ऐसा कर सकते हैं।

मुझे इस बात पर ज़ोर देना चाहिए कि जब हम बकबक का अनुभव करते हैं तो हमें अवचेतन रूप से अनुष्ठानों में शामिल होने के लिए प्रेरित होने की प्रतीक्षा नहीं करनी चाहिए। हम उनमें जानबूझकर भी शामिल हो सकते हैं, जैसा कि अब मैं करता हूँ, जब भी मैं काम पर अटका हुआ महसूस करता हूँ (मेरी रसोई और घर का कार्यालय इतना साफ़ कभी नहीं रहा।) ऐसा करने के कई तरीक़े हैं। एक दृष्टिकोण में तनाव-उत्प्रेरण घटना से पहले या बाद में संलग्न होने के लिए या बकबक से निपटने में हमारी मदद करने के लिए अपने स्वयं के अनुष्ठान बनाना शामिल है। प्रयोगों से पता चलता है कि लोगों को पूरी तरह से मनमाने कृत्यों में शामिल करने के लिए प्रेरित करना जो संरचना में कठोर हैं, इसके लाभ हैं। उदाहरण के लिए कराओके अध्ययन में, जिसमें प्रतिभागियों को जर्नी का ''डोंट स्टॉप बिलीविन'' गाना सुनाया गया था, उन्हें अपनी भावनाओं की एक तसवीर खींचने, उस पर नमक छिड़कने, पाँच ज़ोर से गिनने, फिर इस काग़ज़ को उछालने और इसे कूड़ेदान में फेंक देने के लिए कहा गया था। एक अनुष्ठान पर केवल एकमुश्त निर्भरता ने उनके प्रदर्शन में सुधार किया था।

हम देखते हैं कि जो लोग प्रयोगशाला सेटिंग्स में ऐसे अनुष्ठान में संलग्न होते हैं, हालाँकि उनके सांस्कृतिक अर्थ को छीन लिया जाता है, जिसे हम जानते हैं कि इसके अतिरिक्त लाभ हैं, क्योंकि यह भय, सामाजिक संबंध और उत्कृष्टता की भावना प्रदान करता है। इस बात को ध्यान में रखते हुए, बकबक का सामना करते समय अनुष्ठानों का लाभ उठाने के लिए एक और तैयार तरीक़ा हमारी संस्कृतियों, हमारे परिवारों,

कार्यस्थलों, और व्यापक सामाजिक संस्थानों से संचरित लोगों पर निर्भर होना है। आप अपने धर्म से आकर्षित हो सकते हैं और एक सेवा में जा सकते हैं, या यहाँ तक कि अपने परिवार के विचित्र लेकिन सार्थक अनुष्ठान भी कर सकते हैं। उदाहरण के लिए मैं अपने बच्चों के लिए हर रविवार की सुबह जिम में वर्कआउट करने के बाद वफ़ल बनाता हूँ। इससे कोई फ़र्क़ नहीं पड़ता कि अनुष्ठान कहाँ से आते हैं या वे वास्तव में कैसे बनते हैं, वे बस मदद करते हैं।

मन का जादू

प्लेसबो और अनुष्ठानों की शक्ति अलौकिक शक्तियों में नहीं रहती है; हालाँकि कुछ लोगों का मानना है कि ऐसा होता है, (और यह किसी भी तरह से ऐसी प्रथाओं के लाभों को कम नहीं करता है।) उनके लाभ इसके बजाय बकबक से लड़ने वाले उपकरणों को सक्रिय करने की उनकी क्षमता में निहित हैं, जो हम अपने अंदर रखते हैं।

उनकी क्षमता को ध्यान में रखते हुए यह ध्यान रखना दिलचस्प है कि जहाँ कई लोग अपने स्वयं के व्यक्तिगत अनुष्ठान और प्लेसबो विकसित करते हैं, हम जिन संस्कृतियों का हिस्सा हैं, वे हमें इन तकनीकों का एक विशाल वर्गीकरण प्रदान करती हैं। संस्कृति की तुलना अक्सर उस अदृश्य हवा से की जाती है, जिसमें हम साँस लेते हैं, और हम जो साँस लेते हैं, उसमें से अधिकांश हमारे मन और व्यवहार को आकार देने वाले विश्वास और प्रथाएँ हैं। आप लोगों को बकबक से निपटने में मदद करने के लिए उपकरण वितरित करने के लिए एक प्रणाली के रूप में संस्कृति के बारे में भी सोच सकते हैं। फिर भी इन उपकरणों के बारे में हमारी वैज्ञानिक समझ लगातार आगे बढ़ रही है, जो एक सवाल उठाती है : हम इस नए ज्ञान को कैसे फैलाते हैं और इसे समग्र रूप से अपनी संस्कृति में एकीकृत करते हैं?

जब तक मेरी एक छात्रा ने कक्षा में हाथ नहीं उठाया, तब तक मैंने इस प्रश्न पर वास्तव में कभी विचार नहीं किया।

उसने मुझसे जो पूछा उसने सब कुछ बदल दिया।

निष्कर्ष

"हम अभी इसके बारे में क्यों सीख रहे हैं?"

ये शब्द, जो गुस्से में पूछे गए थे, एक सेमिनार के अंतिम दिन एरियाल नाम की एक छात्रा से आए थे, जिसे मैं पढ़ा रहा था। पिछले तीन महीनों के लिए मैंने अपने मंगलवार दोपहर को मिशिगन विश्वविद्यालय के अट्ठाईस विश्वविद्यालय के स्नातकों के साथ मनोविज्ञान विभाग के तहख़ाने में बिताए थे, इस बात पर चर्चा करते हुए कि विज्ञान ने हमें लोगों की भावनाओं को नियंत्रित करने की क्षमता के बारे में क्या सिखाया है, जिसमें बकबक और मन की आवाज़ भी शामिल है। छात्रों का अंतिम कार्य मेरे लिए प्रश्नों के साथ कक्षा में आना था। पाठ्यक्रम के अंत से पहले, और ज़्यादातर मामलों में स्नातक होने और अपने जीवन के अगले चरण में आगे बढ़ने से पहले किसी भी तरह के संदेह को उठाने का उनका मौक़ा था। यह वह सत्र था, जिसके लिए मैं कक्षा में पढ़ाए जाने वाले प्रत्येक सेमेस्टर में सबसे अधिक तत्पर रहता था। चर्चाएँ हमेशा दिलचस्प विचारों को जन्म देती हैं, जिनमें से कुछ ने नए अध्ययन का मार्ग भी प्रशस्त किया है। उस धूप वाली दोपहर में जब मैंने कक्षा में प्रवेश किया तो मुझे कम ही पता था कि यह विशेष अंतिम सत्र एक वैज्ञानिक के रूप में मेरे काम में एक नया आयाम जोड़ देगा।

जैसे ही कक्षा शुरू हुई, एरियाल ने अपना हाथ ऊपर कर लिया, उसने मुझसे आग्रह किया मैं सबसे पहले उससे पूछूँ। मैं इससे ख़ुश हुआ, लेकिन मैंने मना किया, लेकिन मुझे समझ नहीं आया कि वह क्या पूछ रही है। "क्या आप अधिक विशिष्ट हो सकती हैं?" मैंने कहा।

''हमने इस पूरे सेमेस्टर में बेहतर महसूस करने और अधिक सफल होने के तरीक़ों के बारे में जाना है,'' उसने कहा। ''लेकिन हममें से अधिकांश इस वर्ष स्नातक होने जा रहे हैं। किसी ने हमें इन बातों के बारे में पहले क्यों नहीं सिखाया, जबकि हम वास्तव में इनसे लाभान्वित हो सकते थे।''

कक्षा को कई बार पढ़ाने के बाद आप आमतौर पर जानते हैं कि किन प्रश्नों की अपेक्षा की जानी चाहिए। लेकिन यह प्रश्न नया था- मुझे लगा जैसे मैं अभी-अभी दीवार की ओर मुँह करके भागा हूँ, मुझे नहीं पता था कि वह वहाँ थी।

मैंने एरियाल के प्रश्न से बाक़ी कक्षा का ध्यान हटा दिया था (क्लासिक प्रोफ़ेसर तकनीक।) छात्रों ने हाथ उठाकर सुझाव देना शुरू किया। लेकिन मैं मुश्किल से सुन रहा था। मैं अपने दिमाग़ के भीतर कहीं फँस गया था, एरियाल ने जो कुछ कहा था मेरा ध्यान उसी पर लगा हुआ था।

सच तो यह था, मेरे पास कोई जवाब नहीं था।

आख़िरकार, कक्षा का समय समाप्त हो गया। मैंने छात्रों को अलविदा कह दिया, और वे अपने भविष्य में चले गए। लेकिन एरियाल ने जो कुछ कहा उससे वह मेरे दिमाग़ में ख़ुद को एक किरच की तरह दर्ज करा रही थी।

अपने पूरे करियर के दौरान - और उस पूरे सेमेस्टर में भी - मैं ऐसे लोगों से मिला हूँ, जो अपनी आंतरिक आवाज़ से बचने के लिए बेताब हैं, क्योंकि यह उन्हें कितना बुरा लगता है। यह समझ में आता है। जैसा कि हम जानते हैं, बकबक हमारे विचारों को दूषित कर सकती है और हमें दर्दनाक भावनाओं से भर सकती है, जो समय के साथ, हमारे स्वास्थ्य, हमारी आशाओं और हमारे रिश्तों को नुक़सान पहुँचाती है। यदि आप अपनी आंतरिक आवाज़ को एक आंतरिक पीड़ा के रूप में सोचते हैं, तो इसे स्थायी रूप से म्यूट करने के बारे में कल्पना करना स्वाभाविक है। लेकिन अपने भीतर की आवाज़ को खोना, वास्तव में आख़िरी चीज़ है, जिसे आप कभी भी चाहते हैं यदि आपका उद्देश्य एक कार्यात्मक जीवन जीना है- एक अच्छा जीवन तो बिलकुल नहीं।

जबकि कई संस्कृतियाँ आज पल में जीने का जश्न मनाती हैं, हमारी प्रजातियाँ हर समय इस तरह से कार्य करने के लिए विकसित नहीं हुई हैं।

बिलकुल इसके विपरीत। हमने अपनी आंतरिक दुनिया को विचारों और यादों और आंतरिक आवाज़ से प्रेरित कल्पनाओं के साथ स्पंदित रखने की क्षमता विकसित की है। हमारी व्यस्त आंतरिक बातचीत के लिए धन्यवाद, जिसकी वजह से हम अपने दिमाग़ में जानकारी रखने, अपने निर्णयों पर चिंतन करने, अपनी भावनाओं को नियंत्रित करने, वैकल्पिक भविष्य का अनुकरण करने, अतीत के बारे में याद दिलाने, अपने लक्ष्यों का ट्रैक रखने और व्यक्तिगत रूप से स्वयं को लगातार अपडेट करने में सक्षम हैं। कथाएँ जो हमारी समझ को रेखांकित करती हैं कि हम कौन हैं। हमारे दिमाग़ से पूरी तरह से बचने में असमर्थता हमारी प्रतिभा का मुख्य चालक है, जो चीज़ें हम बनाते हैं, जो कहानियाँ हम बताते हैं, और जिस भविष्य के सपने हम देखते हैं वे इसी से संचालित होते हैं।

हालाँकि यह एक ग़लती है कि हम अपनी आंतरिक आवाज़ को तभी महत्त्व देते हैं, जब वह हमारी भावनाओं को उत्तेजित करती है। यहाँ तक कि जब हमारी ख़ुद से बातचीत नकारात्मक हो जाती है, तो भी यह अपने आप में कोई बुरी बात नहीं है। जितना अधिक यह चोट पहुँचा सकती है, छोटी मात्रा में भय, चिंता, क्रोध और अन्य प्रकार के संकट का अनुभव करने की क्षमता काफ़ी उपयोगी है। वे हमें हमारे वातावरण में परिवर्तनों के लिए प्रभावी ढंग से प्रतिक्रिया करने के लिए प्रेरित करते हैं। कहने का तात्पर्य यह है कि कई बार आंतरिक आवाज़ मूल्यवान होती है, दर्द के बावजूद नहीं, बल्कि दर्द के कारण।

हम किसी कारण से दर्द का अनुभव करते हैं। यह हमें ख़तरे की चेतावनी देता है, हमें कार्रवाई करने का संकेत देता है। यह प्रक्रिया हमें एक ज़बरदस्त उत्तरजीविता लाभ प्रदान करती है। वास्तव में, हर साल कम संख्या में लोग आनुवंशिक उत्परिवर्तन के साथ पैदा होते हैं, जिससे उनके लिए दर्द महसूस करना असंभव हो जाता है। परिणामस्वरूप वे आमतौर पर युवा मर जाते हैं। क्योंकि वे अनुभव नहीं करते हैं, उदाहरण के लिए संक्रमण की परेशानी, उबलते हुए पानी की छींट से जलन या टूटी हुई हड्डी की पीड़ा, वे नहीं जानते कि उन्हें किस मदद की ज़रूरत है या उनकी अत्यधिक भेद्यता क्या है।

यह घटना हमारी आंतरिक आवाज़ के कठोर पक्ष की अपरिहार्यता को दर्शाती है। लेकिन अगर हमारे पास यह महत्त्वपूर्ण आत्म-चिंतन क्षमता

नहीं है, तो हमें सीखने, बदलने और सुधार करने में मुश्किल होगी। जब मैं एक डिनर पार्टी में मज़ाक़ करता हूँ तो असहज होता हूँ, मैं आभारी हूँ कि बाद में, मैं अपने दिमाग़ में जो ग़लत हुआ उसे फिर से दोहरा सकता हूँ, इसलिए मुझे उम्मीद है कि अगली बार मैं ख़ुद को –और अपनी पत्नी को– शर्मिंदा नहीं करूँगा।

आप एक आंतरिक आवाज़ के बिना ऐसा जीवन नहीं जीना चाहेंगे, जो आपको कुछ समय के लिए परेशान करती है। यह बिना पतवार वाली नाव में समुद्र को पार करने जैसा होगा।

जब दुर्बल करने वाले स्ट्रोक का सामना करने वाली न्यूरो एनाटोमिस्ट जिल बोल्टे टेलर ने अनुभव किया कि उसकी बोलने की धारा धीमी हो रही है और इसके साथ ही उसने अनुभव किया कि उसकी बकबक भी धीमी पड़ रही है तो एक ओर जहाँ उसने एक अजीब तरह का उत्साह महसूस किया वहीं दूसरी ओर उसे एक ख़ालीपन भी महसूस हुआ साथ ही उसे ऐसा भी लगा जैसे वह सभी से कट-सी गई है। हमें अपनी आंतरिक बातचीत से मिलने वाले उस दर्द की आवश्यकता है, जो हमें कभी-कभी मिलता रहता है। कुल मिलाकर चुनौती नकारात्मक अवस्था से बचने की नहीं है। यह इस बात की है कि वे कहीं आपको ख़तम नहीं कर दें।

जो मुझे मेरी छात्र एरियाल के पास वापस लाता है।

जब उसने अपना प्रश्न पूछा तो क्या उसका मतलब यह था, उसने अपने जीवन में पहले क्यों नहीं सीखा था कि बकबक को पूर्ण रूप से विकसित बकबक के धारावाहिक को कैसे कम किया जाए? बेशक, हम सभी की तरह उसके पास अपनी आंतरिक आवाज़ को नियंत्रित करने के लिए आवश्यक कई उपकरण थे। लेकिन जब तक वह मेरी कक्षा में नहीं आई, तब तक उसके पास इसे प्रबंधित करने के लिए कोई स्पष्ट मार्गदर्शिका नहीं थी, और एरियाल के प्रश्न ने मुझे आश्चर्यचकित कर दिया कि क्या हम इस ज्ञान को साझा करने के लिए पर्याप्त प्रयास कर रहे थे!

उस कक्षा के कुछ सप्ताह बाद मेरी बड़ी बेटी, जो उस समय चार वर्ष की थी, स्कूल से आँसुओं के साथ घर आई। उसने मुझे बताया कि उसकी कक्षा का एक लड़का उसके खिलौने ले जा रहा था, जिससे उसे बुरा लग रहा था। जैसा कि उसने बताया कि क्या हुआ था और मैंने उसे दिलासा देने की कोशिश की, एरियाल का सवाल मेरे दिमाग़ में वापस आ गया। यहाँ

मैं भावनाओं को नियंत्रित करने का एक कथित विशेषज्ञ था, और फिर भी मेरी अपनी बेटी संघर्ष कर रही थी। हालाँकि वह सिर्फ़ चार साल की थी, यह वह उम्र होती है, जब तंत्रिका सर्किटरी क्षमता को अंतर्निहित करती है और अपनी भावनाओं पर नियंत्रण अभी भी विकसित हो रहा होता है। बहरहाल, इस विचार ने मुझे परेशान कर दिया।

मैं इस बारे में सोच रहा था कि वह और उसके दोस्त स्कूल में क्या सीख रहे थे और क्या वे ऐसे उपकरण विकसित करेंगे, जो एरियाल को लगा कि जब तक उसने मेरी कक्षा नहीं ली, तब तक उसे उससे रोक दिया गया। और अठारह साल बाद, क्या मेरी बेटी एक प्रोफ़ेसर से वही सवाल पूछेगी, जो एरियाल ने मुझसे पूछा था? या अधिक संभावना है, वह मुझसे पूछेगी, जिससे मुझे और भी बुरा लगेगा।

इसके बाद के दिनों और महीनों के दौरान, मैंने दूरी बनाने, ख़ुद से बात करने, व्यक्तिगत संबंधों का लाभ उठाने और बेहतर बनाने, हमारे वातावरण से लाभ उठाने, और मन की ख़ुद को ठीक करने की क्षमता को सुसज्जित करने के लिए प्लेसबो और अनुष्ठानों का उपयोग करने के लिए समृद्ध और चौंकाने वाले तरीक़ों पर विचार किया। ये तकनीकें हमारे अंदर और हमारे चारों ओर स्पष्ट दृष्टि से छिपी हुई थीं। और जबकि कोई विशिष्ट उपकरण रामबाण नहीं है, वे सभी हमारी आंतरिक आवाज़ के तापमान को कम करने की क्षमता रखते हैं, जब यह बहुत गर्म हो जाता है। लेकिन ये निष्कर्ष दुनिया में प्रवेश नहीं कर रहे थे।

इसलिए मुझे काम करना पड़ा और मैंने समान विचारधारा वाले वैज्ञानिकों और शिक्षकों के एक समूह की भर्ती की, जो भावनाओं को प्रबंधित करने के विज्ञान के बारे में जो कुछ भी जानते हैं उसका अनुवाद एक पाठ्यक्रम में कर सकें और जिससे मध्य और उच्च विद्यालय के पाठ्यक्रम को बुना जा सकता हो।

देश भर में यात्रा करने और सैकड़ों शिक्षकों और वैज्ञानिकों के साथ बैठक करने के बाद 2017 में हमने एक पायलट अध्ययन शुरू किया। इसका उद्देश्य हमारी भावनाओं को नियंत्रित करने पर किए गए अनुसंधान, जिसमें हमारी आंतरिक आवाज़ का उपयोग कैसे करना है? भी शामिल है, का अनुवाद एक पाठ्यक्रम में, किया जा सके और साथ ही इसका उद्देश्य यह मूल्यांकन करना भी था कि इस जानकारी के बारे में छात्रों को पढ़ाने के

उनके स्वास्थ्य प्रदर्शन और दूसरों के साथ संबंधों के क्या प्रभाव हैं। हम इसे टूल बॉक्स प्रोजेक्ट कहते हैं।

और शुक्र है कि हमारे प्रयास रंग लाने लगे हैं।

प्रायोगिक अध्ययन में, संयुक्त राज्य अमेरिका के एक पब्लिक स्कूल के लगभग 450 छात्रों के सांस्कृतिक और सामाजिक आर्थिक रूप से विविध समूह ने हमारे द्वारा डिज़ाइन किए गए टूलबॉक्स पाठ्यक्रम में भाग लिया। परिणाम रोमांचक थे, टूल बॉक्स-पाठ्यचर्या कक्षाओं में बच्चे जिन्होंने जर्नलिंग, दूरस्थ आत्म-चर्चा और चुनौती -उन्मुख रीफ़्रैमिंग जैसी तकनीकों के बारे में सीखा, वास्तव में उन्हें अपने दैनिक जीवन में काफ़ी हद तक उपयोग किया। और यह अभी शुरुआत है। जल्द ही हम क़रीब बारह हज़ार छात्रों के साथ एक बहुत बड़ा अध्ययन चलाने की योजना बना रहे हैं।

टूल बॉक्स का *रूपक* केवल मेरे सहयोगियों और मेरे द्वारा विकसित पाठ्यक्रम का वर्णन नहीं करता है। यह इस बात का भी वर्णन करता है कि मुझे आशा है कि आप इस पुस्तक से क्या लेंगे।

डिस्टेंसिंग एक उपकरण है, चाहे वह *फ़्लाई ऑन द वाल* के रूप में खुद की कल्पना करना हो, मानसिक रूप से समय के साथ यात्रा करना हो, या अपने आप को और अपनी कठिन परिस्थितियों को अपने दिमाग़ में शारीरिक रूप से छोटा देखना हो। तो दूरस्थ आत्म-चर्चा है। आप ग़ैर-प्रथम पुरुष सर्वनाम या अपने स्वयं के नाम का उपयोग करके अपने आप से या अपने आपके बारे में बात कर सकते हैं, और आप सार्वभौमिक ''आप'' के साथ अपनी चुनौतियों को सामान्य कर सकते हैं। हम अपने जीवन में बकबक से जूझ रहे लोगों के लिए एक आंतरिक आवाज़ उपकरण हो सकते हैं, और वे हमारे लिए भी ऐसा ही कर सकते हैं। सह-चिंतन से बचने और देखभाल सहायता प्रदान करने और दूसरों को रचनात्मक रूप से उनके पुनर्निर्माण में मदद करने के बीच संतुलन खोजने के लिए उनकी समस्याओं को रीफ़्रेम किए जाने की आवश्यकता होती है, जब उनकी भावनाएँ शांत होती हैं। हम अदृश्य तरीक़ों से भी मदद कर सकते हैं, जो तनावग्रस्त उन लोगों के तनाव को कम करते हैं, जो अपनी क्षमताओं के बारे में असुरक्षित महसूस कर सकते हैं। ये बकबक-निरोधी दृष्टिकोण उन तरीक़ों पर लागू होते

हैं, जिनसे हम अपने तेज़ी से बढ़ते डिजिटल जीवन में भी संवाद करते हैं, हालाँकि कई ऑनलाइन ऐसे व्यवहार हैं, जिनसे बचना उतना ही महत्त्वपूर्ण है- सोशल मीडिया के सक्रिय उपयोग के बजाय निष्क्रिय, और सहानुभूति की कमी वाले काम करना जो हम ऑफ़लाइन नहीं करेंगे।

उपकरणों का एक और सबसेट हमारे आसपास की जटिल दुनिया से आता है। प्रकृति माँ हमारे दिमाग़ के लिए एक वास्तविक उपकरण है, जिसमें ध्यान देने योग्य उपकरणों को बहाल करने के सुखद और प्रभावी तरीक़े शामिल हैं, जो बकबक को कम करने और हमारे स्वास्थ्य को मज़बूत करने के लिए बहुत सहायक हैं। यह हमें विस्मय से भर सकता है, जैसा कि पहाड़ों पर नहीं, बल्कि संगीत समारोहों में, पूजा स्थलों में और यहाँ तक कि हमारे अपने घरों में विशेष क्षणों में पाए जाने वाले बहुत सारे अनुभव हो सकते हैं (बस याद करते हुए जब मेरी प्रत्येक बेटी ने पहली बार ''दादा'' कहा था) मुझमें विस्मय को फिर से जगाता है।

इसी तरह अपने परिवेश को व्यवस्थित करना सुकून देने वाला हो सकता है और हमें बेहतर महसूस करने, अधिक स्पष्ट रूप से सोचने और उच्च स्तरों पर प्रदर्शन करने की अनुमति देता है। फिर हमारे विश्वास हैं, जिनका लचीलापन हमारे लाभ के लिए काम कर सकता है। अपेक्षा के तंत्रिका तंत्र के माध्यम से चीनी की गोलियाँ, जिन्हें हम जानते हैं कि ये सिर्फ़ चीनी की गोलियाँ हैं वे भी हमारे स्वास्थ्य में सुधार कर सकती हैं, जैसे कि अनुष्ठानों का अभ्यास, जो सांस्कृतिक रूप से निर्धारित हैं और जिन्हें हम स्वयं बनाते हैं -दोनों। मन की स्वयं को ठीक करने की शक्ति, वास्तव में, जादुई है (विस्मय-प्रेरक के अर्थ में, अलौकिक अर्थ में नहीं)।

अब आप इन विभिन्न उपकरणों के बारे में जानते हैं, लेकिन यह महत्त्वपूर्ण है कि आप अपना ख़ुद का टूलबॉक्स बनाएँ। यह आपकी व्यक्तिगत पहेली है, और यही कारण है कि जब हम शोध को जानते हैं, तब भी बकबक को वश में करना अक्सर इतना चुनौतीपूर्ण हो सकता है।

विज्ञान ने हमें बहुत कुछ दिखाया है, लेकिन अभी भी बहुत कुछ सीखना बाक़ी है।

हमने अभी केवल यह समझना शुरू किया है कि कैसे अलग-अलग परिस्थितियों में अलग-अलग लोगों के लिए बकबक को नियंत्रित करने की विभिन्न रणनीतियाँ एक साथ काम करती हैं, या जब वे परस्पर उपयोग की

जाती हैं तो वे कैसे काम करती हैं। कुछ साधन दूसरों की तुलना में हमारे लिए बेहतर क्यों काम करते हैं? हममें से प्रत्येक को यह पता लगाने की आवश्यकता है कि हमें कौन-से उपकरण सबसे अधिक प्रभावी लगते हैं।

अपनी आंतरिक आवाज़ को प्रबंधित करने में ना केवल हमें और अधिक स्पष्ट बनने में मदद करने की क्षमता है, बल्कि यह हमारे दोस्तों और प्रियजनों के साथ संबंधों को मज़बूत करने के लिए उन लोगों को बेहतर समर्थन प्रदान करने में हमारी मदद करता है, जिनकी हम परवाह करते हैं और हम अधिक संगठनों और कंपनियों का निर्माण करते हैं जहाँ लोग अधिक काम या मानसिक तनाव के कारण शारीरिक या मानसिक पतन के विरोध में होते हैं, प्रकृति और व्यवस्था का लाभ उठाने वाले स्मार्ट वातावरण को डिज़ाइन करते हैं, और संबंधों और सहानुभूति को बढ़ावा देने के लिए डिजिटल प्लेटफ़ॉर्म पर पुनर्विचार करते हैं। संक्षेप में हमारे अपने साथ की गई बातचीत को बदलने में हमारे जीवन को बदलने की क्षमता है।

आत्मनिरीक्षण में *मेरी दिलचस्पी* मेरे पिताजी से आई, और जब लोग इस कहानी को सुनते हैं कि कैसे वे बचपन में मुझे "अंदर जाने" और "ख़ुद से सवाल" पूछने के लिए प्रोत्साहित करते थे, तो वे अक्सर आश्चर्य करते हैं कि क्या जब मेरे बच्चे परेशान होते हैं तब मैं उनके साथ भी ऐसा ही करता हूँ।

इस प्रश्न का उत्तर है नहीं। मैं निश्चित रूप से नहीं करता। मैं अपना पिता नहीं हूँ। लेकिन इसका मतलब यह नहीं है कि मैं अपने बच्चों से इस बारे में बात नहीं करता कि वे अपनी बकबक को कैसे संबोधित कर सकते हैं। एक माता-पिता के रूप में जो अपने बच्चों को ख़ुश, स्वस्थ और सफल बनाना चाहता है, और एक वैज्ञानिक के रूप में जो जानता है कि इन लक्ष्यों को प्राप्त करने के लिए हमारे साथ बातचीत का उपयोग करना कितना महत्त्वपूर्ण है, मैं इससे अधिक महत्त्वपूर्ण सबक़ नहीं सोच सकता जो उन्हें सिखाया जाए। मैं बस इसे अपने तरीक़े से करता हूँ।

जब वे परेशान होते हैं तो मैं उनकी कोहनी पर बैंड-एड्स चिपका देता हूँ और उन्हें बताता हूँ कि अगर उन्हें लगता है कि बैंड-एड उन्हें बेहतर महसूस कराएगा, तो ऐसा होगा। जब वे उदास महसूस करते हैं, तो मैं उन्हें हमारे घर के पास शानदार हरे पौधारोपण में टहलने के लिए ले जाता हूँ,

और जब वे मुझे खेल के मैदान या कक्षा में अपने नवीनतम झगड़े के बारे में बताते हैं, तो मैं ध्यान से उन्हें बड़ी तसवीर पर ध्यान केंद्रित करने के लिए प्रेरित करता हूँ। और जब वे सबसे मूर्खतापूर्ण कारणों के लिए असंभव रूप से तर्कहीन काम कर रहे होते हैं, तो मैं उनसे ख़ुद को यह बताने के लिए कहता हूँ कि वे अपनी माँ की कल्पना क्या करते हैं या फिर यही बात मैं उनसे कहता हूँ और मैं उन्हें गुदगुदी करता हूँ।

इस पुस्तक को लिखते समय एक बात जो मेरे लिए स्पष्ट हो गई है, वह यह है कि हमारी बेटियों की ख़ुद के साथ बातचीत में मेरी पत्नी और मैं कितनी प्रभावशाली भूमिका निभाते हैं। हम स्वयं उनके साधनों में से एक हैं, इस अर्थ में कि हम उन्हें ज़रूरत पड़ने पर बकबक का समर्थन प्रदान करते हैं और हम उस संस्कृति का निर्माण करते हैं जो उन्हें घर में ही तल्लीन रखती है। हम उनकी आंतरिक आवाज़ों को आकार दे रहे हैं, जैसे वे हमारी अपनी आवाज़ को तेज़ी से प्रभावित कर रहे हैं।

अक्सर मैं अपनी बेटियों को उनकी बकबक पर लगाम लगाने के लिए कहता हूँ। कभी-कभी, मैं मानता हूँ, वे अपनी आँखें वैसे ही तरेरती हैं, जैसे मैंने कभी अपने पिताजी के साथ किया था। लेकिन समय के साथ मैंने देखा है कि उन दोनों ने इन प्रथाओं में से कई को अपने दम पर लागू करना शुरू कर दिया है, अलग-अलग तकनीकों के माध्यम से आगे-पीछे साइकिल चलाना, अपनी अनूठी शैली में उनके बकबक निपटान में से एक है, क्योंकि उन्हें पता चलता है कि क्या काम करता है। इस तरह मुझे आशा है कि मैं अपनी बेटियों को जीवन भर उनके साथ की गई बातचीत का उपयोग करने में मदद कर सकता हूँ।

मैं अपनी बेटियों और ख़ुद को यह भी याद दिलाता हूँ कि जब बकबक ज़ोर मार रही हो तब हमारे विचारों और हमारे अनुभवों के बीच एक शांत दूरी बनाए रखना हमारे लिए उपयोगी हो सकता है, जब ख़ुशी की बात आती है, इसके विपरीत- जीवन के सबसे इच्छित क्षणों में ख़ुद को विसर्जित करना- हमें उनका स्वाद लेने में मदद करता है।

मानव मन विकास की सबसे बड़ी कृतियों में से एक है, ना केवल इसलिए कि इसने हमारी प्रजातियों को जीवित रहने और पनपने दिया, बल्कि इसलिए कि जीवन के साथ आने वाले अपरिहार्य दर्द के बावजूद, इसने हमें हमारे सिर में एक आवाज़ के साथ ना केवल जश्न मनाने में सक्षम

बनाया, बल्कि यह सबसे बुरे समय का अर्थ भी बताता है। यह आवाज़ है, बकबक का शोर नहीं, जिसे हम सभी को सुनना चाहिए।

मैं हमारी पिछली कक्षा के बाद से एरियाल के संपर्क में नहीं रहा, इसलिए वह नहीं जानती कि उसके प्रश्न ने क्या प्रेरित किया। हालाँकि अगर वह इस पुस्तक को पढ़ना समाप्त कर देती है, जो कि उस अंतिम कक्षा की बैठक से निकला दूसरा प्रयास है। यह पुस्तक उन खोजों को साझा करने का एक और प्रयास है, जो विज्ञान ने प्रकट की हैं, लेकिन जो अभी तक हमारी संस्कृति में निहित नहीं हैं।

एक निश्चित अर्थ में, दुनिया में गिनने के लिए बहुत सारे एरियाल हैं, लोग अपने मन के बारे में जानने के लिए भूखे हैं, वे कैसे बकबक को जन्म देते हैं, और इसे कैसे नियंत्रित किया जा सकता है।

इसलिए मैंने उनके लिए यह किताब लिखी है।

और अपने लिए।

और आपके लिए।

क्योंकि किसी को भी अपने घर में सुबह तीन बजे लिटिल लीग बेसबॉल बैट के साथ चक्कर नहीं काटना चाहिए।

साधन

बकबक उन विभिन्न साधनों की समीक्षा करती है, जो लोगों को नकारात्मक विचारों के चक्रव्यूह में फँसने और स्पष्ट और रचनात्मक रूप से सोचने के बीच तनाव को हल करने में मदद करने के लिए मौजूद हैं। इनमें से कई तकनीकों में हमारे अपने साथ की गई बातचीत को नियंत्रित करने के लिए हमारे सोचने के तरीक़े को बदलना शामिल है। लेकिन इस पुस्तक का एक केंद्रीय विचार यह है कि आंतरिक आवाज़ को नियंत्रित करने की रणनीतियाँ हमारे बाहर भी मौजूद हैं, हमारे व्यक्तिगत संबंधों और भौतिक वातावरण में। वैज्ञानिकों ने पहचान की है कि ये उपकरण अलगाव में कैसे काम करते हैं। लेकिन आपको अपने लिए यह पता लगाना होगा कि इन प्रथाओं का कौन-सा संयोजन आपके लिए सबसे अच्छा काम करता है।

इस प्रक्रिया में आपकी मदद करने के लिए मैंने इस पुस्तक में चर्चा की गई तकनीकों को संक्षेप में प्रस्तुत किया है, उन्हें तीन खंडों में व्यवस्थित किया है, साधन जिन्हें आप स्वयं लागू कर सकते हैं, साधन जो अन्य लोगों के साथ आपके संबंधों का लाभ उठाते हैं, और साधन जो आपके पर्यावरण को शामिल करते हैं। प्रत्येक अनुभाग उन रणनीतियों के साथ शुरू होता है, जिन्हें आपको बकबक करने पर लागू करना सबसे आसान लगता है, उन रणनीतियों का निर्माण करना, जिनके लिए थोड़ा अधिक समय और प्रयास की आवश्यकता हो सकती है।

साधन जो आप स्वयं लागू कर सकते हैं

हमारे अपने दिमाग़ के प्रतिध्वनि कक्ष से ''पीछे हटने'' की क्षमता ताकि हम एक व्यापक, शांत और अधिक उद्देश्यपूर्ण दृष्टिकोण अपना सकें, बकबक का मुक़ाबला करने के लिए एक महत्त्वपूर्ण साधन है। इस खंड में समीक्षा की गई कई तकनीकें लोगों को ऐसा करने में मदद करती हैं, हालाँकि कुछ – जैसे अनुष्ठान करना और अंधविश्वासों को अपनाना– दूसरे रास्तों से काम करती हैं।

1. *दूरस्थ आत्म-चर्चा का प्रयोग करें :* जब आप बकबक का अनुभव कर रहे हों तो दूरी बनाने का एक तरीक़ा भाषा शामिल है। जब आप एक कठिन अनुभव के माध्यम से काम करने की कोशिश कर रहे हों, तो अपने नाम और दूसरे व्यक्ति ''आप'' का उपयोग स्वयं को संदर्भित करने के लिए करें। ऐसा करने से मस्तिष्क के नेटवर्क में कम सक्रियता के साथ जुड़ा हुआ है, जो चिंतन से जुड़ा है और तनाव, समझदार सोच और कम नकारात्मक भावनाओं के तहत बेहतर प्रदर्शन की ओर जाता है।

2. *एक दोस्त को सलाह देने की कल्पना करें :* दूर के दृष्टिकोण से अपने अनुभव के बारे में सोचने का एक और तरीक़ा यह है कि आप अपने जैसी ही समस्या का सामना कर रहे किसी मित्र से क्या कहेंगे? इसकी कल्पना करें। उस सलाह के बारे में सोचें जो आप उस व्यक्ति को देंगे, और फिर उसे अपने ऊपर लागू करें।

3. *अपने दृष्टिकोण को विस्तृत करें :* बकबक में हम जिन समस्याओं का सामना कर रहे हैं, उन पर संकीर्ण रूप से ध्यान केंद्रित करना शामिल है। इसके लिए एक प्राकृतिक उपाय में हमारे दृष्टिकोण को व्यापक बनाना शामिल है। ऐसा करने के लिए इस बारे में सोचें कि आप जिस अनुभव के बारे में चिंता कर रहे हैं, वह अन्य प्रतिकूल घटनाओं की तुलना में आपने (या किसी दूसरे ने) कैसे सहन किया है, यह आपके जीवन और दुनिया की व्यापक योजना में कैसे फ़िट बैठता है, और अन्य लोगों की आप कैसे प्रशंसा करते हैं उसी स्थिति का जवाब दें।

4. *अपने अनुभव को एक चुनौती के रूप में फिर से परिभाषित करें :* इस पुस्तक का विषय यह है कि आप अपने अनुभवों के बारे में सोचने के तरीक़े को बदलने की क्षमता रखते हैं। जब हम किसी स्थिति को एक ख़तरे के रूप में व्याख्यायित करते हैं तो अक्सर बकबक शुरू हो जाती है-जिसे हम प्रबंधित नहीं कर सकते हैं। अपनी आंतरिक आवाज़ की सहायता के लिए स्थिति को एक चुनौती के रूप में दोबारा परिभाषित करें, जिसे आप सँभाल सकते हैं, उदाहरण के लिए ख़ुद को याद दिलाकर कि आप अतीत में इसी तरह की परिस्थितियों में कैसे सफल हुए हैं, या दूरस्थ आत्म-चर्चा का उपयोग करके।

5. *अपने शरीर की बकबक प्रतिक्रिया की पुनर्व्याख्या करें :* तनाव के शारीरिक लक्षण (उदाहरण के लिए किसी तारीख़ या प्रस्तुति से पहले पेट ख़राब होना) अक्सर स्वयं तनावपूर्ण होते हैं (उदाहरण के लिए बकबक करने से आपका पेट ख़राब हो जाता है, जो आपकी बकबक को क़ायम रखता है, जिससे आपका पेट लगातार गुड़गुड़ाता रहता है) जब ऐसा होता है, तो अपने आप को याद दिलाएँ कि तनाव के प्रति आपकी शारीरिक प्रतिक्रिया एक अनुकूली विकासवादी प्रतिक्रिया है, जो उच्च-तनाव की स्थिति में प्रदर्शन में सुधार करती है। दूसरे शब्दों में, अपने आप से कहें कि आपकी अचानक तेज़ साँस, तेज़ दिल की धड़कन, और पसीने से तर हथेलियाँ आपको तोड़फोड़ करने के लिए नहीं, बल्कि एक चुनौती का जवाब देने में आपकी मदद करने के लिए हैं।

6. *अपने अनुभव को सामान्य करें :* यह जानकर कि आप अपने अनुभव में अकेले नहीं हैं -बकबक को शांत करने का एक शक्तिशाली तरीक़ा हो सकता है। लोगों को ऐसा करने में मदद करने के लिए एक भाषाई उपकरण है- जब आप नकारात्मक अनुभवों के बारे में सोचते हैं और बात करते हैं तो सामान्य रूप से लोगों को संदर्भित करने के लिए "आप" शब्द का प्रयोग करें। ऐसा करने से लोगों को अपने अनुभवों को प्रतिबिंबित करने में मदद मिलती है। स्वस्थ दूरी और यह स्पष्ट करता है कि जो हुआ वह उनके

लिए अद्वितीय नहीं है, बल्कि सामान्य रूप से मानव अनुभव की विशेषता है।

7. *मानसिक समय यात्रा में व्यस्त रहें :* दूरी हासिल करने और अपने दृष्टिकोण को व्यापक बनाने का एक और तरीक़ा यह है कि आप इस बारे में सोचें कि आप एक महीने, एक साल या उससे भी अधिक समय में कैसा महसूस करेंगे। अपने आपको याद दिलाएँ कि भविष्य में आपको जो कुछ भी परेशान कर रहा है, उस पर आप पीछे मुड़कर देखेंगे और यह बहुत कम परेशान करने वाला लगेगा। ऐसा करना आपकी वर्तमान भावनात्मक स्थिति की अस्थिरता को उजागर करता है।

8. *दृश्य बदलें :* जैसा कि आप एक नकारात्मक अनुभव के बारे में सोचते हैं, *फ़्लाई ऑन द वाल* के दृष्टिकोण से अपने दिमाग़ में घटना की कल्पना करें, जो दृश्य पर नीचे की ओर देख रही है। यह समझने की कोशिश करें कि आपका ''दूर का स्वयं'' ऐसा क्यों महसूस कर रहा है। इस परिप्रेक्ष्य को अपनाने से लोग अपने अनुभव की भावनात्मक विशेषताओं पर कम ध्यान केंद्रित करते हैं और घटना की पुनर्व्याख्या पर अधिक ध्यान केंद्रित करते हैं, जिससे अंतर्दृष्टि और समापन को बढ़ावा मिलता है। आप अपने दिमाग़ की आँखों में परेशान करने वाले दृश्य से दूर जाने की कल्पना करके दृश्य इमेजरी के माध्यम से दूरी भी प्राप्त कर सकते हैं, जैसे कि एक डाक टिकट के आकार तक दृश्य सिकुड़ने तक कैमरा पैनिंग करता है।

9. *स्पष्ट रूप से लिखें :* लगातार एक से तीन दिनों तक प्रतिदिन पंद्रह से बीस मिनट के लिए अपने नकारात्मक अनुभव के आसपास के अपने गहन विचारों और भावनाओं के बारे में लिखें। अपने विचारों की धारा को कम करते हुए वास्तव में अपने आप को जाने दें, व्याकरण या वर्तनी के बारे में चिंता नहीं करें। एक कथाकार के दृष्टिकोण से अपने अनुभव पर ध्यान केंद्रित करना आपको अनुभव से दूरी प्रदान करता है, जो आपको यह समझने में मदद करता है कि आपने क्या महसूस किया है, जिससे आप समय के साथ कैसा महसूस करते हैं।

10. *तटस्थ तृतीय पक्ष के दृष्टिकोण को अपनाएँ :* यदि आप अपने आप को किसी अन्य व्यक्ति या लोगों के समूह के साथ हुई नकारात्मक बातचीत पर बकबक का अनुभव करते हुए पाते हैं, तो एक तटस्थ, तीसरे पक्ष के पर्यवेक्षक के दृष्टिकोण को मानें, जो शामिल सभी पक्षों के लिए सर्वोत्तम परिणाम खोजने के लिए प्रेरित है। ऐसा करने से नकारात्मक भावनाएँ कम होती हैं, एक उत्तेजित आंतरिक आवाज़ शांत होती है, और यह उन लोगों के साथ हमारे संबंधों की गुणवत्ता को बढ़ाता है, जिनके साथ हमने नकारात्मक बातचीत की है, जिसमें हमारे रोमांटिक साथी भी शामिल हैं।

11. *लकीचार्म को पकड़ें या अंधविश्वास को अपनाएँ :* केवल यह विश्वास करना कि कोई वस्तु या अंधविश्वासी व्यवहार आपकी बकबक को दूर करने में मदद करेगा, यह ठीक वैसा ही प्रभाव डालता है, जैसे मस्तिष्क की अपेक्षा शक्ति का उपयोग करना। महत्त्वपूर्ण रूप से आपको इन कार्यों से लाभ उठाने के लिए अलौकिक शक्तियों पर विश्वास करने की आवश्यकता नहीं है। केवल यह समझना पर्याप्त है कि वे मस्तिष्क को स्वस्थ करने की शक्ति का उपयोग कैसे करते हैं।

12. *एक अनुष्ठान करें :* एक अनुष्ठान करना, व्यवहारों का एक निश्चित क्रम जो अर्थ से प्रभावित होता है। लोगों को आदेश और नियंत्रण की भावना प्रदान करता है, जो तब मददग़ार हो सकता है, जब वे बकबक का अनुभव कर रहे हों। यद्यपि हम जिन कई अनुष्ठानों में संलग्न होते हैं; उदाहरण के लिए मौन प्रार्थना, ध्यान, हमारे परिवारों और संस्कृतियों से हम हस्तांतरित होते हैं, वैसे ही आपके द्वारा बनाए गए अनुष्ठान भी बकबक को शांत करने के लिए भी प्रभावी हो सकते हैं।

अन्य लोगों को शामिल करने वाले साधन

जब हम उस भूमिका के बारे में सोचते हैं, जो हमारे जीवन में अन्य लोग हमारी आंतरिक आवाज़ को प्रबंधित करने में हमारी मदद करते हैं, तो

दो मुद्दों पर विचार करना चाहिए। पहला, हम दूसरों के लिए बकबक पर सहायता कैसे *प्रदान* कर सकते हैं और दूसरा, हम स्वयं बकबक का समर्थन कैसे प्राप्त कर सकते हैं?

बकबक पर सहायता प्रदान करने के लिए साधन

1. *लोगों की भावनात्मक और संज्ञानात्मक ज़रूरतों को संबोधित करें :* जब लोग अपनी बकबक में मदद के लिए दूसरों के पास आते हैं, तो उनकी आम तौर पर दो ज़रूरतें होती हैं, जिन्हें वे पूरा करने की कोशिश कर रहे होते हैं- वे देखभाल और समर्थन की तलाश कर रहे होते हैं, एक तरफ़; भावनात्मक ज़रूरतें (आगे और आगे बढ़ने के तरीक़े के बारे में ठोस सलाह।) दूसरी तरफ़; संज्ञानात्मक ज़रूरतों को बंद करना। अन्य लोगों की बकबक को शांत करने की आपकी क्षमता के लिए इन दोनों ज़रूरतों को पूरा करना महत्त्वपूर्ण है। सीधे तौर पर इसमें ना केवल सहानुभूतिपूर्वक पुष्टि करना शामिल है कि लोग क्या कर रहे हैं, बल्कि उनके दृष्टिकोण को व्यापक बनाना, आशा प्रदान करना और उनके अनुभव को सामान्य बनाना भी शामिल है। यह व्यक्तिगत रूप से या टेक्स्टिंग, सोशल मीडिया और डिजिटल संचार के अन्य रूपों के माध्यम से किया जा सकता है।

2. *अदृश्य सहायता प्रदान करें :* जब लोग मदद नहीं माँगते हैं तो बकबक को कम करने के तरीक़े के बारे में सलाह देना उलटा पड़ सकता है। यह लोगों की आत्म-प्रभावकारिता और स्वायत्तता की भावना के लिए ख़तरा है। लेकिन इसका मतलब यह नहीं है कि जब वे बकबक का अनुभव करते हैं और सहायता नहीं माँगते हैं, तब भी दूसरों की मदद करने के तरीक़े नहीं होते हैं। ऐसी स्थितियों में अदृश्य रूप से सहायता प्रदान करना, लोगों को यह जानकारी दिए बिना कि आप उनकी मदद कर रहे हैं, उपयोगी है। इसे करने के कई तरीक़े हैं। एक दृष्टिकोण में गुप्त रूप से व्यावहारिक सहायता प्रदान करना शामिल है, जैसे बिना पूछे घर की सफ़ाई करना। एक अन्य में अप्रत्यक्ष रूप से लोगों के दृष्टिकोण को व्यापक बनाने में मदद करना

शामिल है, उदाहरण के लिए समान अनुभवों से निपटने वाले अन्य लोगों के बारे में सामान्य शब्दों में बात करना; उदाहरण के लिए यह आश्चर्यजनक है कि हर कोई माता-पिता को कितना तनावपूर्ण पाता है या किसी और से सलाह माँगकर, लेकिन यह संकेत दिए बिना कि प्रश्न ज़रूरतमंद व्यक्ति की मदद करने के लिए होते हैं। उदाहरण के लिए यदि मेरा सहयोगी अपने स्नातक छात्र के साथ जुड़ने के लिए संघर्ष कर रहा था और हमने ख़ुद को अन्य सलाहकारों के साथ एक समारोह में पाया, तो मैं आकस्मिक रूप से एक समूह से पूछ सकता हूँ कि क्या उन्हें अपने छात्रों से जुड़ने में परेशानी हुई है और यदि हाँ तो उन्होंने इसे कैसे और किस परिस्थिति में प्रबंधित किया।

3. *अपने बच्चों को यह दिखावा करने के लिए कहें कि वे सुपर हीरो हैं :* मीडिया में ''बेटमैन प्रभाव'' के रूप में लोकप्रिय यह रणनीति एक दूरस्थ आत्म-चिंतन रणनीति है, जो विशेष रूप से तीव्र भावनाओं से जूझ रहे बच्चों के लिए उपयोगी है। उन्हें यह दिखावा करने के लिए कहें कि वे एक सुपरहीरो या कार्टून चरित्र हैं, जिनकी वे प्रशंसा करते हैं और फिर उन्हें उस चरित्र के नाम का उपयोग करके ख़ुद को संदर्भित करने के लिए प्रेरित करते हैं, जब वे एक कठिन परिस्थिति का सामना कर रहे हों। ऐसा करने से उन्हें दूरी बनाने में मदद मिलती है।

4. *स्नेहपूर्वक स्पर्श करें; लेकिन सम्मानपूर्वक :* हम जिस व्यक्ति से प्यार करते हैं, उसका गर्मजोशी से आलिंगन महसूस करना, चाहे वह किसी का हाथ पकड़ना हो या गले लगाना, हमें सचेत स्तर पर याद दिलाता है कि हमारे जीवन में सहायक लोग हैं, जिन पर हम अपना कंधा झुका सकते हैं। एक बकबक से राहत दिलाने वाले राहत मनोवैज्ञानिक रेफ़्रेम होते हैं। स्नेही स्पर्श भी अनजाने में मस्तिष्क में एंडोर्फ़िन और अन्य रसायनों जैसे ऑक्सीटोसिन की रिहाई को ट्रिगर करता है, जो तनाव को कम करता है। बेशक, स्नेही स्पर्श के प्रभावी होने के लिए इसका स्वागत करना होगा।

5. *किसी और का प्लेसबो बनें :* अन्य लोग हमारे विश्वासों को शक्तिशाली रूप से प्रभावित कर सकते हैं, जिसमें हमारी अपेक्षाएँ भी शामिल हैं कि हम कितने प्रभावी ढंग से बकवास से निपट सकते हैं और यह कितने समय तक चलेगा। आप इस पारस्परिक उपचार मार्ग का उपयोग उन लोगों को प्रदान करके कर सकते हैं, जिन्हें आप एक आशावादी दृष्टिकोण के साथ सलाह दे रहे हैं कि उनकी स्थितियों में सुधार होगा, जो उनकी अपेक्षाओं को बदलता है कि उनकी बकबक कैसे आगे बढ़ेगी।

बकबक सहायता प्राप्त करने के लिए साधन

1. *सलाहकारों का एक बोर्ड बनाएँ :* बात करने के लिए सही लोगों को ढूँढ़ना, जो आपकी भावनात्मक और आपकी संज्ञानात्मक दोनों ज़रूरतों को पूरा करने में कुशल हों, दूसरों की शक्ति का लाभ उठाने का पहला क़दम है। उस डोमेन के आधार पर जिसमें आप बकबक का अनुभव कर रहे हैं, अलग-अलग लोग ऐसा करने के लिए विशिष्ट रूप से सुसज्जित होंगे। जबकि एक सहकर्मी आपको काम की समस्याओं पर सलाह देने में कुशल हो सकता है, आपका साथी आपको पारस्परिक दुविधाओं पर सलाह देने के लिए बेहतर अनुकूल हो सकता है। किसी विशेष डोमेन में बकबक समर्थन के लिए आपको जितने अधिक लोगों की ओर रुख़ करना होगा, उतना ही बेहतर होगा। इसलिए बकबक करने वाले सलाहकारों के एक विविध बोर्ड का निर्माण करें, विश्वासपात्रों का एक समूह जिसे आप अपने जीवन के विभिन्न क्षेत्रों में समर्थन के लिए बदल सकते हैं, जिसमें आपको अपने भीतर की आवाज़ को आपस में चलने की संभावना है।

2. *शारीरिक संपर्क की तलाश करें :* आपको स्नेही स्पर्श या सहायक शारीरिक संपर्क देने के लिए किसी की प्रतीक्षा करने की आवश्यकता नहीं है। उनके द्वारा प्रदान किए जाने वाले लाभों के बारे में जानने के बाद, आप अपने जीवन में भरोसेमंद लोगों से गले लगाने या एक साधारण हाथ निचोड़ने के लिए कह कर, उन्हें स्वयं ढूँढ़ सकते

हैं। इसके अलावा आपको इन लाभों को प्राप्त करने के लिए किसी अन्य इंसान को छूने की भी आवश्यकता नहीं है। एक आरामदायक निर्जीव वस्तु को गले लगाना, जैसे टेडीबियर या सुरक्षा कंबल, भी सहायक होता है।

3. *किसी प्रियजन की तसवीर देखें :* दूसरों के बारे में सोचना जो हमारी परवाह करते हैं, हमें याद दिलाते हैं कि ऐसे लोग हैं, जिनसे हम भावनात्मक संकट के समय समर्थन के लिए जा सकते हैं। यही कारण है कि जब हम अपने आप को बकबक में डूबा हुआ पाते हैं तो प्रियजनों की तसवीरें देखने से हमारी आंतरिक आवाज़ शांत हो सकती है।

4. *दूसरों के साथ एक अनुष्ठान करें :* हालाँकि कई अनुष्ठान अकेले किए जा सकते हैं, लेकिन अक्सर अतिरिक्त लाभ होता है, जो दूसरों की उपस्थिति में एक अनुष्ठान करने से आता है; उदाहरण के लिए सांप्रदायिक ध्यान या प्रार्थना, एक टीम की प्रीगेम दिनचर्या, या यहाँ तक कि हर बार उसी तरह दोस्तों के साथ सिर्फ़ टोस्टिंग पेय। हमेशा एक ही शब्द कहकर। ऐसा करना अतिरिक्त रूप से लोगों को समर्थन और आत्म-उत्थान की भावना प्रदान करता है, जो अकेलेपन की भावनाओं को कम करता है।

5. *निष्क्रिय सोशल मीडिया का उपयोग कम से कम करें :* फ़ेसबुक, इंस्टाग्राम और अन्य सोशल मीडिया प्लेटफ़ॉर्म पर दूसरों के क्यूरेटेड न्यूज फ़ीड के माध्यम से दृश्यों को अतिरेक रूप से स्क्रॉल करने से आत्म-पराजय, ईर्ष्या-प्रेरित विचार साँप की तरह आपके भीतर सरसरा सकते हैं। इस परिणाम को कम करने का एक तरीक़ा है अपने निष्क्रिय सोशल मीडिया उपयोग को रोकना। उपयुक्त समय पर दूसरों से जुड़ने के बजाय इन तकनीकों का सक्रिय रूप से उपयोग करें।

6. *समर्थन हासिल करने के लिए सोशल मीडिया का इस्तेमाल करें :* हालाँकि सोशल मीडिया बकबक को उकसा सकता है, यह आपको अपने बकबक-समर्थन नेटवर्क के आकार और पहुँच को व्यापक बनाने का एक अभूतपूर्व अवसर भी प्रदान करता है। यदि आप

समर्थन प्राप्त करने के लिए इस माध्यम का उपयोग करते हैं तो अपने नकारात्मक विचारों को आवेगपूर्ण तरीक़े से साझा करने से सावधान रहें। ऐसा करने से उन चीज़ों को साझा करने का जोख़िम होता है, जिनका आपको बाद में पछतावा हो सकता है और जो दूसरों को परेशान कर सकती हैं।

वातावरण को शामिल करने वाले साधन

1. *अपने वातावरण में व्यवस्था क़ायम करें :* जब हम बकबक का अनुभव करते हैं, तो हम अक्सर महसूस करते हैं कि हम अपना नियंत्रण खो रहे हैं। हमारे विचार अन्य तरीक़ों के बजाय हमें नियंत्रित करने लगते हैं। जब यह होता है, आप अपने आसपास के वातावरण पर व्यवस्था को प्रभावी करके अपनी नियंत्रण की समझ को बढ़ा सकते हैं। अपने वातावरण को व्यवस्थित करने का काम कई रूपों में हो सकता है। इसके ये सब सामान्य उदाहरण हैं : अपने कार्य स्थल या घर की साफ़-सफ़ाई करना, सूची बनाना, अपने आसपास की विभिन्न वस्तुओं को व्यवस्थित करना। मानसिक व्यवस्था की भावना में मदद हासिल करने के लिए अपने स्थान को व्यवस्थित रखने स्वयं का तरीक़ा खोजें।

2. *हरी-भरी जगह से संपर्क बढ़ाएँ :* हरियाली वाले स्थान पर समय बिताने से दिमाग़ के सीमित हो रहे सतर्कता भंडार की भरपाई में मदद मिलती है, जो कि बकबक से संघर्ष करने में मददग़ार होता है। जब आप बकबक का अनुभव कर रहे हों तो दोनों ओर से वृक्षों से घिरे रास्ते या पार्क में टहलने के लिए निकल जाएँ। यदि यह संभव नहीं हो तो अपने कंप्यूटर पर प्रकृति की फ़िल्म क्लिप, हरे-भरे दृश्य वाले छायाचित्र को टकटकी लगाकर देखें या कोई साउंड मशीन चला लें, जिसमें कुदरती आवाज़ें हों। आप उन जगहों पर घूम सकते हैं, जहाँ आप हरियाली के साथ रहें और कार्य कर सकें ताकि ऐसा माहौल बन सके, जो आंतरिक आवाज़ के लिए वरदान बन जाए।

3. *भय-प्रेरित अनुभव की तलाश करें :* हैरानी की भावना हमें अपनी मौजूदा चिंताओं को उन तरीक़ों से पार करने की अनुमति देती है,

जो हमारी समस्याओं को परिप्रेक्ष्य में रखते हैं। इसमें कोई शक नहीं कि लोगों को डराने वाले अनुभव अलग-अलग होते हैं। कुछ के लिए यह किसी साँस रोक देने वाले दृश्य के संपर्क में आने के जैसा होता है। किसी अन्य के लिए यह अद्भुत उपलब्धि करने वाले बच्चे की याद जैसा होता है। जो आपकेभीतर विस्मय की भावना जगाए उसकी तलाश करें और फिर जब आप अपने को आंतरिक संवाद की गिरफ़्त में आता हुआ पाएँ तो उस भावना को विकसित करने की कोशिश करें। आप अपने आसपास ऐसी जगह बनाने के बारे में भी सोच सकते हैं, जिस पर आप जब भी नज़र डालें हैरानी की भावना जगे।

आभार

इस पुस्तक का बीज सैंतीस साल पहले बोया गया था, जब मेरे पिताजी ने मुझे अपने भीतर झाँकने के लिए प्रोत्साहित करना शुरू किया। जब मैंने यह पुस्तक लिखी थी तो उनकी आवाज़ निरंतर मेरे साथ थी।

मेरे छात्रों, सहयोगियों और सहकर्मियों के लिए (आपमें से बहुत से लोगों का नाम लेना है।) आपके बिना, कोई बकबक नहीं होती। आपके साथ काम करना एक विशेषाधिकार रहा है। मुझे आशा है कि यह पुस्तक अन्य लोगों को आपकी बुद्धि से लाभान्वित करने की अनुमति देती है, जिस तरह से मैं लाभान्वित हुआ हूँ।

यह कल्पना करना कठिन है कि मैं अपने परिवार के समर्थन के बिना इस परियोजना को कैसे पूरा कर सकता था। मेरी पत्नी लारा ने कई वर्षों तक धैर्यपूर्वक मेरी बात हर दिन सुनी। उसने हर शब्द पढ़ा और मुझे ख़ुश करना बंद नहीं किया। मैं यह सोचकर काँप उठता हूँ कि उसके बिना बच्चे कहाँ होंगे (संभवतः स्कूल में फँसे हुए, फटे कपड़ों में, भूखे, यह सोचकर कि मैं उन्हें उठाना क्यों भूल गया।) मैं भी खो जाऊँगा। मुझे विश्वास है कि मेरे ससुर, बासिल को पता नहीं था कि वे क्या कर रहे थे, मुझे जब भी ज़रूरत थी, उन्होंने मुझे सलाह दी। यह कहना पर्याप्त है कि मैंने हमेशा उनकी सलाह पर ध्यान दिया। आपके अथक प्यार और सहयोग के लिए धन्यवाद। माँ इरमा, करेन, इयान, लीला, और ओवेन, मेरी अनुपस्थिति को सहने के लिए धन्यवाद और छुट्टी पर काम करने के लिए मेरे साथ भी कठोर रूप से न्याय नहीं करने के लिए धन्यवाद। मैं आप सभी से प्यार करता हूँ।

डौग अब्राम्स, मेरे साहित्यिक एजेंट असाधारण, सिर्फ़ शानदार और समझदार और लंबे नहीं हैं। उनका दिल शानदार है। दुनिया को एक बेहतर

जगह बनाने की उनकी मुहिम नशे की लत की तरह है। मेरे करने से पहले डौग के पास बकबक के लिए एक स्पष्ट दृष्टि थी, और उन्होंने इस परियोजना को जीवन में लाने के लिए अथक प्रयास किया। पूरे प्रोजेक्ट में उनकी आवाज़ एक और स्वागत योग्य साथी थी। आरोन शुलमैन ने मेरे लेखन कोच के रूप में शुरुआत की और एक क़रीबी दोस्त बन गए। उन्होंने मुझे सिखाया कि कैसे व्यापक पाठकों के लिए लिखना है, महान कहानियों को खोजने के लिए रहस्यों को अनलॉक किया, किसी प्रसंग को ऊपर उठाने के लिए आवश्यकता होने पर मेरे गद्य की आलोचना की, और अंतिम स्प्रिंट के दौरान पांडुलिपि को फ़िनिश लाइन के पार तक ले जाने में मेरी मदद की। वे मेरे परम साहित्यिक मार्गदर्शक रहे। लारा लव ने पुस्तक के हर अध्याय पर तीखी प्रतिक्रिया दी, धैर्यपूर्वक बताया कि प्रकाशन उद्योग कैसे काम करता है, और अनगिनत घंटे मेरे साथ विचार-विमर्श करते हुए बिताए। उनकी गर्मजोशी और समझदारी ने इस पुस्तक को मज़ेदार बना दिया।

इस पुस्तक में योगदान देने वाले सभी लोगों के बारे में सोच कर मैं आगे बढ़ रहा हूँ। मेरे यूके के संपादक जोएल रिकेट ने कई दौर की मर्मज्ञ प्रतिक्रिया की पेशकश की। जब मैं किताब पर काम कर रहा था, तो हर पृष्ठ पर "अहा" रखने का उनका सुझाव एक मार्गदर्शक मंत्र था, और यह जाँचने के लिए उनका प्रोत्साहन कि सपनों में बकबक कैसे प्रकट होती है, मेरे पसंदीदा साइडबार में से एक है। विल वोल्फ़स्लाउ ने हर अध्याय को पढ़ा और अनगिनत सुझाव दिए, जिससे बकबक के अंतिम रूप में सुधार हुआ। ऑब्रे मार्टिंसन (और विल) ने चतुराई से प्रकाशन प्रक्रिया के माध्यम से पांडुलिपि को पोषित किया, जिससे मुझे हर क़दम पर प्रगति पर अद्यतन रखा गया। मौली स्टर्न ने उस क्षण से बकबक को चैंपियन बनाया जब उसने प्रस्ताव देखा। रेचल क्लेमैन, एम्मा बेरी और जिलियन ब्लेक ने कई अध्यायों पर असाधारण इनपुट प्रदान किया। उनकी सलाह ने बकबक की गहराई और विस्तार को इस तरह से बढ़ाया कि मैं आभारी हूँ। अंत में, इवान नेस्टरक एक तथ्य-जाँच करने वाला वंडरकिंड है। उनकी सावधानी ने मुझे यह जानकर अच्छी नींद लेने में मदद की कि मेरे द्वारा प्रस्तुत की गई हर कहानी की पुष्टि की गई थी।

आइडिया आर्किटेक्ट्स एक साहित्यिक एजेंसी है, जो तेज़ दिमाग़ से भरी हुई है, जो अपने काम के बारे में समर्पित और भावुक हैं। रेचल

न्यूमैन, टाइ लव, कोडी लव, जेनेल जूलियन, बू प्रिंस, मारिया सैनफ़ोर्ड, कैथरीन वाज़, केल्सी शेरोनस, एस्मे श्वाल वीगैंड, और बाक़ी टीम को आपकी मदद के लिए धन्यवाद। एबनेरस्टीन और मार्श एजेंसी ने दुनिया भर में बकबक के बारे में प्रचार करने में मदद की। मैं कैस्पियन डेनिस, सैंडी वायलेट, फ़ेलिसिटी अमोर, सारा मैकफ़ैडेन, सालियान सेंट क्लेयर, कैमिला फ़ेरियर, जेम्मा मैकडोना और मोनिका कॉलिजिनानो ने बाक़ी दोनों एजेंसियों की टीमों के साथ परियोजना में जो कड़ी मेहनत की, उसका मैं ऋणी हूँ।

यह पुस्तक पढ़ने से पहले वाल्टर मिशेल का निधन हो गया। उसका प्रभाव इसके पन्नों में व्याप्त है। इज़लेम अयदुक और मैं स्नातक विद्यालय के पहले दिन से ही घनिष्ठ मित्र और शोध भागीदार रहे हैं। उनकी चिरस्थायी मित्रता और सहयोग ने मुझे पूरे प्रोजेक्ट के लिए प्रेरित किया। बकबक उनकी बुद्धिमत्ता से भी भरी हुई है।

मैं जानता हूँ कि एंजेला डकवर्थ सबसे व्यस्त वैज्ञानिक हैं। फिर भी, वह हमेशा मुझे पलट कर कॉल करती थीं (आमतौर पर एक घंटी बजने के कुछ मिनट बाद) और कभी भी वे अपनी बुद्धिमत्तापूर्ण सलाह और प्रोत्साहन देने में नहीं चूकीं। डेविड मेयर ने धैर्यपूर्वक मेरी बात सुनी और हमारे साप्ताहिक दौड़ पर अनगिनत कहानियाँ पेश कीं। जेसन मोज़र एक गहन विचार-मंथन करने वाला साथी था, जिसने कई मुद्दों पर एक गहरा नैदानिक दृष्टिकोण प्रदान किया, जिनसे मैं जूझ रहा था (इस पुस्तक में, व्यक्तिगत रूप से नहीं)। जब मैं ग्रैजुएट स्कूल में जमील जकी से मिला तो मुझे बहुत कम पता था कि हम उसी समय किताबें लिखेंगे। चैटर पर वह सर्वोत्कृष्ट सलाहकार हैं।

एडम ग्रांट, सूज़न कैन, डैन पिंक, डैन हीथ, जेन मैकगोनिगल, मारिया कोनिकोवा, एडम आल्टर, एलिसा एपेल, सोनजा ल्यूबोमिर्स्की, डेव इवांस, टॉम बॉयस, जेम्स डॉटी, जॉन बर्ग़, स्कॉट सोनेंशिन और एंडी मोलिंस्की सभी इस परियोजना की शुरुआत से इसके ज़बरदस्त समर्थक थे। आप सबको आपके उदारतापूर्ण शब्दों के लिए धन्यवाद।

दर्जनों लोगों ने उदारता से अपनी अद्भुत कहानियाँ मेरे साथ साझा कीं। धन्यवाद। उनके बिना यह वह पुस्तक नहीं होती जो यह है।

मैं उन सहयोगियों के साथ काम करने के लिए भाग्यशाली हूँ, जो अपने समय के साथ उदार हैं, क्योंकि वे शानदार हैं। जॉन जॉनाइड्स, सूज़न

जेलमैन, ऑस्कर यबरा, ल्यूक हाइड, जैकिंटा बीहर, गैल शेप्स, डेनियल विलिंगम, डेविड डनिंग, स्टीव कोल, एरियाना ऑरवेल, मार्क बेरमन, रूडी मेंडोज़ा डेंटन, एंड्रयू इरविंग, मिंग कुओ, एमी गॉर्डन, मार्कसीरी, स्कॉट पैज, लू पेनर, निक हॉफ़मैन, डिक निस्बेत, शिनोबु कितायामा, स्टेफ़नी कार्लसन, रेचल वाइट, क्रेग एंडरसन, जेनेट किम, बर्नार्ड राइम, वाल्टर सॉडेन, फ़िलिप वर्दुइन और टोर वेगर सभी ने लेखन प्रक्रिया के दौरान उपयोगी प्रतिक्रिया प्रदान की। मैं मिशिगन विश्वविद्यालय का भी आभार व्यक्त करना चाहता हूँ, जो एक अद्वितीय संस्थान है, जो अपने संकाय को "बड़ा" पूछने के लिए प्रोत्साहित करता है। इसके समर्थन के बिना, मैं बकबक में जिस शोध के बारे में बात करता हूँ, वह संभव नहीं होता। मैं नैशनल इंस्टीट्यूट ऑफ़ हेल्थ, नैशनल साइंस फ़ाउंडेशन, रिवरडेल कंट्री स्कूल, कैरेक्टर लैब, फ़ेसबुक और जॉन टेम्पलटन फ़ाउंडेशन का भी उनके समर्थन के लिए आभारी हूँ। बेशक, इस पुस्तक में प्रस्तुत विचार मेरे अपने हैं, ज़रूरी नहीं कि वे इन संगठनों के विचारों को प्रतिबिंबित करें।

अंत में, माया और दानी को। काम करने के बारे में सबसे ख़राब हिस्सा यह था कि यह हमें एक दूसरे से दूर ले जा रही है। आपके प्यार और धैर्य के लिए धन्यवाद। मैं वापस आ गया हूँ!

लेखक के बारे में

एथन क्रॉस, पीएचडी, चेतन मन को नियंत्रित करने के बारे में दुनिया के अग्रणी विषेषज्ञों में से एक हैं। वे रास स्कूल ऑफ़ बिज़नेस और यूनिवर्सिटी ऑफ़ मिशिगन के पुरस्कार विजेता प्रोफ़ेसर हैं, वे इमोशन ऐंड सेल्फ़ कंट्रोल लेबोरेटरी के निदेशक हैं। उन्होंने वाइट हाउस में नीति विमर्श में भाग लिया है और उनके काम के बारे में *सीबीएस इवनिंग न्यूज*, *गुड मॉर्निंग अमेरिका* और *एनपीआर मॉर्निंग एडिशन* में उनके साक्षात्कार प्रसारित-प्रकाशित हो चुके हैं। उनके अग्रणी शोध को *द न्यू यॉर्क टाइम्स*, *द न्यू यार्कर*, *द वाल स्ट्रीट जर्नल*, *यूएसए टुडे*, *न्यू इंग्लैंड जर्नल ऑफ़ मेडीसिन ऐंड साइंस* में प्रमुखता से प्रकाशित किया गया है। उन्होंने अपनी बीए की डिग्री यूनिवर्सिटी ऑफ़ पेनसिल्वेनिया से ली और कोलंबिया यूनिवर्सिटी से पीएचडी की। यह उनकी पहली किताब है।

अनुवादक के बारे में

डॉ. अजय तिवारी लगभग ढाई दशक से पत्रकारिता के क्षेत्र में काम कर रहे हैं। ब्रॉडकास्ट, डिजिटल और प्रिंट मीडिया का अनुभव रखने वाले अजय, देश के कई शहरों में काम कर चुके हैं। वे एक दशक से अनुवाद के क्षेत्र में भी सक्रिय हैं। वर्तमान में वे देश के प्रतिष्ठित हिंदी अख़बार में उप-संपादक के रूप में कार्यरत हैं।